百年百部短篇正典 2

张学昕　主编

北方联合出版传媒(集团)股份有限公司
春风文艺出版社
·沈　阳·

图书在版编目（CIP）数据

百年百部短篇正典. 2 / 张学昕主编. —沈阳：春风文艺出版社，2021.4

ISBN 978-7-5313-5877-0

Ⅰ. ①百… Ⅱ. ①张… Ⅲ. ①短篇小说—作品集—中国—现代 ②短篇小说—作品集—中国—当代 Ⅳ. ①I246.7

中国版本图书馆CIP数据核字（2020）第203284号

北方联合出版传媒（集团）股份有限公司
春风文艺出版社出版发行
http://www.chunfengwenyi.com
沈阳市和平区十一纬路25号　邮编：110003
辽宁新华印务有限公司印刷

责任编辑：姚宏越　　责任校对：陈　杰
封面设计：杨光玉　　幅面尺寸：142mm × 210mm
字　　数：264千字　　印　　张：11
版　　次：2021年4月第1版　　印　　次：2021年4月第1次
书　　号：ISBN 978-7-5313-5877-0
定　　价：45.00元

目 录

contents

桃　园

废　名

王老大只有一个女孩儿，一十三岁，病了差不多半个月了。王老大一向以种桃为业，住的地方就叫作桃园，——桃园简直是王老大的另一个名字。在这小小的县城里，再没有别个种了这么多的桃子。

桃园孤单得很，唯一的邻家是县衙门，——这也不能够叫桃园热闹，衙门口的那一座“照墙”，望去已经不显其堂皇了，一眨眼就要钻进地底里去似的，而照墙距“正堂”还有好几十步之遥。照墙外是杀场，自从离开十字街头以来，杀人在这上面。说不定王老大得了这么一大块地就因为与杀场接壤哩。这里，倘不是有人来栽树木，也只会让野草生长下去。

桃园的篱墙的一边又给城墙做了，但这时常惹得王老大发牢骚，城上的游人可以随手摘他的桃子吃。他的阿毛倒不大在乎，她还替城墙栽了一些牵牛花，花开的时候，许多女孩子跑来玩，兜了花回去。上城看得见红日头，——这是指西山的落日，这里正是西城。阿毛每每因了这一个日头再看一看照墙上画的那天狗要吃的一个，也是红的。当那春天，桃花遍树，阿毛高高地望着园里的爸爸道：

“爸爸，我们桃园两个日头。”

话这样说，小小的心儿实是满了一个红字。

你这日头，阿毛消瘦得多了，你一点也不减你的颜色！

秋深的黄昏。阿毛病了也坐在门槛上玩，望着爸爸取水。桃园里面有一口井。桃树，长大了的不算又栽了小桃，阿毛真是爱极了，爱得觉着自己是一个小姑娘，清早起来辫子也没有梳！桃树仿佛也知道了，阿毛姑娘今天一天不想端碗扒饭吃哩。爸爸担着水桶林子里穿来穿去，不是把背弓了一弓就要挨到树叶子。阿毛用了她的小手摸过这许多的树，不，这一棵一棵的树是阿毛一手抱大的！——是爸爸拿水浇得这么大吗？她记起城外山上满山的坟，她的妈妈也有一个，——妈妈的坟就在这园里不好吗？爸爸为什么同妈妈打架呢？有一回一箩桃子都踢翻了，阿毛一个一个地朝箩里拣！天狗真个把日头吃了怎么办呢？……

阿毛看见天上的半个月亮了。天狗的日头，吃不掉的，到了这个时分格外地照彻她的天，——这是说她的心。

秋天的天实在是高哩。这个地方太空旷吗？不，阿毛睁大了的眼睛叫月亮装满了，连爸爸已经走到了园的尽头她也没有去理会。月亮这么早就出来！有的时候清早也有月亮！

古旧的城墙同瓦一般黑，墙砖上青苔阴阴地绿，——这个也逗引阿毛。阿毛似乎看见自己的眼睛是亮晶晶的！她不相信天是要黑下去，——黑了岂不连苔也看不见？——她的桃园倘若是种橘子才好，苔还不如橘子的叶子是真绿！她曾经在一个人家的院子旁边走过，一棵大橘露到院子外，——橘树的浓荫俨然就遮映了阿毛了！但小姑娘的眼睛里立刻又是一园的桃叶。

阿毛如果道得出她的意思，这时她要说不称意罢。

桃树已经不大经得起风，叶子吹落不少，无有精神。

阿毛低声地说了一句：

“桃树你又不是害病哩。”

她站在树下，抱着箩筐，看爸爸摘桃，林子外不像再有天，天就是桃，就是桃叶，——是这个树吗？这个树，到明年又是那么茂盛吗？那时她可不要害病才好！桃花她不见得怎样地喜欢，风吹到井里去了她喜欢！她还丢了一块石头到井里去了哩，爸爸不晓得！（这就是说没有人晓得）……

“阿毛，进去，到屋子里去，外面风很凉。”

王老大走到了门口，低下眼睛看他的阿毛。

阿毛这才看见爸爸脚上是穿草鞋，——爸爸走路不响。

“爸爸，你还要上街去一趟不呢？”

“今天太晚了，不去，——起来。”王老大歇了水桶伸手挽他的阿毛。

“瓶子的酒我看见都喝完了。”

“喝完了我就不喝。”

爸爸实在是好，阿毛可要哭了！——当初为什么同妈妈打架呢？半夜三更还要上街去！家里喝了不算还要到酒馆里去喝！但妈妈明知道爸爸在外面没有回也不应该老早就把门关起来！妈妈现在也要可怜爸爸罢！

“阿毛，今天一天没有看见你吃点什么，老是喝茶，茶饱得了肚子吗？爸爸我喝酒是喝得饱肚子的。”

“不要什么东西吃。”

慢慢又一句：

“爸爸，我们来年也买一些橘子来栽一栽。”

“买一些橘子来栽一栽！你晓得你爸爸活得几年？等橘子结起橘子来爸爸进了棺材！”

王老大向他的阿毛这样说吗？问他他自己也不答应哩。但阿毛的橘子连根拔掉了。阿毛只有一双瘦手。刚才，她的病色是橘子的颜色。

王老大这样的人，大概要喝了一肚子酒才不是醉汉。

“这个死人的地方鬼也晓得骗人！张四说他今天下午来，到了这么时候影子也不看见他一个！”

“张四叔还差我们钱吗？”阿毛轻声地说。

“怎么说不差呢？差两吊。”

这时月亮才真个明起来，就在桃树之上，屋子里也铺了一地。王老大坐下板凳脱草鞋，——阿毛伏在桌上睡哩。

“阿毛，到床上去睡。”

“我睡不着。”

“你想橘子吃吗？”

“不。”

阿毛虽然说栽橘子，其实她不是想到橘子树上长橘，一棵橘树罢了。她还没有吃过橘子。

“阿毛，你手也是热的哩！”

阿毛——心里晓得爸爸摸她的脑壳又捏一捏手，枕着眼睛真在哭。

王老大一门闩把月光都闩出去了。闩了门再去点灯。

半个月亮，却也对着大地倾盆而注，王老大的三间草房，今年盖了新黄稻草，比桃叶还要洗得清冷。桃叶要说是浮在一个大池子里，篱墙以下都湮了，——叶子是刚湮过的！地面到这里很是低洼，王老大当初砌屋，就高高地砌在桃树之上了。但屋是低的。过去，都不属桃园。

杀场是露场，在秋夜里不能有什么另外的不同，“杀”字偏风一般地自然而然地向你的耳朵吹，打冷噤，有如是点点无数的鬼哭的凝和，巴不得月光一下照得它干！越照是越湿的，越湿也越照。你不会去记问草，虽则湿的就是白天里极目而绿的草，——你只再看一看黄草屋！分明的蜿蜒着，是路，路仿佛说它在等行人。王老大走得最多，月亮底下归他的家，是惯事，——不要怕他一脚踏到草里去，草露湿不了他的脚，正如他的酒红的脖子算不上月下的景致。

城垛子，一直排；立刻可以伸起来，故意缩着那么矮，而又使劲地白，是衙门的墙；簇簇的瓦，成了乌云，黑不了青天……

这上面为什么也有一个茅屋呢？行人终于这样免不了出惊。

茅屋大概不该有。

其实，就王老大说，世上只有三间草房，他同他的阿毛睡在里面，他也着实难过，那是因为阿毛睡不着了。

衙门更锣响。

“爸爸，这是打更吗？”

“是。”爸爸是信口答着。

这个令阿毛爽快：深夜响锣。她懂得打更，很少听见过打更。她又紧紧地把眼闭住——她怕了。这怕，路上的一块小石头恐怕也有关系。声音是慢慢地度来，度过一切，到这里，是这个怕。

接着是静默。

“我要喝茶。”阿毛说。

灯是早已吹熄了的，但不黑，王老大翻起来摸茶壶。

“阿毛，今天十二，明天，后天，十五我引你上庙去烧香，去问一问菩萨。”

“是的。”

阿毛想起一个尼姑，什么庙的尼姑她不知道，记得面孔，——尼姑就走进了她的桃园！

那正是桃园茂盛时候的事，阿毛一个人站在篱墙门口，一个尼姑歇了化施来的东西坐在路旁草上，望阿毛笑，叫阿毛叫小姑娘。尼姑的脸上尽是汗哩。阿毛开言道：

“师父你吃桃子吗？”

“小姑娘你把桃子我吃吗？——阿弥陀佛！”

阿毛回身家去，捧出了三个红桃。阿毛只可惜自己上不了树到树上去摘！

现在这个尼姑走进了她的桃园，她的茂盛的桃园。

阿毛张一张眼睛——张了眼是落了幕。

阿毛心里空空的，什么也没有想，只晓得她是病。

“阿毛，不说话一睡就睡着了。”

王老大就闭了眼睛去睡。但还要一句——

“要什么东西吃明天我上街去买。”

“桃子好吃。”

阿毛并不是说话说给爸爸听，但这是一声霹雳，爸爸的眼睛简直呆住了，突然一张，——上是屋顶。如果不是夜里，夜里睡在床上，阿毛要害怕她说了一句什么叫爸爸这样！

桃子——王老大为得桃子同人吵过架，成千成万的桃子逃不了他的巴掌，他一口也嚼得一个，但今天才听见这两个字！

“现在哪里有桃子卖呢?”

一听声音话是没有说完。慢慢却是——

“不要说话，一睡就睡着了。”

睡不着的是王老大。

窗孔里射进来月光。王老大不知怎的又是不平！月光居然会移动，他的酒瓶放在一角，居然会亮了起来！王老大怒目而视。

阿毛说过，酒都喝完了。瓶子比白天还来得大。

王老大恨不得翻起来一脚踢破了它！世界就只是这一个瓶子——踢破了什么也完了似的！

王老大挟了酒瓶走在街上。

“十五，明天就是十五，我要引我的阿毛上庙去烧香。”

低头丧气地这么说。

自然，王老大是上街来打酒的。

“桃子好吃，”阿毛的这句话突然在他的心头闪起来了，——不，王老大是站住了，街旁歇着一挑桃子，鲜红夺目得厉害。

“你这是桃子吗!?”王老大横了眼睛走上前问。

“桃子拿玻璃瓶子来换。”

王老大又是一句：

“你这是桃子吗！？”

同时对桃子半鞠了躬，要伸手下去。

桃子的主人不是城里人，看了王老大的样子一手捏得桃子破，也伸下手来保护桃子，拦住王老大的手——

“拿瓶子来换。”

“拿钱买不行吗？”王老大抬了眼睛，问。但他已经听得背后有人嚷——

“就拿这一个瓶子换。”

一看是张四，张四笑嘻嘻地捏了王老大的酒瓶，——他从王老大的胁下抽出瓶子来。

王老大欢喜极了：张四来了，帮同他骗一骗这个生人！——他的酒瓶哪里还有用处呢？

“喂，就拿这一个瓶子换。”

“真要换，一个瓶子也不够。”

张四早已瞧见了王老大的手心里有十好几个铜子，道：

“王老大，你找他几个铜子。”

王老大耳朵听，嘴里说，简直是在自己桃园卖桃子的时候一般模样。

“我把我的铜子都找给你行吗？”

“好好，我就给你换。”

换桃子的收下了王老大的瓶子，王老大的铜子张四笑嘻嘻地接到手上一溜烟跑了。

王老大捧了桃子——他居然晓得朝回头的路上走！桃子一连三

个，每一个一大片绿叶，王老大真是不敢抬头了。

“王老大，你这桃子好！”路上的人问。

王老大只是笑，——他还同谁去讲话呢？

围拢来四五个孩子，王老大道：“我替我阿毛买来的。我阿毛病了要桃子。”

“这桃子又吃不得哩。”

是的，这桃子吃不得，——王老大似乎也知道！但他又低头看桃子一看，想叫桃子吃得！

王老大的欢喜确乎走脱不少，然而还是笑——

“我拿给我阿毛看一看……”

乒乓！

“哈哈哈，桃子玻璃做的！”

“哈哈哈，玻璃做的桃子！”

孩子们并不都是笑，——桃子是一个孩子撞跌了的，他，他的小小的心没有声响地碎了，同王老大双眼对双眼。

1927年9月

为奴隶的母亲

柔　石

她的丈夫是一个皮贩，就是收集乡间各猎户的兽皮和牛皮，贩到大埠上出卖的人。但有时也兼做点农作，芒种的时节，便帮人家插秧，他能将每行插得非常直，假如有五人同在一个水田内，他们一定叫他站在第一个做标准。然而境况怎是不佳，债是年年积起来了。他大约就因为境况的不佳，烟也吸了，酒也喝了，钱也赌起来了。这样，竟使他变作一个非常凶狠而暴躁的男子，但也就更贫穷下去。连小小的移借，别人也不敢答应了。

在穷的结果的病以后，全身便变成枯黄色，脸孔黄得和小铜鼓一样，连眼白也黄了。别人说他是黄疸病，孩子们也就叫他“黄胖”了。有一天，他向他的妻说：“再也没有办法了。这样下去，连小锅子也都卖去了。我想，还是从你的身上设法吧。你跟着我挨饿，有什么办法呢？”

“我的身上？……”

他的妻坐在灶后，怀里抱着她刚满三周的男小孩——孩子还在啜着奶，她讷讷地低声地问。

“你，是呀，”她的丈夫病后的无力的声音，“我已经将你出典了……”

“什么呀？”他的妻几乎昏去似的。

屋内是稍稍静寂了一息。他气喘着说：

“三天前，王狼来坐讨了半天的债回去以后，我也跟着他去，走到九亩潭边，我很不想要做人了。但是坐在那株爬上去一纵身就可落在潭里的树下，想来想去，总没有力气跳了。猫头鹰在耳朵边不住地啭，我的心被它叫寒起来，我只得回转身，但在路上，遇见了沈家婆，她问我，晚也晚了，在外做什么。我就告诉她，请她代我借一笔款，或向什么人家的小姐借些衣服或首饰去暂时当一当，免得王狼的狼一般的绿眼睛天天在家里闪烁。可是沈家婆向我笑道：‘你还将妻养在家里做什么呢？你自己黄也黄到这个地步了？’

“我低着头站在她面前没有答，她又说：‘儿子呢，你只有一个，舍不得。但妻——’

“我当时想：‘莫非叫我卖去妻子么？’

“而她继续道：‘但妻——虽然是结发的，穷了，也没有法。还养在家里做什么呢？’

“这样，她就直说出：‘有一个秀才，因为没有儿子，年纪已五十岁了，想买一个妾；又因他的大妻不允许，只准他典一个，典三年或五年，叫我物色相当的女人：年纪约三十岁左右，养过两三个儿子的，人要沉默老实，又肯做事，还要对他的大妻肯低眉下首。这次是秀才娘子向我说的，假如条件合，肯出八十元或一百元的身价。我代她寻好几天，总没有相当的女人。’她说，‘现在碰到我，想起了你来，样样都对的。’当时问我的意见怎样，我一边掉了几滴泪，一边却被她催得答应她了。”

说到这里，他垂下头，声音很低弱，停止了。他的妻简直痴似的，话一句没有。又静寂了一息，他继续说：

“昨天，沈家婆到过秀才的家里，她说秀才很高兴，秀才娘子也喜欢，钱是一百元，年数呢，假如三年养不出儿子，是五年。沈家婆并将日子也拣定了——本月十八，五天后。今天，她写典契去了。”

这时，他的妻简直连腑脏都颤抖，吞吐着问：

“你为什么早不对我说？”

“昨天在你的面前旋了三个圈子，可是对你说不出。不过我仔细想，除出将你的身子设法外，再也没有办法了。”

“决定了么？”妇人战着牙齿问。

“只待典契写好。”

“倒霉的事情呀，我！——一点也没有别的方法了么？春宝的爸呀！”

春宝是她怀里的孩子的名字。

“倒霉，我也想到过，可是穷了，我们又不肯死，有什么办法？今年，我怕连插秧也不能插了。”

“你也想到过春宝么？春宝还只有五岁，没有娘，他怎么好呢？”

“我领他便了，本来是断了奶的孩子。”

他似乎渐渐发怒了。也就走出门外去了。她却呜呜咽咽地哭起来。

这时，在她过去的回忆里，却想起恰恰一年前的事：那时她生下了一个女儿，她简直如死去一般地卧在床上。死还是整个的，她却肢体分作四碎与五裂。刚落地的女婴，在地上的干草堆上叫“呱呀，呱呀”，声音很重的，手脚揪缩。脐带绕在她的身上，胎盘落在一边，她很想挣扎起来给她洗好，可是她的头昂起来，身子凝滞在床上。这样，她看见她的丈夫，这个凶狠的男子，飞红着脸，提了一桶沸水到女婴的旁边。她简直用了她一生的最后的力向他喊：“慢！慢……”但这个病前极凶狠的男子，没有一分钟商量的余地，也不答半句话，就将“呱呀，呱呀”声音很重地在叫着的女儿，刚出世的新生命，用他的粗暴的两手捧起来，如屠户捧将杀的小羊一般，扑通，投下在沸水里了！除出沸水的溅声和皮肉吸收沸水的嘶声以外，女孩一声也不喊——她疑问地想，为什么也不重重地哭一声呢？竟这样不响地愿意冤枉死去么？啊！——她转念，那是因为她自己当时昏过去的缘故，她当时剜去了心一般地昏去了。

想到这里，似乎泪竟干涸了。“唉！苦命呀！”她低低地叹息了一声。这时春宝拔去了奶头，向他的母亲的脸上看，一边叫：

“妈妈！妈妈！”

在她将离别的前一晚，她拣了房子的最黑暗处坐着。一盏油灯点在灶前，萤火那么的光亮。她，手里抱着春宝，将她的头贴在他的头发上。她的思想似乎浮飘在极远，可是她自捉摸不定远在哪里。于是慢慢地跑过来，跑到眼前，跑到她的孩子的身上。

她向她的孩子低声叫：

“春宝，宝宝！”

“妈妈。”孩子含着奶头答。

“妈妈明天要去了……”

“唔。”孩子似不十分懂得，本能地将头钻进他母亲的胸膛。

“妈妈不回来了，三年内不能回来了！”

她擦一擦眼睛，孩子放松口子问：“妈妈哪里去呢？庙里么？”

“不是，三十里路外，一家姓李的。”

“我也去。”

“宝宝去不得的。”

“呃！”孩子反抗地，又吸着并不多的奶。

“你跟爸爸在家里，爸爸会照料宝宝的：同宝宝睡，也带宝宝玩，你听爸爸的话好了。过三年……”

她没有说完，孩子要哭似的说：“爸爸要打我的！”

“爸爸不再打你了。”同时用她的左手抚摸着孩子的右额，在这上，有他父亲在杀死他刚生下的妹妹后第三天，用锄柄敲他，肿起而又平复了的伤痕。

她似要还想对孩子说话，她的丈夫踏进门了。他走到她的面前，一只手放在袋里，掏取着什么，一边说：

“钱已经拿来七十元了。还有三十元要等你到了十天后付。”

停了一息说：“也答应轿子来接。”

又停了一息说：“也答应轿夫一早吃好早饭来。”

这样，他离开了她，又向门外走出去了。

这一晚，她和她的丈夫都没有吃晚饭。

第二天，春雨竟滴滴淅淅沥沥地落着。

轿是一早就到了。可是这妇人，她却一夜不曾睡。她先将春宝的几件破衣服都修补好；春将完了，夏将到了，可是她，连孩子冬天用的破烂棉袄都拿出来，移交给他的父亲——实在，他已经在床上睡去了。以后，她坐在他的旁边，想对他说几句话，可是长夜迟延着过去，她的话一句也说不出。而且，她大着胆向他叫了几声，发了几个听不清楚的音，声音在他的耳外，她也就睡下不说了。

等她蒙蒙眬眬地刚离开思索将要睡去，春宝又醒了。他就推叫他的母亲，要起来。以后当她给他穿衣服的时候，向他说：

“宝宝好好地在家里，不要哭，免得你爸爸打你。以后妈妈常买糖果来，买给宝宝吃，宝宝不要哭。”

而小孩子竟不知道悲哀是怎么一回事，张大口子“唉，唉”唱起来了。她在他的唇边吻了一吻，又说：

“不要唱，你爸爸被你唱醒了。”

轿夫坐在门首的板凳上，抽着旱烟，说着他们自己要听的话。一息，邻村的沈家婆也赶到了。一个老妇人，熟悉世故的媒婆，一进门，就拍拍她身上的雨点，向他们说：

“下雨了，下雨了，这是你们家里此后会有滋长的预兆。”

老妇人忙碌似的在屋内旋了几个圈，对孩子的父亲说了几句话，意思是讨酬报。因为这件契约之能订得如此顺利而合算，实在是她的力量。

“说实在话，春宝的爸呀，再加五十元，那老头子可以买一房妾了。”她说。

于是又转向催促她——妇人却抱着春宝，这时坐着不动。老妇人声音很高地：

“轿夫要赶到他们家里吃中饭的，你快些预备走呀！”

可是妇人向她瞧了一瞧，似乎说：

“我实在不愿离开呢！让我饿死在这里罢！”

声音是在她的喉下，可是媒婆懂得了，走近到她前面，迷迷地向她笑说：

“你真是一个不懂事的丫头，黄胖还有什么东西给你呢？那边真是一份有吃有剩的人家，两百多亩田，经济很宽裕，房子是自己的，也雇着长工养着牛。大娘的性子是极好的，对人非常客气，每次看见人总给人一些吃的东西。那老头子——实在并不老，脸是很白白的，也没有留胡子，因为读了书，背有些偻偻的，斯文的模样。可是也不必多说，你一走下轿就看见的，我是一个从不说谎的媒婆。”

妇人拭一拭泪，极轻地：

“春宝……我怎么抛开他呢！”

“不用想到春宝了。”老妇人一手放在她的肩上，脸凑近她和春宝。“有五岁了，古人说：‘三周四岁离娘身，’可以离开你了。只要你肚子争气些，到那边，也养下一两个来，万事都好了。”

轿夫也在门首催起身了，他们噜苏着说：

“又不是新娘子，啼啼哭哭的。”

这样，老妇人将春宝从她的怀里拉去，一边说：

“春宝让我带去罢。”

小小的孩子也哭了，手脚乱舞的，可是老妇人终于给他拉到小门外去。当妇人走进轿门的时候，向他们说：

“带进屋里来罢，外边有雨呢。”

她的丈夫用手支着头坐着，一动没有动，而且也没有话。

两村的相隔有三十里路，可是轿夫的第二次将轿子放下肩，就到了。春天的细雨，从轿子的布篷里飘进，吹湿了她的衣衫。一个脸孔肥肥的，两眼很有心计的约莫五十四五岁的老妇人来迎她，她想：这当然是大娘了。可是只向她满面羞涩地看一看，并没有叫。她很亲昵似的将她牵上阶沿，一个长长的瘦瘦的而面孔圆细的男子就从房里走出来。他向新来的少妇，仔细地瞧了瞧，堆出满脸的笑容来，向她问：

“这么早就到了吗？可是打湿你的衣裳了。”

而那位老妇人，却简直没有顾到他的说话，也向她问：

“还有什么在轿里么？”

“没有什么了。”少妇答。

几位邻舍的妇人站在大门外，探头张望的；可是她们走进屋里面了。

她自己也不知道这究竟为什么，她的心老是挂念着她的旧的家，掉不下她的春宝。这是真实而明显的，她应庆祝这将开始的三年的生活——这个家庭，和她所典给她的丈夫，都比曾经过去的要好，秀才确是一个温良和善的人，讲话是那么低声，连大娘，实在也是一个出乎意料的妇人，她的态度之殷勤和滔滔的一席话：说她和她丈夫的过去的生活之经过，从美满而漂亮的结婚生活起，一直到现在，中间的三十年。她曾做过一次的产，十五六年以前，养下一个男孩子，据她说，是一个极美丽又极聪明的婴儿，可是不到十个月，竟患天花死去了。这样，以后就没有养过第二个。在她的意思中，似乎——似乎——早就叫她的丈夫娶一房妾，可是他，不知是爱她呢，还是没有相当的人——这一层她并没有说清楚；于是，就一直到现在。这样，竟说得这个具着朴素的心地的她，一时酸，一会苦，一时甜上心头，一时又咸的压下去了。最后这个老妇人并将她的希望也向她说出来了。她的脸是娇红的，可是老夫人说：

“你是养过三四孩子的女人了，当然，你是知道什么的，你一定知道的还比我多。”

这样，她说着走开了。

当晚，秀才也将家里的种种情形告诉她，实际，不过是向她夸耀或求媚罢了。她坐在一张橱子的旁边，这样的红的木橱，是她旧的家所没有的，她眼睛白晃晃地瞧着它。秀才也就坐在橱子的面前来，问她：

“你叫什么名字呢？”

她没有答，也并不笑，站起来，走在床的前面，秀才也跟到床的旁边，更笑地问她：

“怕羞吗？哈，你想你的丈夫吗？哈，哈，现在我是你的丈夫了。”声音是轻轻的，又用手去牵着她的袖子。“不要愁吧！你也想你的孩子的，是不是？不过——”

他没有说完，却又哈地笑了一声，他自己脱去他外面的长衫了。

她可以听见房外的大娘的声音在高声地骂着什么人，她一时听不出在骂谁，骂烧饭的女仆，又好像骂她自己，可是因为她的怨恨，仿佛又是为她而发的。秀才在床上叫道：

“睡吧，她常是这么噜噜苏苏的。她以前很爱那个长工，因为长工要和烧饭的黄妈多说话，她却常要骂黄妈的。”

日子是一天天地过去了。旧的家，渐渐地在她的脑子里疏远了，而眼前，却一步步地亲近她使她熟悉。虽则，春宝的哭声有时竟在她耳朵边响，梦中，她也几次地遇到过他了。可是梦是一个比一个缥缈，眼前的事务是一天比一天繁多。她知道这个老妇人是猜忌多心的，外表虽则对她还算大方，可是她的嫉妒的心是和侦探一样，监视着秀才对她的一举一动。有时，秀才从外面回来，先遇见了她而同她说话，老妇人就疑心有什么特别的东西买给她了，非在当晚，将秀才叫到她自己的房内去，狠狠地训斥一番不可。“你给狐狸迷着了么？”“你应该称一称你自己的老骨头是多少重！”像这样的话，她耳闻到不止一次了。这样以后，她望见秀才从外面回来而旁边没有她坐着的时候，就非得急忙避开不可。即使她在旁边，有时也该让开些，但这种动作，她要做得非常自然，而且不能让别人看出，否则，她又要向她发怒，说是她有意要在旁人的前面暴露她大娘的丑恶。而且以后，竟将家里的许多杂务都堆积在她的身上，同一个女仆那么样。她还算是聪明的，有时老妇人的换下来的衣服放着，她也给她拿去洗了，虽然她说：

“我的衣服怎么要你洗呢？就是你自己的衣服，也可叫黄妈洗的。”可是接着说：

“妹妹呀，你最好到猪栏里去看一看，那两只猪为什么这样喁喁叫的，或者因为没有吃饱罢，黄妈总是不肯给它们吃饱的。”

八个月了，那年冬天，她的胃却起了变化：老是不想吃饭，想吃新鲜的面，番薯等。但番薯或面吃了两餐，又不想吃，又想吃馄饨，多吃又要呕。而且还想吃南瓜和梅子——这是六月里的东西，真稀奇，向哪里去找呢？秀才是知道在这个变化中所带来的预告了。他整日地笑微微，能找到的东西，总忙着给她找来。他亲身给她到街上去买橘子，又托便人买了金柑来，他在廊沿下走来走去，口里念念有词的，不知说什么。他看她和黄妈磨过年的粉，但还没有磨了三升，就向她叫：“歇一歇吧，长工也好磨的，年糕是人人要吃的。”

有时在夜里，人家谈着话，他却独自拿了一盏灯，在灯下，读起《诗经》来了：

关关雎鸠，
在河之洲，
窈窕淑女，
君子好逑——

这时长工向他问：

“先生，你又不去考举人，还读它做什么呢？”

他却摸一摸没有胡子的口边，怡悦地说道：

“是呀，你也知道人生的快乐么？所谓：‘洞房花烛夜，金榜挂名时。’你也知道这两句话的意思么？这是人生的最快乐的两件事呀！可是我对于这两件事都过去了，我却还有比这两件更快乐的事呢！”

这样，除出他的两个妻以外，其余的人都大笑了。

这些事，在老妇人眼睛里是看得非常气恼了。她起初闻到她的受孕也欢喜，以后看见秀才这样奉承她，她却怨恨她自己肚子的不会还债了。有一次，次年三月了，这妇人因为身体感觉不舒服，头有些痛，睡了三天。秀才呢，也愿她歇息歇息，更不时地问她要什么，而老妇人却着实地发怒了。她说她装娇，噜噜苏苏地说了三天。她先是恶意地讥嘲她：说是一到秀才的家里就高贵起来了，什么腰酸啊，头痛啊，姨太太的架子也都摆出来了；以前在自己的家里，她不相信她有这样娇养，恐怕竟和街头的母狗一样，肚皮里有着一肚子的小狗，临产了，还要到处地奔求着食物。现在呢，因为“老东西”——这是秀才的妻叫秀才的名字——趋奉了她，就装着娇滴滴的样子了。

“儿子，”她有一次在厨房里对黄妈说，“谁没有养过呀？我也曾怀过十个月的孕，不相信有这么难受。而且，此刻的儿子，还在‘阎罗王的簿里’，谁保得定生出来不是一只癞蛤蟆呢？也等到真的‘鸟儿’从洞里钻出来看见了，才可在我的面前显威风，摆架子，此刻，不过是一块血的猫头鹰，就这么装腔，也显得太早一点！”

当晚这妇人没有吃晚饭，这时她已经睡了，听了这一番婉转的冷嘲与热骂，她呜呜咽咽地低声哭泣了。秀才也带衣服坐在床上，听到浑身透着冷汗，发起抖来。他很想扣好衣服，重新走起来，去打她一顿，抓住她的头发狠狠地打她一顿，泄泄他一肚皮的气。但不知怎样，似乎没有力量，连指也颤动，臂也酸软了，一边轻轻地叹息着说：

“唉，一向实在太对她好了。结婚了三十年，没有打过她一掌，简直连指甲都没有弹到她的皮肤上过，所以今日，竟和娘娘一般地难惹了。”

同时，他爬过到床的那端，她的身边，向她耳语说：“不要哭罢，不要哭罢，随她吠去好了！她是阉过的母鸡，看见别人的孵卵是难受的。假如你这一次真能养出一男孩子来。我当送你两样宝贝——我有一只青玉的戒指，一只白玉的……”

他没有说完，可是他忍不住听下门外的他的大妻的喋喋的讥笑声音，他急忙地脱去了衣服，将头钻进被窝里去，凑向她的胸膛，一边说：

“我有白玉的……”

肚子一天天地膨胀得如斗那么大，老妇人终究也将产婆雇定了，而且在别人的面前，竟拿起花布来做婴儿用的衣服。

酷热的暑天到了尽头，旧历的六月，他们在希望的眼中过去。秋开始，凉风也拂拂地在乡镇上吹送。于是有一天，这全家的人们都到了希望的最高潮，屋里的空气完全地骚动起来。秀才的心更是异常地紧张，他在天井上不断地徘徊，手里捧着一本历书，好似要读它背诵那么念去——“戊辰”“甲戌”“壬寅之年”，老是反复地轻轻地说着。有时他的焦急的眼光向一间关了窗的房子望去——在这间房子内是有产母的低声呻吟的声音；有时他向天上望一望被云笼罩着的太阳，于是又走向房门口，向站在房门内的黄妈问：

“此刻如何？”

黄妈不住地点着头不作声响，一息，答：

“快下来了，快下来了。”

于是他又捧了那本历书，在廊下徘徊起来。

这样的情形，一直继续到黄昏的青烟在地面起来，灯火一盏盏的如春天的野花般在屋内开起，婴儿才落地了，是一个男的。婴儿的声音是很重地在屋内叫，秀才却坐在屋角里，几乎快乐到流出泪来了。全家的人都没有心思吃晚饭，在平淡的晚餐席上，秀才的大妻向用人们说道：

“暂时瞒一瞒罢，给小猫头避避晦气；假如别人问起，也答养一个女的好了。”

他们都微笑地点点头。

一个月以后，婴儿的白嫩的小脸孔，已在秋天的阳光里照耀了。这个少妇给他哺着奶，邻舍的妇人围着他们瞧，有的称赞婴儿的鼻子好，有的称赞婴儿的口子好，有的称赞婴儿的两耳好；更有的称赞婴儿的母亲，也比以前好，白而且壮了。老妇人却和老祖母那么地吩咐着，保护着，这时开始说："够了，不要弄他哭了。"

关于孩子的名字，秀才是煞费苦心地想着，但总想不出一个相当的字来。据老妇人的意见，还是从"长命富贵"或"福禄寿喜"里拣一个字，最好还是"寿"字或"寿"同意义的字，如"其颐""彭祖"等。但秀才不同意，以为太通俗，人云亦云的名字。于是翻开了《易经》《书经》，向这里面找，但找了半月，一月，还没有恰贴的字。在他的意思：以为在这个名字内，一边要祝福孩子，一边要包含他的老而得子的蕴意，所以竟不容易找。这一天，他一边抱着三个月的婴儿，一边又向书里找名字，戴着一副眼镜，将书递到灯的旁边去。婴儿的母亲呆呆地坐在房内的一边，不知思想着什么，却忽然开口说：

"我想，还是叫他'秋宝'罢。"屋内的人们的几对眼睛都转向她，注意地静听着，"他不是生在秋天么？秋天的宝贝还是叫他'秋宝'罢。"

秀才立刻接着说道：

"是呀，我真极费心思了。我年过半百，实在到了人生的秋期；孩子也正养在秋天；'秋'是万物成熟的季节，秋宝，实在是一个很好的名字呀！而且《书经》里没有么？'乃亦有秋'，我真乃亦有'秋'了！"

接着，又称赞了一通婴儿的母亲：说是呆读书实在无用，聪明是天生的。这些话，说得这妇人连坐着都局促不安，垂下头，苦笑地又含泪地想：

“我不过因春宝想到罢了。”

秋宝是天天成长得非常可爱地离不开他的母亲了。他有出奇的大的眼睛，对陌生人是不倦地注视地瞧着，但对他的母亲，却远远地一眼就知道了。他整天地抓住了他的母亲，虽则秀才是比她还爱他，但不喜欢父亲，秀才的大妻呢，表面也爱他，似爱她自己亲生的儿子一样，但在婴儿的大眼睛里，却看她似陌生人，也用奇怪的不倦的视法。可是他的执住他的母亲愈紧，而他的母亲离开这家的日子也愈近了。春天的口子咬住了冬天的尾巴；而夏天的脚又常是紧随着在春天的身后的；这样，谁都将孩子的母亲的三年快到的问题横放在心头上。

秀才呢，因为爱子的关系，首先向他的大妻提出来了：他愿意再拿出一百元钱，将她永远买下来。可是他的大妻的回答是：

“你要买她，那先给我药死罢！”

秀才听到这句话，气得只向鼻孔放出气，许久没有说；以后，他反而做着笑脸地：

“你想想孩子没有娘……”

老妇人也尖厉地冷笑地说：

“我不好算是他的娘吗？”

在孩子的母亲的心呢，却正矛盾这两种的冲突了：一边，她的脑里老是有“三年”这两个字，三年是容易过去的，于是她的生活便变作在秀才家里的用人似的了。而且想象中的春宝，也同眼前的秋宝一样活泼可爱，她既舍不得秋宝，怎么就能舍得掉春宝呢？可是另一边，她实在愿意永远在这新的家里住下去，她想，春宝的爸爸不是一个长寿的人，他的病一定是在三五年之内要将他带走到不可知的异国里去的，于是，她便要求她的第二个丈夫，将春宝也领过来，这样，春宝也在她的眼前。有时，她倦坐在房外的沿廊下，初夏的阳光，异常地能令人昏沉地起幻想，秋宝睡在她的怀里，含着她的乳，可是她觉得仿佛春宝同时也站在她的旁边，她伸出手去也想将春宝抱近来，她还要对他们兄弟两人说几句话，可是身边是空空的。

在身边的较远的门口，却站着这位脸孔慈善而眼睛凶毒的老妇人，目光注视着她。这样，恍恍惚惚地敏悟："还是早些脱离开吧，她简直探子一样地监视着我了。"可是忽然怀内的孩子一叫，她却又什么也没有的只剩着眼前的事实来支配她了。

以后，秀才又将计划修改了一些：他想叫沈家婆来，叫她向秋宝的母亲的前夫去说，他愿否再拿进三十元——最多是五十元，将妻续典三年给秀才。秀才对他的大妻说：

"要是秋宝到五岁，是可以离开娘了。"

他的大妻正是手里捻着念佛珠，一边在念着"南无阿弥陀佛"，一边答：

"她家里也还有前儿在，你也应放她和她的结发夫妇团聚一下罢。"

秀才低着头，断断续续地仍然这样说：

"你想想秋宝两岁就没有娘……"

可是老妇人放下念佛珠说：

“我会养的，我会管理他的，你怕我谋害了他么?”

秀才一听到末一句话，就拔步走开了。老妇人仍在后面说：

“这个儿子是帮我生的，秋宝是我的；绝种虽然是绝了你家的种，可是我却仍然吃着你家的餐饭。你真被迷了，老昏了，一点也不会想了。你还有几年好活，却要拼命拉她在身边?双连牌位，我是不愿意坐的!”

老妇人似乎还有许多刻毒的锐利的话，可是秀才走远开听不见了。

在夏天，婴儿的头上生了一个疮，有时身体稍稍发些热，于是这位老妇人就到处地问菩萨，求佛药，给婴儿敷在疮上，或灌下肚里，婴儿的母亲觉得并不十分要紧，反而使这样小小的生命哭成一身的汗珠，她不愿意，或将吃了几口的药暗地里拿去倒掉。于是这位老妇人就高声叹息，向秀才说：

“你看她竟一点也不介意他的病，还说孩子是并不怎样瘦下去。爱在心里的是深的；专疼表面是假的。”

这样，妇人只有暗自挥泪，秀才也不说什么话了。

秋宝一周纪念的时候，这家热闹地排了一天的酒筵，客人也到了三四十，有的送衣服，有的送面，有的送银制的狮猩，给婴儿挂在胸前的，有的送镀金的寿星老头儿，给孩子钉在帽上的，许多礼物，都在客人的袖子里带来了。他们祝福着婴儿的飞黄腾达，赞颂着婴儿的长寿永生；主人的脸孔，竟是荣光照耀着，有如落日的云霞反映着在他的颊上的。

可是在这天，正当他们筵席将举行的黄昏时，来了一个客，从朦胧的暮光中向他们的天井走进，人们都注意他：一个憔悴异常的乡人，衣服补衲的，头发很长，在他的腋下，挟着一个纸包。主人骇异地迎上前去，问他是哪里人，他口吃似的答了，主人一时糊涂的，但立刻明白了，就是那个皮贩。主人更轻轻地说：

“你为什么也送东西来了？你真不必的呀！”

来客胆怯地向四周看看，一边答说：

“要，要的……我来祝祝这个宝贝长寿千……”

他似没有说完，一边将腋下的纸包打开来了，手指颤动地打开了两三重的纸，于是拿出四只铜制镀银的字，一方寸那么大，是“寿比南山”四字。

秀才的大娘走来了，向他仔细一看，似乎不大高兴。秀才却将他招待到席上，客人们互相私语着。

两点钟的酒与肉，将人们弄得胡乱与狂热了：他们高声猜着拳，用大碗盛着酒互相比赛，闹得似乎房子都被震动了。只有那个皮贩，他虽然也喝了两杯酒，可是仍然坐着不动，客人们也不招呼他。等到兴尽了，于是各人草草地吃了一碗饭，互祝着好话，从两两三三的灯笼光影中，走散了。

而皮贩却吃到最后，用人来收拾羹碗了，他才离开了桌，走到廊下的黑暗处。在那里，他遇见了他的被典的妻。

“你也来做什么呢？”妇人问，语气是非常凄惨的。

“我哪里又愿意来，因为没有法子。”

“那么你为什么来得这样晚？”

“我哪里来买礼物的钱呀？！奔跑了一上午，哀求了一上午，又到城里买礼物，走得乏了，饿了，也迟了。”

妇人接着问：

“春宝呢?”

男人沉吟了一息答：

“所以，我是为春宝来的……”

“为春宝来的?”妇人惊异地回音似的问。

男人慢慢地说：“从夏天来，春宝是瘦得异样了。到秋天，竟病起来了。我又哪里有钱给他请医生吃药，所以现在，病是更厉害了！再不想法救救他，眼见得要死!”静寂了一刻，继续说：“现在，我是向你来借钱的……”

这时妇人的胸膛内，简直似有四五只猫在抓她，咬她，咀嚼着她的心脏一样。她恨不得哭出来，但在人们个个向秋宝祝颂的日子，她又怎么好跟在人们的声音后面叫哭呢？她吞下她的眼泪，向她的丈夫说：

“我又哪里有钱呢？我在这里，每月只给我两角钱的零用，我自己又哪里要用什么，悉数补在孩子的身上了。现在，怎么好呢?”

他们一时没有话，以后，妇人又问：

“此刻有什么人照顾着春宝呢?”

“托了一个邻舍，我仍旧想回家，我就要走了。”

他一边说着，一边揩着泪。女的同时哽咽着说：

“你等一下吧，我向他去借借看。”

她就走开了。

三天以后的一天晚上，秀才忽然问这妇人道：

“我给你的那只青玉戒指?”

“在那天夜里，给了他了。给了他拿去当了。”

“没有借你五块钱么?”秀才愤怒地。

妇人低着头停了一息答："五块钱怎么够呢！"

秀才接着叹息说：

"总是前夫和前儿好，无论我对你怎么样！本来我很想再留你两年的，现在，你还是到明春就走罢！"

女人简直连泪也没有地呆着了。

几天后，他还向她那么地说：

"那只戒指是宝贝，我给你是要你传给秋宝的，谁知你一下就拿去当了！幸得她不知道，要是知道了，有三个月好闹了！"

妇人是一天天地黄瘦了。没有精采的光芒在她的眼睛里起来，而讥笑与冷骂的声音又充塞在她的耳内了。她是时常记念着她的春宝的病的，探听着有没有从她的本乡来的朋友，也探听着有没有向她的本乡去的便客，她很想得到一个关于"春宝的身体已复原"的消息，可是消息总没有；她也想借两元钱或买些糖果去，方便的客人又没有，她不时地抱着秋宝在门首过去一些的大路边，眼睛望着来和去的路。这种情形却很使秀才的大妻不舒服了，她时常对秀才说：

"她哪里愿意在这里呢？她是极想早些飞回去的。"

有几夜，她抱着秋宝在睡梦中突然喊起来，秋宝也被吓醒，哭起来了。秀才就追逼地问：

"你为什么？你为什么？"

可是女人拍着秋宝，口子哼哼的没有答。秀才继续说：

"梦着你的前儿死了么，那么地喊？连我都被你叫醒了。"

女人急忙一边答：

"不，不，……好像我的前面有一圹坟呢！"

秀才没有再讲话，而悲哀的幻象更在女人的前面展现开来，她要走向这坟去。

冬末了，催离别的小鸟，已经到她的窗前不住地叫了。先是孩子断了奶，又叫道士们来给孩子一个关，于是孩子和他亲生的母亲的别离——永远的别离的命运就被决定了。

这一天，黄妈先悄悄地向秀才的大妻说："叫一顶轿子送她去么?"

秀才的妻子还是手里捻着念佛珠说："走好罢，到那边轿钱是那边付的，她又哪里有钱呢？听说她的亲夫连饭也没得吃，她不必摆阔了。路也不算远，我也是曾经走过三四十里路的人，她的脚比较大，半天可以到了。"

这天早晨当她给秋宝穿衣服的时候，她的泪如溪水地流下，孩子向她叫："婶婶，婶婶。"——因为老妇人要他叫自己是"妈妈"，只准叫她是"婶婶"——她向他咽咽地答应。她很想对他说几句话别意思是：

"别了，我的亲爱的儿子呀！你的妈妈待你是好的，你将来也好好地待还她罢，永远不要再记念我了！"

可是她无论怎样也说不出。她也知道一周半的孩子是不会了解的。

秀才悄悄地走向她，从她背后的腋下伸进手来，在他的手内是十枚双毫角子，一边轻轻说：

"拿去罢，这两块钱。"

妇人扣好孩子的纽扣，就将角子塞在怀内的衣袋里。

老妇人又进来了，注意着秀才走出去的背后，又向妇人说：

"秋宝给我抱去吧，免得你走时他哭。"

妇人不作声响，可是秋宝总不愿意，用手不住地拍在老妇人的脸上，于是老妇人生气地又说：

“那么你同他去吃早饭去罢，吃了早饭交给我。”

黄妈拼命地劝她多吃饭，一边说：

“半月来你就这样了，你真比来的时候还瘦了。你没有去照照镜子。今天，吃一碗下去罢，你还要走三十里路呢。”

她只不关紧要地说了一句：

“你对我真好！”

但是太阳是升得非常高了，一个很好的天气，秋宝还是不肯离开他的母亲，老妇人便狠狠地将他从她的怀里夺去，秋宝用小小的脚踢在老妇人的肚子上，用小小的拳头搔住她的头发，高声呼喊她。妇人在后面说：

“让我吃了中饭去罢。”

老妇人却转过头，汹汹地答：“赶快打起你的包袱去罢，早晚总有一次的！”

孩子的哭声便在她的耳内渐渐远去了。

打包裹的时候，耳是听着孩子的哭声。黄妈在旁边，一边劝慰着她，一边却看她打进什么去。终于，她挟着一只旧的包裹走了。

她离开他的大门时，听见她的秋宝的哭声。可是慢慢地远远地走了三里路了，还听见她的秋宝的哭声。

暖和的太阳所照耀的路，在她面前竟和天一样无穷止地长。当她走到一条河边的时候，她很想停止她的那么无力的脚步，向明澈可以照见她自己的身子的水底跳下去了。但在水边坐了一会儿之后，她还得依前去的方向，移动她自己的影子。

太阳已经过午了，一个村里的一个年老的乡人告诉她，路还有十五里，于是她向那个老人说：

“伯伯，请你代我就近叫一顶轿子罢，我是走不回去了！”

“你是有病的么？”老人问。

“是的。”

她那时坐在村口的凉亭里面。

“你从哪里来？”

妇人静默了一时答：“我是向那里去的；早晨我以为自己会走的。”

老人怜悯地也没有多说话，就给她两位轿夫，一顶没篷的轿。因为那是下秧的季节。

下午三四时的样子，一条狭窄而污秽的乡村小街上，抬过了一顶没篷的轿子，轿里躺着一个脸色枯萎如同一张干瘪的黄菜叶那么的中年妇人，两眼蒙眬地颓唐地闭着。嘴里的呼吸只有微弱地吐出。街上的人们个个睁着惊异的目光，怜悯地凝视着过去。一群孩子，争噪地跟在轿后，好像一件奇异的事情落到这沉寂小村镇里来了。

春宝也是跟在轿的孩子们中的一个，他还在似赶猪那么地哗着轿走，可是轿子一转一个弯，却是向他的家里去的路，他却伸直了两手而奇怪了，等到轿子到了他家里的门口，他简直呆似的远远地站在前面，背靠一株柱子上，面向着轿，其余的孩子胆怯地围在轿的两边。妇人走出来了，她昏迷的眼睛还认不清站在前面的，穿着褴褛的衣服，头发蓬乱的，身子和三年前一样的短小，那个八岁的孩子是她的春宝。突然，她哭出来地高叫了：

“春宝呀！”

一群孩子，个个无意地吃了一惊，而春宝简直吓得躲进屋子他父亲那里去了。

妇人在灰暗的屋内坐了许久许久，她和她的丈夫都没有一句话。夜色降落了，他下垂的头昂起来，向她说：

“烧饭吃吧！”

妇人不得已地站起来，向屋角上旋转了一周，一点也没有气力地对她丈夫说：

“米缸内是空空的……”男人冷笑了一声，答说：

“你真在大人家里生活过了！米，盛在那只香烟盒子内。”

当天晚上，男子向她的儿子说：“春宝，跟你的娘去睡！”

而春宝却靠在灶边哭起来了。他的母亲走近他，一边叫：

“春宝，宝宝！”

可是当她的手去抚摸他的时候，他又躲闪开了。男子加上说：

“会生疏得那么快，一顿打呢！”

她眼睁睁地睡在一张龌龊的狭窄板床上，春宝陌生似的睡在她的身边。在她的已经麻木的胸内，仿佛秋宝肥白可爱地在她身边挣动着，她伸出两手去抱，可是身边是春宝。这时，春宝睡着了。转了一个身，她的母亲紧紧地将他抱住，而孩子却从微弱的鼾声中，脸伏在她的胸膛，两手抚摩着她的两乳。

沉静而寒冷的死一般长的夜，似无限地拖延着，拖延着……

1930年1月20日

萧　萧

沈从文

乡下人吹唢呐接媳妇，到了十二月是成天会有的事情。

唢呐后面一顶花轿，两个伕子平平稳稳地抬着。轿中人被铜锁锁在里面，虽穿了平时没上过身的体面红绿衣裳，也仍然得荷荷大哭。在这些小女人心中，做新娘子，从母亲身边离开，且准备做他人的母亲，从此将有许多新事情等待发生。像做梦一样，将同一个陌生男子汉在一个床上睡觉，做着承宗接祖的事情，这些事想起来，当然有些害怕，所以照例觉得要哭哭，于是就哭了。

也有做媳妇不哭的人。萧萧做媳妇就不哭。这小女子没有母亲，从小寄养到伯父种田的庄子上，终日提个小竹兜箩，在路旁田坎捡狗屎挑野菜。出嫁只是从这家转到那家。因此到那一天，这女人还只是笑。她又不害羞，又不怕，她是什么事也不知道，就做了人家的新媳妇了。

萧萧做媳妇时年纪十二岁，有一个小丈夫，年纪还不到三岁。丈夫比她年少九岁，断奶还不多久。按地方规矩，过了门，她喊他做弟弟。她每天应做的事是抱弟弟到村前柳树下去玩，到溪边去玩，饿了，喂东西吃；哭了，就哄他，摘南瓜花或狗尾草戴到小丈夫头上，或者亲嘴，一面说："弟弟，哪，啵。再来，啵。"在那肮脏的小脸上亲了又亲，孩子于是便笑了。孩子一欢喜兴奋，行动粗野起来，会用短短的小手乱抓萧萧的头发。那是平时不大能收拾蓬蓬松松在头上的黄发。有时候，垂到脑后那条小辫儿被拉得太久，把红绒线结也弄松了，生气了，就挞那弟弟两下，弟弟自然哇地哭出声来，萧萧于是也装成要哭的样子，用手指着弟弟的哭脸，说："哪，人不讲理，可不行！"

天晴落雨日子混下去，每日抱抱丈夫，也帮家中做点杂事，能动手的就动手。又时常到溪沟里去洗衣，搓尿片，一面还捡拾有花纹的田螺给坐在身边的小丈夫玩。到了夜里睡觉，便常常做这种年龄人所做的梦，梦到后门角落或别的什么地方捡得大把大把铜钱，吃好东西，爬树，自己变成鱼到水中各处溜。或一时仿佛身子很小很轻，飞到天上众星中，没有一个人，只是一片白，一片金光，于是大喊"妈！"人就吓醒了。醒来心还只是跳。吵了隔壁的人，不免骂着，"疯子，你想什么！白天玩得疯，晚上就做梦！"萧萧听着却不作声，只是咕咕地笑。也有很好很爽快的梦，为丈夫哭醒的事。那丈夫本来晚上在自己母亲身边睡，吃奶方便。有时吃多了奶，或因另外情形，半夜大哭，起来放水拉稀是常有的事。丈夫哭到婆婆无可奈何，于是萧萧轻脚轻手爬起床来，睡眼迷蒙，走到床边，把人抱起，给他看月光，看星光；或者仍然啵啵地亲嘴，互相觑着，孩子气地"嗨嗨，看猫呵！"那样喊着哄着，于是丈夫笑了。玩了一会儿，困倦起来，慢慢地合上眼。人睡定后，放上床，站在床边看着，听远处一传一递的鸡叫，知道天快到什么时候了，于是仍然蜷到小床上睡去。天亮后，虽不做梦，却可以无意中闭眼开眼，看一阵在面前空中变幻无端的黄边紫心葵花，那是一种真正的享受。

萧萧嫁过了门，做了拳头大丈夫的小媳妇，一切并不比先前受苦，这只看她半年来身体发育就可明白。风里雨里过日子，像一株长在园角落不为人注意的蓖麻，大叶大枝，日增茂盛。这小女人简直是全不为丈夫设想那么似的，一天比一天长大起来了。

夏夜光景说来如做梦。大家饭后坐到院中心歇凉，挥摇蒲扇，看天上的星同屋角的萤，听南瓜棚上纺织娘子咯咯咯拖长声音纺车，远近声音繁密如落雨，禾花风悠悠吹到脸上，正是让人在各种方便中说笑话的时候。

萧萧好高，一个人常常爬到草料堆上去，抱了已经熟睡的丈夫在怀里，轻轻地轻轻地随意唱着那自编的四句头山歌，唱来唱去却把自己也催眠起来，快要睡去了。

在院坝中，公公婆婆，祖父祖母，另外还有帮工汉子两个，散乱地坐在小板凳上，摆龙门阵学古，轮流下去打发上半夜。

祖父身边有个烟包，在黑暗中放光。这用艾蒿做成的烟包，是驱逐长脚蚊的得力东西，蜷在祖父脚边，就如一条乌梢蛇。间或又拿起来晃那么几下。

想起白天场上的事，那祖父开口说话：

“我听三金说，前天又有女学生过身。”

大家就哄然笑了。

这笑的意义何在？只因为大家印象中，都知道女学生没有辫子，留下个鹌鹑尾巴，像个尼姑，又不完全像。穿的衣服像洋人，又不像洋人，吃的，用的……总而言之事事不同，一想起来就觉得怪可笑！

萧萧不大明白，她不笑。所以老祖父又说话了。他说：

“萧萧，你长大了，将来也会做女学生！”

大家于是更哄然大笑起来。

萧萧为人并不愚蠢，觉得这一定是不利于己的一件事情，所以接口便说：

“爷爷，我不做女学生。”

“你像个女学生，不做可不行。”

“我不做。”

众人有意取笑，异口同声地说：“萧萧，爷爷说得对，你非做女学生不行！”

萧萧急得无可如何：“做就做，我不怕。”其实做女学生有什么不好，萧萧全不知道。

女学生这东西，在本乡的确永远是奇闻。每年一到六月天，据说放“水假”日子一到，照例便有三三五五女学生，由一个荒谬不经的热闹地方来，到另一个远地方去，取道从本地过身。从乡下人眼中看来，这些人都近于另一世界中活下的人，装扮奇奇怪怪，行为更不可思议。这种女学生过身时，使一村人都可以说一整天的笑话。

祖父是当地一个人物，因为想起所知道的女学生在大城中的生活情形，所以说笑话要萧萧也去做女学生。一面听到这话，就感觉一种打哈哈趣味，一面还有那被说的萧萧感觉一种惶恐，说这话的不为无意义了。

女学生由祖父方面所知道的是这样一种人：她们穿衣服不管天气冷热，吃东西不问饥饱，晚上交到子时才睡觉，白天正经事全不做，只知唱歌打球，读洋书。她们都会花钱，一年用的钱可以买十六只水牛。她们在省里京里想往什么地方去时，不必走路，只要钻进一个大匣子中，那匣子就可以带她到地。城市中还有各种各样的大小不同匣子，都用机器开动。她们在学校，男女在一处上课，人熟了，就随意同那男子睡觉，也不要媒人，也不要财礼，名叫“自由”。她们也做州县官，带家眷上任，男子仍然喊作“老爷”，小孩子叫“少爷”。她们自己不养牛，却吃牛奶羊奶，如小牛小羊；买那奶时是用铁罐子盛的。她们无事时到一个唱戏地方去，那地方完全像个大庙，从衣袋中取出一块洋钱来（那洋钱在乡下可买五只母鸡），买了一小方纸片儿，拿了那纸片到里面去，就可以坐下看洋人扮演影子戏。她们被冤了，不赌咒，不哭。她们年纪有老到二十四岁还不肯嫁人的，有老到三十四十还好意思嫁人的。她们不怕男子，男子不能使她们受委屈，一受委屈就上衙门打官司，要官罚男子的款，这笔钱她有时独占自己花用，有时同官平分。她们不洗衣煮饭，也不养猪喂鸡；有了小孩子，也只花五块钱、十块钱一月，雇个人专管小孩，自己仍然整天看戏打牌，读那些没有用处的闲书……

总而言之，说来事事都稀奇古怪，和庄稼人不同，有的简直可以说岂有此理。这时经祖父一说明，听过这话的萧萧，心中却忽然有了一种模模糊糊的愿望，以为倘若她也是个女学生，她是不是照祖父说的女学生一个样子去做那些事？不管好歹，做女学生并不可怕，因此一来，却已为这乡下姑娘体念到了。

因为听祖父说起女学生是怎样的人物，到后萧萧独自笑得特别久。笑够了时，她说：

“爷爷，明天有女学生过路，你喊我，我要看看。”

“你看，她们捉你去做丫头。”

“我不怕她们。”

“她们读洋书念经你也不怕？”

“念观音菩萨消灾经，念紧箍咒，我都不怕。”

“她们咬人，和做官的一样，专吃乡下人，吃人骨头渣渣也不吐，你不怕？”

萧萧肯定地回答说：“也不怕。”

可是这时节萧萧手上所抱的丈夫，不知为什么，在睡梦中哭了，媳妇于是用做母亲的声势，半哄半吓说：

“弟弟，弟弟，不许哭，不许哭，女学生咬人来了。”

丈夫还仍然哭着，得抱起各处走走。萧萧抱着丈夫离开了祖父，祖父同人说另外一样古话去了。

萧萧从此以后心中有个“女学生”。做梦也便常常梦到女学生，且梦到同这些人并排走路。仿佛也坐过那种自己会走路的匣子，她又觉得这匣子并不比自己跑路更快。在梦中那匣子的形体同谷仓差不多，里面还有小小灰色老鼠，眼珠子红红的，各处乱跑，有时钻到门缝里去，把个小尾巴露在外边。

因为有这样一段经过，祖父从此喊萧萧不喊“小丫头”，不喊“萧萧”，却唤作“女学生”。在不经意中萧萧答应得很好。

乡下的日子也如世界上一般日子，时时不同。世界上人把日子糟蹋，和萧萧一类人家把日子吝惜是同样的，各有所得，各属分定。许多城市中文明人，把一个夏天全消磨到软绸衣服、精美饮料以及种种好事情上面。萧萧的一家，因为一个夏天的劳作，却得了十多斤细麻、二三十担瓜。

做小媳妇的萧萧，一个夏天中，一面照料丈夫，一面还绩了细麻四斤。到秋八月工人摘瓜，在瓜间玩，看硕大如盆、上面满是灰粉的大南瓜，成排成堆摆到地上，很有趣味。时间到摘瓜，秋天真的已来了，院子中各处有从屋后林子里树上吹来的大红大黄木叶。萧萧在瓜旁站定，手拿木叶一束，为丈夫编小小笠帽玩。

工人中有个名叫花狗，年纪二十三岁，抱了萧萧的丈夫到枣树下去打枣子。小小竹竿打在枣树上，落枣满地。

“花狗大[①]，莫打了，太多了吃不完。”

虽听这样喊，还不停手。到后，仿佛完全因为丈夫要枣子，花狗才不听话。萧萧于是又喊他那小丈夫：

“弟弟，弟弟，来，不许捡了。吃多了生东西肚子痛!”

丈夫听话，兜了一堆枣子向萧萧身边走来，请萧萧吃枣子。

“姐姐吃，这是大的。”

“我不吃。”

“要吃一颗!”

她两手哪里有空！木叶帽正在制边，工夫要紧，还正要个人

① 大，即大哥简称。

帮忙！

“弟弟，把枣子喂我口里。”

丈夫照她的命令做事，做完了觉得有趣，哈哈大笑。

她要他放下枣子帮忙捏紧帽边，便于添加新木叶。

丈夫照她吩咐做事，但老是顽皮地摇动，口中唱歌。这孩子原来像一只猫，欢喜时就得捣乱。

“弟弟，你唱的是什么？”

“我唱花狗大告我的山歌。”

“好好地唱一个给我听。”

丈夫于是帮忙拉着帽边，一面就唱下去，照所记到的歌唱：

天上起云云起花，
苞谷林里种豆荚，
豆荚缠坏苞谷树，
娇妹缠坏后生家。
天上起云云重云，
地下埋坟坟重坟，
娇妹洗碗碗重碗，
娇妹床上人重人。

歌中意义丈夫全不明白，唱完了就问萧萧好不好。萧萧说好，并且问跟谁学来的。她知道是花狗教的，却故意盘问他。

“花狗大告我，他说还有好歌，长大了再教我唱。”

听说花狗会唱歌，萧萧说：

“花狗大，花狗大，您唱一个好听的歌我听听。”

那花狗，面如其心，生长得不很正气，知道萧萧要听歌，人也快到听歌的年龄了，就给她唱“十岁娘子一岁夫”。那故事说的是妻年大，可以随便到外面做一点不规矩事情；夫年小，只知道吃奶，让他吃奶。这歌丈夫完全不懂，懂到一点的是萧萧。把歌听过后，萧萧装成“我全明白”那种神气，她用生气的样子，对花狗说：

“花狗大，这个不行，这是骂人的歌！”

花狗分辩说：“不是骂人的歌。”

“我明白，是骂人的歌。”

花狗难得说多话，歌已经唱过了，错了赔礼，只有不再唱。他看她已经有点懂事了，怕她回头告祖父，会挨一顿臭骂，就把话支开，扯到“女学生”上头去。他问萧萧，看没看过女学生习体操唱洋歌的事情。

若不是花狗提起，萧萧几乎已忘却了这事情。这时又提到女学生，她问花狗近来有没有女学生过路，她想看看。

花狗一面把南瓜从棚架边抱到墙角去，告她女学生唱歌的事，这些事的来源还是萧萧的那个祖父。他在萧萧面前说了点大话，说他曾经到官路上见到四个女学生，她们都拿得有旗子，走长路流汗喘气之中仍然唱歌，同军人所唱的一模一样。不消说，这自然完全是胡诌的笑话。可是那故事把萧萧可乐坏了。因为花狗说这个就叫作“自由”。

花狗是起眼动眉毛、一打两头翘、会说会笑的一个人。听萧萧带着歆羡口气说：“花狗大，你膀子真大。”他就说：“我不止膀子大。”

“你身个子也大。”

“我全身无处不大。”

萧萧还不懂得这个话的意思，只觉得憨而好笑。

到萧萧抱了她的丈夫走去以后，同花狗在一起摘瓜，取名字叫哑巴的，开了平时不常开的口，他说：“花狗，你少坏点。人家是十三岁黄花女，还要等十年才圆房！”

花狗不作声，打了那伙计一掌，走到枣树下捡落地枣去了。

到摘瓜的秋天，日子计算起来，萧萧过丈夫家有一年半了。

几次降霜落雪，几次清明谷雨，一家人都说萧萧是大人了。天保佑，喝冷水，吃粗粝饭，四季无疾病，倒发育得这样快。婆婆虽生来像一把剪子，把凡是给萧萧暴长的机会都剪去了，但乡下的日头同空气都帮助人长大，却不是折磨可以阻拦得住。

萧萧十五岁时高如成人，心却还是一颗糊糊涂涂的心。

人大了一点，家中做的事也多了一点。绩麻、纺车、洗衣、照料丈夫以外，打猪草推磨一些事情也要做，还有浆纱织布。凡事都学，学学就会了。乡下习惯，凡是行有余力的都可从劳作中攒点私房钱，两三年来仅仅萧萧个人份上所聚集的粗细麻和纺就的棉纱，已够萧萧坐到土机上抛三个月的梭子了。

丈夫早断了奶。婆婆有了新儿子，这五岁儿子就像归萧萧独有了。不论做什么，走到什么地方去，丈夫总跟在身边。丈夫有些方面很怕她，当她如母亲，不敢多事。他们俩实在感情不坏。

地方稍稍进步，祖父的笑话转到“萧萧你也把辫子剪去好自由”那一类事上去了。听着这话的萧萧，某个夏天也看过一次女学生，虽不把祖父笑话认真，可是每一次在祖父说过这笑话以后，她到水边去，必不自觉地用手捏着辫子末梢，设想没有辫子的人那种神气、那点趣味。

因为打猪草，带丈夫上螺蛳山的山阴是常有的事。

小孩子不知事，听别人唱歌也唱歌。一开腔唱歌，就把花狗引来了。

花狗对萧萧生了另外一种心，萧萧有点明白了，常常觉得惶恐不安。但花狗是男子，凡是男子的美德恶德都不缺少，劳动力强，手脚勤快，又会玩会说，所以一面使萧萧的丈夫非常欢喜同他玩，一面一有机会即缠在萧萧身边，且总是想方设法把萧萧那点惶恐减去。

山大人小，到处树木蒙茸，平时不知道萧萧所在，花狗就站在高处唱歌逗萧萧身边的丈夫；丈夫小口一开，花狗穿山越岭就来到萧萧面前了。

见了花狗，小孩子只有欢喜，不知其他。他原要花狗为他编草虫玩，做竹箫哨子玩，花狗想方法支使他到一个远处去找材料，便坐到萧萧身边来，要萧萧听他唱那使人开心红脸的歌。她有时觉得害怕，不许丈夫走开；有时又像有了花狗在身边，打发丈夫走去反倒好一点。终于有一天，萧萧就这样给花狗把心窍子唱开，变成个妇人了。

那时节，丈夫走到山下采刺莓去了，花狗唱了许多歌，到后却向萧萧唱：

　　娇家门前一重坡，

别人走少郎走多，

铁打草鞋穿烂了，

不是为你为哪个？

末了却向萧萧说："我为你睡不着觉。"他又说他赌咒不把这事情告给人。听了这些话仍然不懂什么的萧萧，眼睛只注意到他那一对粗粗的手膀子，耳朵只注意到他最后一句话。末了花狗大便又唱了许多歌给她听。她心里乱了。她要他当真对天赌咒，赌过了咒，一切好像有了保障，她就一切尽他了。到丈夫返身时，手被毛毛虫蜇伤，肿了一片，走到萧萧身边。萧萧捏紧这一只小手，且用口去呵它，吮它，想起刚才的糊涂，才仿佛明白自己做了一点不大好的糊涂事。

花狗诱她做坏事情是麦黄四月，到六月，李子熟了，她欢喜吃生李子。她觉得身体有点特别，在山上碰到花狗，就将这事情告给他，问他怎么办。

讨论了多久，花狗全无主意。虽以前自己当天赌得有咒，也仍然无主意。这家伙个子大，胆量小。个子大容易做错事，胆量小做了错事就想不出办法。

到后，萧萧捏着自己那条乌梢蛇似的大辫子，想起城里了，她说："花狗大，我们到城里去自由，帮帮人过日子，不好吗？"

"那怎么行？到城里去做什么？"

"我肚子大了。"

"我们找药去。场上有郎中卖药。"

"你赶快找药来，我想……"

“你想逃到城里去自由，不成的。人生面不熟，讨饭也有规矩，不能随便！”

“你这没有良心的，你害了我，我想死！”

“我赌咒不辜负你。”

“负不负我有什么用？帮我个忙，赶快拿去肚子里这块肉吧。我害怕！”

花狗不再作声，过了一会儿，便走开了。不久丈夫从他处回来，见萧萧一个人坐在草地上眼睛红红的，丈夫心中纳罕。看了一会，问萧萧：

“姐姐，为什么哭？”

“不为什么，灰尘落到眼睛里，痛。”

“我吹吹吧。”

“不要吹。”

“你瞧我，得这些这些。”

他把从溪中捡来的小蚌小石头陈列在萧萧面前，萧萧泪眼婆娑地看了一会，勉强笑着说：“弟弟，我们要好，我哭你莫告家中。告家中我可要生气！”到后这事情家中当真就无人知道。

过了半个月，花狗不辞而行，把自己所有的衣裤都拿去了。祖父问同住的哑巴，知不知道他为什么走路，走哪儿去。哑巴只是摇头，说花狗还欠了他两百钱，临走时话都不留一句，为人少良心。哑巴说他自己的话，并没有把花狗走的理由说明。因此这一家稀奇一整天，谈论一整天。不过这工人既不偷走物件，又不拐带别的，这事过后不久，自然也就把他忘掉了。

萧萧仍然是往日的萧萧。她能够忘记花狗就好了，但是肚子真有些不同了，肚中东西总在动，使她常常一个人干着急，尽做怪梦。

她脾气坏了一点，这坏处只有丈夫知道，因为她对丈夫似乎严厉苛刻了好些。

仍然每天同丈夫在一处，她的心，想到的事自己也不十分明白。她常想，我现在死了，什么都好了。可是为什么要死？她还很高兴活下去，愿意活下去。

家中人不拘谁在无意中提起关于丈夫弟弟的话，提起小孩子，提起花狗，都像使这话如拳头，在萧萧胸口上重重一击。

到八月，她担心人知道更多了，引丈夫庙里去玩，就私自许愿，吃了一大把香灰。吃香灰被她丈夫见到了，丈夫问这是做什么，萧萧就说肚痛，应当吃这个。虽说求菩萨保佑，菩萨当然没有如她的希望，肚子中的东西仍在慢慢地长大。

她又常常往溪里去喝冷水，给丈夫看见时，丈夫问她，她就说口渴。

一切她所想到的方法都没有能够使她与自己不欢喜的东西分开。大肚子只有丈夫一人知道，他却不敢告这件事给父母晓得。因为时间长久，年龄不同，丈夫有些时候对于萧萧的怕同爱，比对于父母还深切。

她还记得花狗赌咒那一天里的事情，如同记着其他事情一样。到秋天，屋前屋后毛毛虫都结茧，成了各种好看蝶蛾，丈夫像故意折磨她一样，常常提起几个月前被毛毛虫所螫的旧话，使萧萧心里难过。她因此极恨毛毛虫，见了那小虫就想用脚去踹。

有一天，又听人说有好些女学生过路，听过这话的萧萧，睁了眼做过一阵梦，愣愣的对日头出处痴了半天。

萧萧步花狗后尘，也想逃走，收拾一点东西预备跟了女学生走的那条路上城。但没有动身，就被家里人发觉了。

家中追究这逃走的根源，才明白这个十年后预备给小丈夫生儿子继香火的萧萧肚子已被另一个人抢先下了种。这在一家人生活中真是了不得的一件大事！一家人的平静生活，为这件新事全弄乱了。生气的生气，流泪的流泪，骂人的骂人，各按本分乱下去。悬梁，投水，吃毒药，被禁困着的萧萧，诸事漫无边际的全想到了，究竟年纪太小，舍不得死，却不曾做。于是祖父从现实出发，想出了个聪明主意，把萧萧关在房里，派人好好看守着，请萧萧本族的人来说话，看是“沉潭”还是“发卖”。萧萧家中人要面子，就沉潭淹死她；舍不得死就发卖。萧萧只有一个伯父，在近处庄子里为人种田，去请他时先还以为是吃酒，到了才知道是这样丢脸事情，弄得这老实忠厚的家长手足无措。

大肚子做证，什么也没有可说。照习惯，沉潭多是读过“子曰”的族长爱面子才做出的蠢事。伯父不读“子曰”，不忍把萧萧当牺牲，萧萧当然应当嫁人做“二路亲”了。

这处罚好像也极其自然，照习惯受损失的是丈夫家里，然而却可以在发卖上收回一笔钱，当作为损失赔偿。那伯父把这事告给了萧萧，就要走路。萧萧拉着伯父衣角不放，只是幽幽地哭。伯父摇了一会头，一句话不说，仍然走了。

一时没有相当的人家来要萧萧，送到远处去也得有人，因此暂时就仍然在丈夫家中住下。这件事情既经说明白，照乡下规矩，倒又像不什么要紧，只等待处分，大家反而释然了。先是小丈夫不能再同萧萧在一处，到后又仍然如月前情形，姐弟一般有说有笑地过日子了。

丈夫知道了萧萧肚子中有儿子的事情，又知道因为这样萧萧才应当嫁到远处去。但是丈夫并不愿意萧萧去，萧萧自己也不愿意去，大家全莫名其妙，只是照规矩像逼到要这样做，不得不做。究竟是谁定的规矩，是周公还是周婆，也没有人说得清楚。

在等候主顾来看人，等到十二月，还没有人来，萧萧只好在这人家过年。

萧萧次年二月间，十月满足，坐草生了一个儿子，团头大眼，声响洪壮。大家把母子二人照料得好好的，照规矩吃蒸鸡同江米酒补血，烧纸谢神。一家人都欢喜那儿子。

生下的既是儿子，萧萧不嫁别处了。

到萧萧正式同丈夫拜堂圆房时，儿子已经年纪十岁，有了半劳动力，能看牛割草，成为家中生产者一员了。平时喊萧萧丈夫做大叔，大叔也答应，从不生气。

这儿子名叫牛儿。牛儿十二岁时也接了亲，媳妇年长六岁。媳妇年纪大，才能诸事做帮手，对家中有帮助。唢呐吹到门前时，新娘在轿中呜呜地哭着，忙坏了那个祖父、曾祖父。

这一天，萧萧抱了自己新生的毛毛，在屋前榆蜡树篱笆间看热闹，同十年前抱丈夫一个样子。

柏　子

沈从文

把船停到岸边，岸是辰州的河岸。

于是客人可以上岸了，从一块跳板走过去。跳板是一端固定在码头石级或泥滩上，一端搭在船舷。一个人从跳板走过时，摇摇荡荡不可免。凡是要上岸的，全是那么摇摇荡荡上岸了。

泊定的船实在是太多了，沿岸停泊，桅子数不清，大大小小随意矗到空中去。桅子上的绳索像纠纷到成一团，然而却并不。

每一个船头船尾全站得有人，穿青布蓝布短汗褂，口里噙了长长的旱烟杆，手脚露在外面让风吹——毛茸茸的像一种小孩子想象中的妖洞里喽啰，毛脚毛手。看到这些手脚，很容易记起“飞毛腿”一类英雄名称。可不是，这些人正是……桅子上的绳索缚着了活车，拖拉全无从着手时，看这些飞毛腿的本领，有的是机会显露！毛脚毛手所有的不单是毛，还有类乎钩子的东西，光溜溜的高桅，只要一贴身，便飞快地上去了。为表示这上下全近于儿戏，这些年轻水手一面整理绳索，一面还在上面唱歌。那一边桅上，也有这样人，则歌是来回唱，更带劲有情。

昂了头看这把戏的，是各个船上的伙计。看着还在下面喊着。左边右边，不拘要谁一个试上去，全是容易之至！只是不得老舵手吩咐，则照例不敢放肆。看的人全是心中发痒，又不能随便爬上桅子顶去唱歌，逗其他船上媳妇发笑，便骂了。

“我的儿，摔死你！”

“我的孙，摔死了你看你还唱！”

“…………”

全是无恶意而快乐的笑骂。

仍然唱个不停，且可以说更起劲。但可以把歌唱到下面骂人的人听，当先若是唱“一枝花”，这时唱的便是“众儿郎”了。“众儿郎”却依然是笑嘻笑嘻地昂了头看这唱歌人，照例生气不得的。

可是在这情形中，有些船，却有无数黑汉子，用他的毛手毛脚，盘着大的圆的黑铁桶，从舱中滚出，也是那么摇摇荡荡跌到岸边泥滩上了。还有方形用铁皮束腰的洋布，有海带，有鱿鱼，有药材……这些东西同搭客一样，在船舱中紧挤着卧了二十天或十二天，如今全应当登岸了。登岸的人各自还家，各自找客栈，各自吃喝。这些货物则各自为一些大脚婆子来抱之负之，送到沿河各个堆栈里去。

在各样匆忙情形中，便正有闲之又闲的一类人在。这些人住到另一个地方，耳朵能超然于一切嘈杂声音以上，听出桅子上人的歌声；可是心也正忙着，歌声一停止，在唱歌地方代替了一盏红风灯以后，那唱歌的人，便已到这听歌人的身边了。桅上用红灯，不消说是夜里了，这个水码头夜里世界不是平常的，你们看。

落着雨，刮着风，各船上了篷，人在篷下听雨声风声，江波吼哮如癫子，船纵是互相牵连互相依靠，也簸动不止，这情景在沅水一带是常有的。坐船人对此绝不奇怪，不欢喜，不厌恶。因为凡是在船上生活，这些平常人的爱憎便不及在心上滋生了。（有月亮又是一种趣味，同晚日与早露，全各有不同。）然而他们全不会注意。但船上人心情若必须勉强分成两种或三种，这分类方法得另作估计，吃牛肉与吃酸菜，这是能左右一般水手心情的一件事，泊半途与湾口岸，这于水手们情形又稍稍不同。不必问，牛肉比酸菜更为符合这类“飞毛腿”胃口，船在码头边停靠他们也欢喜多了！

如今夜里又正落小雨，泥滩头滑溜溜，使人无从立足，还有人上岸到河街去。

这是船夫中之一个，名叫柏子。日里爬桅子唱歌，不知疲倦：到夜来，还不知疲倦，所以如其他许多水手一样，在腰边板带中塞满了铜钱，小心小心地走过跳板到了岸上。先是在泥滩上走，没有月，没有星，细毛毛雨在头上落，两只脚在泥里慢慢翻——成泥腿，快也无从了——目的是河街小楼红红的灯光，灯光下有使柏子心开一朵花的东西存在。

灯光多无数，每一小点灯光便有一个或一群水手在那里谈天取乐。灯光还不及塞满此小房，快乐却将水手们胸中塞紧——居然是欢喜在胸中涌，一定得打嗝，所以沙喉咙的歌声笑声从楼中溢出，与灯光同样，溢进上岸无钱的水手耳中眼中，便如其他世界一样，反映着欢喜的是诅咒。他们尽管诅咒着，然而一颗心也依然摇摇荡荡上了岸，且不必冒滑滚的危险，全各以经验为标准，把心飞到所熟悉的吊脚楼上去了。

酒与烟与女人，一个浪漫派的文人非此不能夸耀于世人三样事，这些喽啰却很平常地享受着，虽然酒是酽冽之酒，烟是平常的烟，女人则更是……然而各个心是同样的跳，头脑是同样的发迷，——我们全明白，这些只是吃酸菜南瓜臭牛肉以及说下流话的口，可是于这时也必然黏黏糊糊，也能找出所蓄于心、各样对女人的谄谀言语，献给面前的妇人，也能粗粗鲁鲁地把脚放到妇人的身上去、脚上去，以及……他们把自己沉浸在这空气中，忘了世界也忘了自己的过去和未来。女人帮助这些无家水上人，把一切劳苦一切期望从这些人心上挪去，放进的是类乎烟酒的兴奋与醉痴。在每一个妇人身上，一群水手这样那样做着那顶切实的梦，预备将这一月储蓄的铜钱和精力，全部倾倒到这妇人身上，他们却从不曾预备要人怜悯，也不知道可怜自己。

他们的生活就是这样。若说这生活还有使他们在另一时回味反省的机会，仍然是快乐的罢。这些人的心，可说永远是健康的，虽然缺少眼泪却并不缺少欢乐的承受。

其中之一的柏子，为了上岸去河街找他的幸福，终于到一个地方了。

先打门，用一个水手通常的章法，且吹着哨子。

门开了，一只泥腿在门里，一只泥腿在门外，身子便为两只臂缠紧了，在那新刮过的日炙雨淋粗糙的脸上，就贴紧了一个宽宽的温暖的脸子。

这种头油香是他所熟悉的，这种抱人的章法，先虽说不出，这时一上身却也熟悉之至。还有脸，那么软软的，混着粉的香，用口可以吮。到后是，他把嘴一歪，便找到了一个湿的舌子了，他咬着。

“悖时的！我以为到常德被婊子尿冲你到洞庭湖底了！”

“老子把你舌子咬断！”

“我才要咬断你……”

进到里面的柏子，在一盏“满堂红”灯下立定，妇人望他傻笑。这一对是并肩立，他比她高一个头，他略略蹲下，像整理橹绳那样扳了妇人的腰，妇人身便朝前倾。

“老子摇橹摇厌了，要推车。”

“推你妈！”妇人一面说，一旁便搜索柏子的身上东西。搜出的东西往床上丢，又数着东西的名字：“一瓶雪花膏，一卷纸，一条手巾，一个罐子——这罐子装的是什么？”

“猜呀！”

“猜你妈，忘了为我带的粉吗？”

“你看那罐子是什么招牌！打开看！”

妇人把罐子在灯前打开，放鼻子边边闻，便打了一个嚏。

柏子可乐了，不顾妇人如何，把罐子抢来放在一条白木桌上，便擒了妇人的腰倒向床边去。

房中那盏“满堂红”油灯是亮堂堂的，照了一堆泥脚迹在黄色楼板上。

外面雨慢慢大了。

张耳听，还是歌声与笑骂声音。各个房子相隔多只一层薄薄白木板子，比吸烟声音还低一点声音也可以听得出，然而人全无闲心听隔壁。

柏子的纵横脚迹渐干了，在地板上也更其分明。灯则依然光明，将一对横搁在床上的人照得清清楚楚。

“柏子，我讲你真是一个牛。”

“我不这样，你就不信我在下头是怎么规矩！”

“你规矩！你赌咒你干净得可以进天王庙！”进天王庙这是说像猪，天王庙敬神，照例得把猪刮得溜光的。

“我赌咒，什么都不。”

“赌咒也只有你妈信你，我不信。”

柏子只有如妇人所说，索性像一小公牛，牛到后于是喘息了，松弛了，像一堆带泥的吊船棕绳，散漫地在床上。

肥肥的奶子两手抓紧，且用口去咬。他又咬她的下唇，咬她的膀子，咬她的腿……我们记得这时柏子是日里爬桅子的柏子，则明白这时柏子纵是牛，也是将近死去的牛了。

妇人望到他笑，妇人是翻天躺的。

过一阵，两人用一个烟盘做长城，各据长城的一边，烧烟吃。

妇人一旁烧烟，一旁唱《孟姜女》给柏子听。在这样情形下的柏子，喝一口茶且吸一泡烟，像是做皇帝。

“婊子我告你听，近来下头媳妇才标得要命！”

“你命怎么不要去，又跟船到这地方来？”

“我这命送她们，她们也不要。”

“不要的命才轮到我。”

“轮到你，你这……好久才轮到我！我问你，到底有多少……”妇人把嘴一扁，把一个烧好的烟泡装上，就将烟枪送过去塞了柏子的嘴。

柏子吸了一口烟，又说："我问你，昨天有人来？"

"来你妈！别人早就等你，我掐手指算到日子，我还算到你这尸……""老子若是真在青浪滩上泡坏了，你才乐！"

"是，我才乐！"妇人说着便稍稍生了气。

柏子是正要妇人生气才欢喜的。他见妇人把脸放下，便把烟盘移到床头去。长城一去情形全变了，一分钟内局面成了新样子，柏子的泥腿从床沿下垂，绕了这腿的上部的是用红绸作就套鞋的小脚。

一种丑的努力，是继续，是开始。

柏子冒了大雨在河岸泥滩上慢慢地走着，手中拿的是一段燃着火头的废缆子，光旺旺地照到周围三尺远近，光照前面的雨成无数反光的线。柏子全无所遮蔽地从这些线林穿过，一双脚浸在泥水里面——他回船上去。

雨虽大，也不忙，一面怕滑倒，一面有能防雨——或者不如说忘雨的东西吧。

他想起眼前的事心是热的，想起眼前的一切，则头上的雨与脚下的泥，全成了无须置意的事了。

这时妇人是睡，还是陪别一个水手又来在那大白木床上做某种事情，谁知道。柏子也不去想这个。他把妇人的身体，记得极其熟悉：一些转弯抹角地方，一些幽僻地方，一些坟起与一些窟窿，即如离开妇人身边一千里，也像可以用手摸，说得出尺寸。妇人的笑，妇人的动，也死死地像蚂蟥一样钉在心上。他的所得抵得过一个月的一切劳苦，抵得过船只来去路上的风雨太阳，抵得过打牌输钱的损失，抵得过……他还把以后下行日子的快乐预支了。这一去又是半月或一月，他很明白的。以后也将高高兴兴地做工，高高兴兴地吃饭睡觉，因为今夜已得了前前后后的希望，今天所“吃”的足够两个月咀嚼，不到两个月他可又回来了。

他的板带钱是完了，这种花费是很好的一种花费。并且他也并不是全无计算，他预先留下了一小部分钱，作为在船上玩牌用的。花了钱，得到些什么，他是不去追究的。钱是在什么情形下得来，又在什么情形下失去，柏子不能拿这个来比较，总之比较有时像也比较过了，但结果不消说还是“合算”。

轻轻地唱着《孟姜女》，唱着《打牙牌》，到得跳板边时，柏子小心小心地走过去，所以预定的《十八摸》便不敢唱了——因为老板娘还在喂小船老板的奶。

辰州河岸的船各归各帮，泊船原有一定地方，不相混杂。可是每一只船，把货一起就得到另一处去装货。因此柏子从跳板上摇摇荡荡上过两次岸，船就开了。

堪察加小景

沙　汀

一阵细雨，一阵出山风，再加上昏夜，以及这大山地区秋天例有的寒冻，市面上已经没一点活气了。尤其是公所一带地方如此。因为这是一个冷僻的所在，背负着大山，前面又是湍急奔腾的河流，便在平日，只等乡公所的大门一关，竟也很难再找出一个人影子的。

但在一两顿饭以前，在那平时算是操场，赶场日子小贩们摆摊设市的坝子上面，却也着实热闹过一通。因为一次颇为别致的示众，它把全市的男妇老幼，一统召集来了，让他们替自己寂寞寡欢的生活撒上一点香料。若果不是天气骤变，他们也许还不会走散的。然而，现在这里确又只剩有一些简陋的篾折棚子，一些赶场天用以煨煮肥肠猪血的行灶，和一两匹野狗了。此外就是风声，水声，以及困人的寒气。

但要认真找出一个人来，倒也并不困难，这便是那个被人拖来示众的流娼。花名叫筱桂芬，这天下午才初次到镇上来，而她立刻碰上了好运气。但现在苦她的，却已不再是那意外的遭际了。她只想好好地躺一躺，息一息已经酸软的周身关节。糟糕的是地面上已经因为下雨糊上了一层泥浆。

她已经直挺挺坐了好几个钟头，后衣包和裤子早湿透了。而更为严重的，是她上半天跑了五十里路，没有吃过一点东西。当她到达镇上的时候，已经半下午了。她在镇口河边上梳洗起来，用一些廉价的脂粉，一件印花的绸旗袍，和一双红底白花的布鞋把自己打扮起来，招摇过市地去找栈房；而她不久就碰见了对头。

这是她一两年流浪生活中没有过的遭际。挨打受气不必说了，最后还被拖来示众。但若果嘴不硬，她是不会被柞上脚柞的[①]，不会坐在湿地上来喝冷风；她会仅仅像那些和她遭受同样命运的妇女两天前遭受的样，被人驱逐出境完事。

背后有个墙壁也好，她可以靠一靠，倒霉四面都是空气！她好几次决心就这样躺下去，但总临时又动摇了，因为她就只有这一身盖面衣服。

现在，她是完全地绝望了，嘤嘤啜泣起来。

“我犯罪来吗？”她自言自语地边哭边说，“我又没偷人抢人！……”

她哭得更伤心了，而且第一次那么明显地感觉到了自己的可怜；为了一顿饱饭，她得四处奔波，她得逢人要好，忍受下种种侮辱！现在更是连犯人都不如了，因为她就从来没见过犯人像她这样，深更半夜拿脚柞柞在露天坝里。

---

① 脚柞，是一种刑具，两块大木料做成的，流行于川西北一带农村。它的作用在防止罪犯逃跑，比脚镣还有效，也更作孽。

她继续哭下去，但她忽然间住嘴了，带点恐怖扫了一眼四面包围着她的黑夜。

“唉，未必就这样让我露一夜么?！——喂！……”

她意想不到地大吵大闹起来，而这个立刻使她有了勇气。她不再哭泣了，而她的声音越大，愤怒也更高了，因为她忽然想到，无论如何也不能就这样过一夜。

在她嚷闹当中，公所的大门，呀呀地敞开了。

“你是在喊冤哇?！”接着，她听见了一句口气并不粗暴的申斥。

“当然是喊冤啰！”筱桂芬顶着说，忘记了那个骂她的是个所丁，而且，她的目的是在求得解脱。“你又来试试看，”她接着说，“又冷又饿，腰杆都坐酸了！我又没有偷人抢人，……”

“可惜不是我把你柞起的啦！”所丁叫屈地插嘴说。

“我管哪个把我柞起的哇！就是犯人也该有个地方躲风，有几棵草，……”

她哽咽起来，顿然没力气闹下去了。那所丁情不自禁地叹了口气。

“就像你把她柞起的样！”停停，他又自语般地说了，很有点像替自己辩解。

于是，他又叹了口气，退进那黑魆魆的大门。他叫谢开泰，诨名老娃，是个性情厚重，行动迂缓，矮而结实的农民，当了几年所丁，始终没有脱去土气。他慢慢转过身来，打算揎上大门；但他刚才伸出手臂，却又慢慢缩转去了。

他听见班长陈耀东在吆喝，于是叹一口气，停下来等候他。

“厌烦死了！”他生气地咕噜道，“真像夜猫子变的！……”

班长是个三十挨边的青年人，长条子，生满一手的好疥疮。小粮户的独子，除了红宝摊子，以及纸牌，他对什么都没有兴致；但又往往十赌九输。他来服役不到一年，目的在逃避壮丁。因为无聊，他的脑子里早就盘踞着一个邪恶念头，想揩那流娼的油。这苦恼着他，才从德娃子的烧房里喝了干酒转来。

班长狡猾地一笑，和所丁面对面停下来。

“叫你去睡觉哩。”他拖长了声音说，随又害羞似的笑了。

“睡觉？没有那么好的福气！”

“你这个人！”班长紧接着说，“我早就说过今晚上替你守啦！……”

所丁谢开泰认真地盘算了一会。

“你不会摸到场合上去熬夜吧？”他怀疑地问。

“场合上去！连喝酒都是赊的，——你来摸吧！”

班长辩解着，双手拍拍制服口袋。

所丁翻眼望他，又摇摇头，于是决定偷点懒去睡觉。但他并不立刻动身；他忽然集中注意，侧起耳朵倾听起来；最后他叹息了，“仿佛你把她柞起的样！”他怨诉地在心里说，因为穿过暗夜，他听见筱桂芬还在旗台边嘤嘤啜泣。

他准备向班长谈一谈那个露在场坝的妇女，但他打了一个呵欠，结果这样说了：

“今晚上只有我们两个人啰！……”

所丁转身走进去了，班长在大门边留下来。

为了实现他的企图，班长已经费过不少苦心，而那全部工作的关键，便是支使开谢开泰。办事员是照例不在所里住的，乡长进城求医去了，全部房子只有三五个所丁住宿；他们大半都有家有室，要诳走他们是容易的，但在那个无家可归的谢开泰身上，他却打了不少麻烦。他曾经两三次提议代他守班，那个老实人始终都不放心，怕他会熬不住牌瘾，摸到场合里去。他已经有点灰心；但他现在轻轻松松就把谢开泰打发走了。

可是，他并没有即刻去旗台边找筱桂芬。为了周全，他做作地半掩了门，缓缓跟了进去。那是间大神殿，正中的东岳大帝已经搬移开了，中梁上悬着一盏久已失灵的洋灯。下面有张餐桌，几把凳子。然而，两厢皂隶之类的神像却还在的，其中一个大家叫作胖爷，脚下燃着一只破碗做成的油灯。神座下的一堆柴火正在熊熊地燃烧着。班长在火堆边坐下来，留心着后殿里的动静。他听见谢开泰在打呵欠，又嗒的一声丢下草鞋；接着是木床杂杂杂响了一阵，此后便没有声息了。

可是，虽然如此，班长却仍旧没有动身，一种倦怠情绪，重又罩住他了。他受了同伴的传染，竟也忍不住呵欠起来，感觉到了困乏。而且，经火一烤，他的疥疮更加痒了。而当一个人搔着疥疮的时候，任何幸福都很难引诱他的，倒是尽情抓它一通快活得多。但他蠢然一笑，又叹一口气，终于放下决心，站起来了。他离开火堆，轻轻地敞开门，贼也似的溜进暗夜里去……

那个可怜的女性还在啜泣，已不再幻想谁会拯救她了。因为由于所丁的出现，以及他的提示，她才又记起她今天触到的是怎样一种霉头！那个收拾她的妇人的威风，是她从来没见过的，似乎什么人都肯听她的话。而在那妇人的进攻当中，几乎全街人都是帮手。最怪的是那批神气活现的流氓，就像狗样，她才一声吆喝，她就被柞上脚柞了。

在她的熟人当中，曾经有两三个，也是遭到过醋婆子的虐待的。她们有的被撕破了仅有的盖面衣服，有的脸给瓷瓦片划伤了，以致好久无法营生。这也许是更坏的事，但是她倒宁愿这样，因为她现在并不觉得一件衣服，一张面孔可惜，只要能够得到食物、温暖，和好好地躺一躺，她倒并不怎样看重它们！

她举目四望，她所看见的只是黑暗；她又情不自禁地放声哭了。

“倒搞出怪来了！老子犯的什么罪哇?!”她恼怒地大声叫道，“又没偷人抢人，……”

她忽然间住了嘴，因为她听见了急促的脚步声。这是班长。他走到她面前停下来；但他发出傻笑，不知怎样开口的好。这不是他第一次接近女人，他有儿有女，已经结婚好几年了，但他接近一个被人当作商品的女人，这还是第一次。

而他之傻笑，更因为塞满他的只有那个原始欲望，而又害怕说失了格。

“什么人叫你这两天跑来呵！”他终于找出话题来了，接着松了口气。

“这个怪得我么！”她反驳地说，但却庆幸自己有了一个诉苦的对象，“就说我来错了，我走好啦！把你像犯人样——连犯人都不如！一个躲风的棚子都不给你！……”

哽咽打断了她，她的眼泪淌得更认真了。

“做一点好事吧！”停停，她又求乞地抽噎着说，“我总会记得的！……”

“你会记得我们?”班长嘲弄地抢着说，“骗老实人做啥呵……”

他是没想到他该这样说的，而一说出口来，他的迟疑和害羞全没有了。反而不知不觉地确定了一种态度，而这种态度，他自以为是对付一个被看作商品的女人最适宜不过的。于是他就流腔流调，但却自命风流地同她说起来了。

她也立刻反应地采取一个合乎她的行业的态度。因为她已经看出了一线希望，可能由此得到她所急需的食物、温暖，和好好地躺一躺。为要实现这个希望，她甚至连例有的忸怩也忘记了，凡事她都直截了当地答应了他。而且说得比他还要露骨。

就这样，班长很快把她从脚柞上取下来了。他领她摸进公所里去，让她坐在火堆旁边，然后准备到后面厨房里看看，还有剩饭没有。他就要动身了，却又停了下来，望着那个身材瘦小，缩住一团的可怜人蠢然一笑。

“你不要过桥抽板哇?!”他说，但又败兴地叹了口气。

“我骗你做什么呵!”她困惫地回答，抬起头来。

她的声调态度都有点不耐烦，仿佛如果她有自由，此时此刻，便是什么老爷大爷走来，她也不张理的。她只想就这样坐在火堆旁边，抱着头清清静静休息一会；但她忽然记起她还需要食物，忽然看出班长的脸色沉下去了。

于是她就强使自己撒娇地一笑，紧接着说下去：

“我说的实在话哩。顺便请你看有热茶没有，口渴死了!”

“好嘛。”班长懒懒应声，没有回答她的挑逗。

班长走进厨房去了。他感觉得有点丧气，因为她那毛耸耸的头发，她那被雨水和眼泪冲没了的脂粉，她那有着一只尖削的鼻子和一张微瘪的嘴唇的黄脸，她那蜷缩着的单薄的身体，以及她的假笑，她的不大耐烦的口声，都在引起他的不满。他多少是失望了，兴致慢慢开始降低下去。

也许正为这个，当他转来，发现出那个所丁的时候，他还能够沉得住气，没有弄到张皇失措的地步。谢开泰是抢先一步从卧室里走出来的，因为他总担心着会出岔子，而且，他自己的一肚皮闷气也不让他安宁，于是他高声叫喊班长；他没有得到回答。这样，他就赶忙跑出来了。

他们两个不期然而然地打了个照面，于是所丁大为放心地说：

“哎呀！我还怕你出去向场合去了呢！……”

“向什么场合呵，”班长强笑着叹息说，“连刮痧的小钱都没有了！……”

“你把她放下来的哇?”所丁紧接着问，用下巴指了指筱桂芬。

“是啦！”班长装出厌烦的神气说，“她就那么不息气地哭啦！……”

所丁深沉地叹了口气。

“一个人是该多行点方便呵！”他抢着说，立刻相信班长做了一件值得称赞的事体，用不着再分辩，“我早就想这样做了，我怕我没有这个资格！再说呢，这场上的事，每样都认真的么？——呵哟！……”

他非笑地摇摇头，感慨万端地在火堆边坐下。

把饭递给那个已经被吵醒来的可怜的女性，闷着张脸，班长也在火堆边坐下了。起初，他颇担心那个老实人发觉了他的蹊跷，接着他就因为他的坦白善良自惭起来。而他现在，却又有一点冒火了，生气他打岔了他的好事！

只有筱桂芬说得上心情开畅，食物使得她振奋起来，忘掉了疲倦了。

“哎呀，今晚上幸得遇到你们！”她深感庆幸地说，一面开始扒饭。

“恐怕饭已经冷硬了！”所丁说，打了一个呵欠。

“那你就去帮她烧点开水好啦！”班长脱口而出地说。

他讲的是忤气话，但所丁却发愁道：“就看有没有引火柴呵！”于是，跑进厨房里烧水去了。他不久就带回来一大瓦钵开水，三个土碗，博得了筱桂芬更大的欢喜。便是班长，也都忽然开朗，为了所丁的善良戆直而发笑了。

“难怪都讲你心好哇！”班长取笑地说，“我今天才亲眼见到呢！”

“什么叫心好呵！”所丁忸怩地说。

他打了一碗开水递给班长。接着就又抬起他的柿饼脸来，望着筱桂芬叹气了。

“幸得脸还没有抓烂！”他沉吟说，一面摸出一根烟棒。

“我倒要问问你们呵！”所丁触动了她的心事，于是停住扒饭，筱桂芬滔滔不绝地说下去了，“那究竟是什么人哇？我也跑过一些码头，见过一些歪人；女光棍都见过，没有她这么样凶！说我引坏了她的什么人么，我才来头一次啦！……”

身子朝前一耸，她就那么恶狠狠地望定所丁，而她的大眼睛可濡湿了。

她重又记起了她的耻辱，她所遭受的狠毒的待遇。那时候她正花枝招展地经过一个黑漆龙门，想到栈房里去，但她听到了一阵辱骂；她好奇地站住了。于是转过身去，打算看个究竟，而她立刻大吃一惊：一个身材肥壮，像刷墙壁那样满脸脂粉的妇人向她奔走过来；电烫飞机头，满手黄金戒指。

还没辩解一句，她就被打了耳光了，此后便是七嘴八舌的责嚷，……

“咦唉，”她哽咽地接着说，“只有她才是人生父母养的吗?!”

“这怪你把皇历翻错了!”所丁说，从肥鼻孔里喷出一股烟烟，“早半个月来都没事的。乡长不走也行。前天才赶走一批，你就来了，——卖灰面碰见了刮大风！……”

他顿住，把烟棒在地上一磕，敲出烟锅巴来。班长忽然纵声大笑。

“什么人叫你们要拖垮人家的老公呢?”班长随又嬉皮笑脸岔了一句。

“这只能怪自己呀!”所丁不满地辩解说，“又不择嘴，来一个捡一个！……”

筱桂芬害臊得脸绯红了，于是作为躲闪，她扒起饭来。

这不是没由来的，因为经过所丁的辩解，她完全懂得了那所谓拖垮人家的老公是什么意思，所谓不择嘴又是什么意思，忽然感觉害羞起来。虽然她还不大明白事情的真相：由于荒淫无度，乡长的身体越来越加坏了，随常都在闹病，于是他的太太硬把她的愤怒转注在所有的流娼身上……

她掩饰地开始扒饭，但她忽然又把饭碗从嘴边拿开了。

“你们拖垮人家的老公!”她嚷叫道，一下扬起颧骨突出的瘦脸，“我先前来过啦？他是光脸吗？是麻子吗？……”

“他是开玩笑的！”所丁插进来说，因为她的气恼淡淡一笑。

“呵，开玩笑的！”筱桂芬重复说，“你怕人家不是人么，什么玩笑都开？你自己又来试一试看，”她哽咽起来，语调变得生涩而脱气了，“不相信你受得住！都是人生父母养的，哪个甘愿来吃这一碗作孽饭么？……”

在这中间，班长先是嘿嘿嘿蠢笑，现在，他就认真地难为情了。

“哎呀！一句话就把你得罪了。”他终于说，又害羞地一笑。

“得罪我们算什么呵！……生下地来就是贱货！……”

翘起筷子，她拿手背揩去一大颗流在鼻翼边的眼泪，于是就沉默了。

她重新吃起饭来，但才扒了两口，她就没心肠再吃了，单只呷着饭里的开水。

所丁偷偷望了她一眼，又望望班长，继续抽起烟来。班长也没有再张声，但却努力维持住瘦脸上的笑意；这是解嘲，因为无论如何他总觉得筱桂芬损害了他的尊严。而若果没有他，筱桂芬还会在露天里受冻的，得不到食物，得不到温暖……

班长最后忘掉了她的可怜，但也忘掉了自己的野心，变得来很不满了。

“呵，我告诉你哇！”他忽然想起地说，“五更锣响你就要转去啊！……”

他紧盯住她，但是他的恫吓并未引起任何显著的反响。他感到挫折了。

“呵，那个时候你不要给我们找麻烦哇，”停停，班长又口不应心地继续说了下去，“等到要给你柞上啦，又哭哭啼啼的，以为是我们在耍挖苦。闹出误会来更不大好！——呵？……”

“你放心好了，”筱桂芬沮丧地开口了，“我们识好歹的！”

“本来是呀！要不看见你太可怜了，睡在铺盖窝里哪一点不好呵！……”

“这样这样，”所丁忽然圆通地说，“抽两口你去睡吧！——喏！……”

班长俨然地接过所丁谢开泰递给他的烟棒，开始抽起烟来。

班长原想舒舒服服抽几口去睡的，让那老实人自己站班，并把那五更锣响时候该做的事摊派给他；然而，由于他的心里忽然变坦白了，再也没有什么欲望，什么鬼胎来烦扰他了；加之，他又是惯熬夜的，他的疥疮又拼命痒起来了，因此，当他抽好了烟，又把烟棒传给筱桂芬的时候，他倒神清气爽，不愿意睡觉了。

搔着鸡爪一样的手，又瞟眼看一看筱桂芬，班长的神情显得安闲而且满足。

“你怕二十岁出脚了吧？”所丁突然地问，当他审视了她一会儿之后。

“哪里呵！”筱桂芬否认地说，而且不好意思地笑了。

于是，等把包在嘴里的烟烟吐出完了，她才又清清楚楚地告诉他说：她今年十八岁。

“哼！……”所丁从鼻孔里叫了一声，又像怀疑，又像有点惊怪。

“的确的呢！”接着她又辩解地说，一面卜卜卜击落烟灰锅巴；

仿佛这个在她十分重大一样，“你算算吧，辰的，属龙，今年不是恰恰十八岁么？我这个人才从来不隐瞒岁数呢。一个人么，岁数是多大就多大啦！”

“你做几年生意了呢？”班长打偏头望望她，又在脉经上涂了点口水。

“明年春天就两年了。”

她回答得很平淡；但她忽又咽一口气，将手移开正在掏烟的牛皮荷包。

“老实说吧，哪个甘愿来做这种事啊！”她幽幽地接着说，口气听来很沉重了，“不怕你笑，我们早前也还是吃得起碗饭的呢！自家有好几亩，又租了他妈好几十亩，一年要卖一两槽肥猪，——哪个想得到现在会来吃这碗饭呢？……”

她摊开两手，求助似的扫了班长所丁一眼，于是折下身子，不再响了。

“杂种！就是金刚钻太把人整惨了！”她欠起身加上说，开始装烟。

“金刚钻是什么人哇？”班长好奇地问。

“我们那里的联保主任。”她沉思地回答说，用篾片点着火。

“你们那里不兴叫乡长么?!”

“他儿子才是乡长，……”

篾片已经燃了，但她并不立刻抽烟，却又解释似的接下去说：

“想么，他自己也当过乡长的啦！那是才把联保主任改成乡长的时候。等到儿子受训回来，他就把乡长交给儿子当了。……”

“哎呀，就跟我们这里一样！”班长恍惚大悟地说，瞄了一眼所丁。

“呵！呵！呵！”所丁终于也想通了，“我懂得了！……”

“你还有父母没有呢？”班长更加专注地问，停止了抓痒。

“爹前年就死了……”

“这就叫天下老鸦一般黑！”所丁自言自语地说，没有注意听他们的；接着他就起身找柴去了。他那宽阔的黄脸上始终流露出一种又像嘲讽，又像怨愤的神气；而当他转来的时候，他又说了：“这就叫天下老鸦一般黑！……”

他坐下去，动手添加木柴；但他听见筱桂芬正在讲述她的阿哥的遭际。

“怎么！你们那里不兴出钱买么？”他吃惊地问，忘记了添柴。

“出过两次钱呵！”筱桂芬沉痛地说，“结果还是抓了！……”

她忍不住伸了个懒腰，又连连呵欠着，但她并未看淡他们的关切。

“你们想吧，”她接着说，几乎一字一顿，“这一下剩到的全是娃儿……妈动不得……嫂嫂又金枝玉叶样，吹股风都要生病，哪里找人手啦！……呵！先前还说，自己几亩田总做得出来吧，结果吃的比屙的多！……后来妈就让崔三诳把我带到绵阳去了，那家伙吹绵阳纱厂里在招工人！……”

她打盹起来；但她立刻又惊醒了，注意到了自己身上单薄的衣着。

“皱得来像腌菜了！”她懊丧地说，“提包也不还我！……”

“提包她会还给你的！”所丁说，“快好好睡一觉吧！”

“哎呀！今天幸亏碰到你们……”她呵欠着说。

她试想笑一笑来表示她的感激，但是还没有笑成功，她的脑袋已经落在膝头上了。

“请你们让我多睡下吧。”她梦呓一般地哀求说，随即起了鼾声。

那两个乡下人不约而同地相视一笑，接着就又叹了口气。

“担心会着凉呵！”所丁发愁地说。

“这么大一堆火啦！”班长反应地说，口气有点厌烦。

这厌烦，并不是因为他不满意所丁的关切，从筱桂芬的谈话，他想起自己来了。他也出了好几次钱，但他现在还被逼起来当班长；他的父亲也不健康，母亲、老婆做不了多少事；目前又正在种小春，老头子真活该受罪了。……

他在心里向自己说：“怕要请一两天假才好哩！”接着却向所丁嚷道：

“喂！我们来挖对对福好吧？”

所丁想了一会，又很响地咂了咂嘴唇。

“也要得嘛！”他闷声闷气地说，叹了口气。

于是，搬来一张独凳，搬来那胖爷脚下半边破碗改造的油灯，班长把一副边沿已被油腻浸透了的纸牌，掏出来了。他们挖起对对福来，逐渐把什么都忘掉了：黑暗，午夜，以及那个黑袍红帽，下垂的下唇上沾满烟膏的胖爷……

只在洗牌的时候，两个人总要抽空瞄一眼筱桂芬，拨拨柴火，于是又继续打起来。

1944年11月24日

石青嫂子

艾　芜

早上太阳仍像往天一样，把晴美的阳光抹上满峡的树林，叫带露的树叶草叶都亮得耀人的眼睛。只是石青嫂子的心上却阴暗极了，阴暗得像夏季乌云满布的天空一样，随时都会雨点似的落下泪来。看见屋里踢倒的板凳，打烂的灯，再看见门前地里一片乱踏的足迹。菠菜的叶子，踩来变成烂泥；番茄踩成一摊一摊的红浆。那些红浆很使石青嫂子疑心，怕是夜来扭扯的时候，他身上流出来的血。

对河山腰上的汽车公路，一乘长途汽车驰过以后，便比平日还要静寂，简直静寂得可怕。满山秃露的乱石，在阳光下面更加显得苍老丑陋，仿佛一些生癞疤的秃头似的。人工凿过的公路，隐藏在乱石里面，一种原始的荒凉的气氛，越发强烈地流露出来。

有石青的时候，她从来没有感到过她这间山峡中唯一的茅屋是孤独的、寂寞的、可怕的。她只觉得面临小河、背靠山岭的一片斜坡，给予她无限的繁忙和劳碌。她终天头上包着一张蓝布帕子，不是拿锄头挖地、镰刀割草，就是手腕上挂个篮子，采摘什么东西。晚上星子都现在山峡的高空了，树林茅屋全隐藏在轻雾里面，小的孩子，坐在门前哭着喊妈的时候，她还在地里摘着苦瓜豇豆或是茄子辣椒，准备明天一早挑到五里以外的镇上去卖，好换点米回来。

现在当家人没有了，恐怕永远回不来了，她夜来大声号过，捶过她的胸口，扯过她的头发，白天则痴痴地在河边站过，伸手摸过可以挂索子的树枝，都因了五个孩子的影子，掩映在眼前，各样娇小幼稚的声音，萦绕在耳旁，使她一时忍不下心来。她得为他们幼小的人儿活起。虽然她的手臂挨过一下拳头，但只消扯点草药来揉揉就可以好了的。她觉得只要手还能活动，挨小河这一片斜坡，一定能够养活他们，把他们盘大。这八九年来的岁月，早已使她看清楚了，石青在学校里面做小工的那点工钱，一点也不能养活她一家人的。全靠她在这片斜坡上面长年锄草灌水，把汗珠滴进泥土里面，才将茅屋顶上的炊烟，终年不断地升上峡里天空，使对面山腰上驰过的汽车旅客，感到这儿还不是一个寂无人烟的地方。她决心活下去，把一些荒起的泥土也完全开垦出来，扩大她的种植范围。希望天有眼睛，三年五载之后，他又好好地走了回来！日子就放在勤劳和希望里，一天天过了下去，只是她那张太阳晒黑的胖脸，慢慢地瘦了。嘴角上再没有笑纹，眼睛也分外阴凄。早上到镇上卖菜，很容易为点小小的事情就同人家吵架。

她住的这一带地方，八九年前是非常荒凉的，全长着带刺的荆棘、弯曲的灌木和些牛羊也不吃的野草。砍柴的、放牛的，都以地方太偏僻不肯到来，终年只有鸟子在那里飞翔。打猎的偶然到过几次，却因猎获物落进荆棘，不易寻找，而且还拿给刺藤划破了裤子，便也不再感到兴趣了。但一所大的官家学校，为了避免敌人的轰炸迁建在山那边的空地以来，做校工的石青，便在这边峡谷地方搭个简单的茅棚，安顿下他的老母和妻子。校地是征用的，连带这边的山峡，也仿佛成为学校所有的了。每日黄昏时候，学生在河边散步，歌声响彻整个峡谷。夏天则在河里划着小艇，白制服的影子常常在青色的芦苇丛中晃动。峡谷一点也不显得静僻寂寞了。

石青两口子都不是跟随学校迁来的外省人，只是家乡离学校有几天路程罢了。他们原本是租田种地过日子的，仅因这家官办学校可以永远受不到保甲长的麻烦，便放下锄头，跑来学校，把平素伺候禾稻麦苗的粗手，转来伺候教员和学生了。但依旧性难改，看见斜坡的泥土肥得发黑，便不禁眼睛红了起来。再加物价天天涨得吓人，只靠一点工钱和米贴绝难过活的，于是石青便在挨晚边的闲暇时间，以及整个的星期日，用斧头锄头镰刀把斜坡的灌木荆棘野草一一地除去。石青嫂子更是勤快，老是将打补丁的袖子挽到手肘以上，除了回家煮两顿饭而外，终天都拿旧蓝布衣裳包着的粗壮身子，点缀在斜坡上头。手腕常常现出划破的血迹，衣上裤上则沾着野草的种子和叶片。就是怀孕了，她还肚子挺挺的，擦进长着胡豆麦苗的菜地里去，一点也不肯坐在茅屋里休息。地里一大半的工作，可以说是石青嫂子一个人做的，她的能干，简直使那些散步到来的教授太太一迭连声地赞叹不已。

斜坡上的土地，也真不辜负他们两夫妇，冬天春天的菜蔬，夏天的菜子麦子，秋天的毛豆瓜果，都给他们换来不少的口粮。猪喂起了，鸡喂起了，孩子隔两年就添一个，茅屋里渐渐变成一个闹热的家族。有一年母亲害病死了，便葬在岭脚斜坡尽头，让她老人家的阴灵永远守在近边，佑护这个兴旺的家庭。每年清明、冬至的日子，两人便带起孩子，去到墓上做番很有礼仪的拜扫。从没有人到来干涉查问，也没人到来收捐取租，俨然这个峡谷就全是他们的了。即使有保甲长走到探视，但听见回答“我们是学校的”，就也再不打麻烦了。

他们稍有余钱的时候，便把茅屋加以改造、扩大，使它变成能够牢实、长远住人的地方。茅屋外边种上了橘子枇杷，河边上还种了桃子和李子。春天树上开出各色的花朵，秋天枝头结起红红的果实，总使对面山腰上经过的旅客，要从长途汽车的窗上射出怡悦的眼光，表示一刹那的欣赏。

在这些日子里，石青嫂子常常是很满足的，听见对河山腰上的长途汽车，用轰轰隆隆的响声震动这个峡谷的时候，她在这面斜坡上，偶然望见那些塞在车厢里的人们以及捆在汽车顶上的箱子被盖，会忍不住奇异地想：

“为什么人要这样不停地跑来跑去？像我们这样静静地住着，多好去了！”

可是到了抗战胜利，这个官家学校很快复员东下，石青因为是四川人，不愿带起家眷远行，同时也舍不得离开七八年来亲手开垦过的地方，便只好孤单地留在峡谷里边了。学校遗下的房屋，全由地主无条件地接收，以作为土地使用后的报酬。砖砌的洋房，地主搬进去住起，校长室的廊下，挂起了鸟笼，办公室的门口，则有鸡呀鹅呀走了出来。学生住过的寝室教室，因为建筑简单，年成久远，好些地方石灰泥土剥落了，篾条编成的壁头，便全然现了出来，就由它空起，让蜘蛛去张网捕虫。

石青失掉了职业，也失掉了庇护，首先是保甲长走来打麻烦，继后便在夜里拿给拳头恫吓起走，远离他的茅屋和亲人。石青嫂子慢慢习惯于她的孤独了，但还望着对河山腰上经过的汽车，凄切地想：

“要哪年哪月，他才能坐着汽车回来呀？”

再没有歌声缭绕在树间了，黄昏的河边上，也再没有散步的人影子。除了长途汽车每天用吵闹的声音经过一两次而外，峡谷里面便现出了原始一样的寂寞。石青嫂子咬着牙巴忍受，让壁立的岩石、静静流着的小河、风过处便窃窃私语的树林，都作为自己亲密的邻居。长着青草的祖母的坟墓，也常能给她以无言的安慰。再则，孩子也渐渐地大了，茅屋里，斜坡上，总荡漾着他们的嚷叫和笑声。这个寂寞的世界，便慢慢由孩子弄得热闹起来。

但自当家人离开后的第四个月，有一天，忽然有三个人大模大样踏进了她的菜地，拿一根带子在东量西量的。她担心会踩坏了她辛勤种植的农作物，便放下奶着的孩子，大声地加以阻止。

“呵呀，你们踏着人家的菜地哪，那是才撒下种的！”

两个牵着带子在量的人，都穿着短装的，并没有理睬她，只是在菜地走上走下的。

“先生们，你们是有耳朵的哪！”石青嫂子气得大叫起来，“咋个这样不听招呼？你们那样踏了，还长得出来啥子！”

两个在量的人，只是望她一眼就算了，仿佛把她的号叫看成一件和他们毫没关系的事情一样。倒是一个站在斜坡边上的人，穿着长衫，悠悠然吸着香烟的，露出轻蔑的神色，叱责地说：

“你在吵个卵呀，这样叽叽喳喳的！”

“这是我的地呀，我不该吵么?!”

石青嫂子气得呼吸都迫促起来了，只是直着喉咙地嚷叫。

吸着香烟的人，冷笑起来：

“你的地，哼，你的地!”

两个在量的人，也插嘴嘲笑起来：

“你怕睡着没有醒啰!”

吸着香烟的人现出一脸见怪的神情，突又反问道：

“你的地？我问你，你是啥时候买的?”

石青嫂子这倒怔了一下，但她不是一个怎样愚蠢的女人，接着就答复道：

“咋个不是我的？这是人家学校送我的哪!”

吸着香烟的人眉头一扬，轻蔑地说：

“送你！他学校怕想吃官司了!”

两个量地的人现在又来量茅屋的周遭了。两条狗先前在远远吠着的，现在便狞恶地跑拢来咬。石青嫂子见这三个人莫名其妙地跑来践踏菜地，又大模大样地气势凌人，心里气愤极了，就让狗去咬他们，一点也不加以制止。她只怀着痛恨的心情，去看地里那一片可恶的脚印。有的地上，小白菜已发出两片嫩叶了，给脚一踏，便全然碎折，不能再生的了；她感到非常难过，就像自己养的孩子，拿给别人践踏了一样。她一面用手翻泥土，查看踏坏的种子，一面喃喃地切齿诅咒：

“短嫩颠的[①]，挨炮子的，你们这样糟蹋东西，你们得不到好

---

① 短嫩颠的：意即夭折、短命。

死的！”

三个人走了以后，峡谷里又重新平静了。风在林间吹过，叶子微微作着声响。岭上有啄木鸟在波波波地敲着树子。石青嫂子依然回到茅屋门前，再来喂她小孩的奶，大的孩子不安地问：

“妈妈，他们是做啥子的？”

石青嫂子便责备地说：

“你问他们做啥子？他们都是些强盗拐子！”

她觉得她这一天地里的损失是很大的，萝卜白菜的种子，虽是所花不多，但长成以后却不晓得要少好多斤去了。这不像拿给人家偷窃一样的么？她心里默默地祷告着，唯愿老天保佑，不要再有这样的人跑来践踏她的菜地！

但天是和木石一样地无灵，隔不两天，量地的人又来了，跟先前不同的，是只来两个着短衣的人，而且也不像前次那样走到菜地里去胡乱践踏，却是一直叱骂着狗，走到茅屋里来。石青嫂子惊恐地望一下，便黑着脸子，疑虑地问：

“你们又来做啥子？”

两个人气势汹汹地赶着狗打了一会，才忽然摸出一张纸片来，对着石青嫂子大声说道：

“你懂得么？我告诉你，你种地四亩有多，得出押金三十万元，你那样做啥子？押租会退给你的，只要你不再种了。你要放明白一点，这是吴大老爷的地，并不是你的，他手上有纸，就是县长帮你的忙，你也赖不赢他的。”

石青嫂子听见人家手上有纸，晓得是有契约字据的，便也不敢再辩了，脸色异常地颓丧，一面却又鼓起勇气，愤愤地嚷道：

“你就把我的儿儿女女通通卖了，也凑不到三十万元哪！”

拿纸单的人，听也不听地只是责备道：

“你在吵个球！这才是一笔押金哩！你每年还得出五斗米的租子！”

石青嫂子马上截断他的话，尖声喊了起来：

“这简直逼着牯牛下儿哪！你们睁眼看看，这鬼地方会出一颗半颗谷子么？要五斗米，不是要人家的命？”

“你向我们吼啥子？比嗓子大？我们只是来通知你！”拿纸单子的人突然发气起来，“你不肯出，你搬开好了，哪个拉住你？”

另一个始终拿木棍吓着狗的，也插嘴骂了起来：

“你们还是搬走的好，没有看过你们这里，人凶狗也恶的！”

把纸单子递在她的手上，便头也不回地走了。石青嫂子气得说不出话来，只用劲把纸单子撕得粉碎，朝两人走的方向丢去。半晌，才望下屋后的斜坡，恨恨地说：

“要我搬走，哪容易！人家苦了十年，不说啥子，就是汗水也流了几十百桶去了嘛！你就拿棒棒来赶，我都不会搬的！”

这时候，她倒不怕静寂和孤独了，只担心会有这样不讲理的人常来打扰和吵闹。而她也下了个决心，无论别人怎样想方设法来赶她走，她都不会离开峡谷一步的。她觉得在峡谷里生活，将近十年，和山峰、树林、小河都弄得非常的熟识，尤其这片朝夕用光足板踏过的斜坡，四季长着青绿的菜蔬、红黄的瓜果，使她分外感到亲热，正如吃奶的孩子看见母亲的乳房一样。她一向觉得峡谷就是她一家人的。她在岭上寻柴，总是钩点枯干的树枝，很不忍向那活生生的树身砍进一刀，一则以为它们都是朝夕常见的邻居，不愿加以杀伤，再则也认为要它们长得大些，就更能够心上感到快乐。小河也很使她喜欢，她晓得没有小河的水，她这片斜坡上的农作物，是不容易活起来的。每年过年的三十晚上，她定要走到水边，点起香烛纸钱，诚心诚意表示她的感谢，她在峡谷外边的小镇上卖菜，人们惊异她的番茄大，豆角子长，她便会很愉快地说：

“我们那个地方，实在生得好，泥土肥不消说了，河水挑起来又很方便！”

但她又怕别人羡慕，会也挤进谷来居住，便又皱起额头皮，做起艰难的神情，叹息地说：

“就是野草太容易长了，你只要三天不下地去，你看看，真有你收的！你顶好拿牛去吃光算了！别人在外头种地，费一分两分气力，我们就得费三分四分哩！讨厌得很，那全是一个要人下力的地方！”

现在却有人忽然要来赶她，你想她是多么地痛心，她觉得就是拼命也得把这片斜坡、这个峡谷好好守住。她想别人一定很久就眼红这个地方了，只以当家人在，不敢下手，现在晓得单是她一个人，而且又是女人，就特别跑来欺负她了。

“好吧！你默倒女人好欺么？”她恶毒地点一下头，自言自语起来，“我就要拿出我们女人的厉害来！”

她把锄头棍子镰刀以及斧头之类，全放在进门地方，只消有人敢来把她拉出茅屋，她就得抓起一样东西，首先给他们一下惩罚，使他们明白，她这样的女人，是万不能随便加以欺负的。她每天在地里工作，总要在伸起腰杆休息的时候，直向峡谷左边靠河的小路上，仔细望它一会，看有没有人走来峡谷里生事，以便赶快跑回家去，预先准备一切，免得临时手忙足乱起来。有时也叫大的孩子带着婴孩在高点地方玩耍，同时留心有没有人影在谷口出现。

不久以后，一个老头子走来了，茅屋里当然显得很是紧张。石青嫂子捏根棍子，撑在门口，眼睛大大地睁着，直望着来人。顶小的孩子，因见妈妈的神情不同平日，脸色异常可怕，外面狗又咬得很凶，便不禁吓得哭了起来。

老头子一路叱骂着狗，满脸通红地走了进来，看见石青嫂子不替他赶狗，不招呼他，也不请坐，心里很是不快，便讥嘲似的骂道：

“你那样望着做啥子？我又不是做强盗的！”

石青嫂子看清他手里没有武器，只是捏一根短短的烟杆，光景不像是行凶的，便也就脸子松弛起来，但仍旧不安地问：

“你老人家是……”

“我是甲长！”老头子责备地说，仿佛怪她连这都不晓得一样，“我是为吴大老爷这块地来的，我晓得，他要是要多了一点，可是你得明白，你们种了十搭十年了，他就没有收过你一点租。要是换给别人，他就早来收了。他对你们真是客气得很，现在我替你说好话，要他少收一点。押金二十九万元，租呢，收新斗一石！……呵哟，这死狗！”

他对着跑来的狗摇着短烟袋，惊慌地叫起来。石青嫂子这回也替他赶狗了，只是回头来，把老头子说的“收新斗一石”，只听清了“一石”两个字，便像拿给狗咬了似的叫了起来：

“呵呀！你老人家还说减了，这是减的啥子鬼哪！”

老头子很凶地看她一眼：

“你咋个不听清楚哪！我是说新斗一石。难怪人家说你们不讲道理！捞起半截话就跑！”

石青嫂子生气地抵塞道：

“就是新斗一石，我也出不起啦！他爸爸不拿给死鬼些拉走还好，你老人家看看嘛，这五张嘴巴，天天要东西塞进去，我一个人咋个拖得动嘛！”

“这没有法子！”老头子望望那些脏污褴褛的孩子，摇摇头，叹口气，“你种人家的地，你总得要出押金纳租子的！天地间总没有白占的道理！”

“求你老人家再跟他吴大老爷讲讲好不好？”石青嫂子乞怜地说，“请他吴大老爷发发慈悲，等孩子的爸爸回来的时候，再想法子。”

“要是他不回来呢？”老头子非难地说，“你们就永远不出了么？”

“呵呀，求你老人家，不要说这样可怕的话！”石青嫂子难过地叫了起来，“他不回来，我们娘儿母子咋个得了！”

老头子偏开脸，望在一边，悄声责难地说：

“动刀枪的事情，哪个料得到！”随又觉得话太说得残酷了，又改口安慰地说，“也许天老爷保佑你们，他会回来的！”

“但愿你老人家说的话应验！”石青嫂子感激地说，“也要天老爷睁开眼睛！”

老头子挥下短烟袋，不耐烦地说：

“不要多讲别的了！租子的事情，你听我的话，答应好了，他吴大老爷又不会马上要你的，年底再给不迟；就是押金这二十九万元，你得赶快想办法！”于是用眼睛朝屋子里搜索一通，“你现在就可以把猪呀鸡呀，拿去卖嘛！”

“你老人家看看哪，猪才这点点大，咋个好卖呢！”石青嫂子颓丧地说，“就是卖了，也凑不够灿！”

“你们一点也没剩么？”老头子故意做出讶异的样子，“不是学堂搬的时候还给你们一笔钱？”

“呵呀，你老人家咋个不替我们想想哪！”石青嫂子愤愤地说，“学堂一搬走，我们石青就闲在家里，东西又天天涨得吓死人，那点子钱，不消两个月，就用得水冲光了！要是还剩有，我这些娃娃也不会瘦成这样子，烂成这样子了！”

老头子摇摇头，叹口气。

石青嫂子忽然眉头一扬，用手拉下老头子的袖子，恳求地说：

“你老人家这样去讲讲好不好？请他吴大老爷开恩，押金免掉，租子哩，我照地里出啥子我就缴啥子，有南瓜，我就送他南瓜，有红苕，我就送他红苕……”

老头子不禁失笑起来：

“你真想得好！他会要你这些东西？鱼呀肉呀，都吃不完的，还要你南瓜红苕做啥子？除非拿去喂猪！就是喂猪，他也不会要的，人家喂猪，全是糠拌饭！你想都不要想，我也不好意思去说的！”

石青嫂子痛苦地叹气：

“他简直要叫人家的鸡下金蛋哪！”

老头子感慨地说：

“他老人家也太想钱了，儿子在外头带兵，一年要寄多少回来，这点子押金就算了嘛！”

石青嫂子在痛苦的脸色上又露出鄙夷的神情，冷冷地说：

“他要能够这样想，那他就长命百岁了！”

老头子现出为难的样子，边走边叹气：

“这叫我咋个去回话嘛，简直捏红炭圆！”

石青嫂子赶在后面说：

“你老人家就这样告诉好了！你说，他们干竹竿榨不出油的！”

老头子头也不回，发气似的吼道：

“你自家去讲好了，鬼才理你们这些事情！”

石青嫂子知道老头子是吴大老爷叫来讲话的，明白对方不会完全使用武力来解决，就心里安静许多了，她决定以后不论什么人来讲话，都拿押金缴不起和地里出什么就缴什么来对付。而且要把自己的态度弄温和一些，客气一些。言语方面也尽量使用恳求和诉苦那类的字眼，务使来说话的人，能够回去说一番好话，而不致把事情弄得更坏。并要请来人在屋里坐，待承他一杯茶，揭起坛子盖盖给他看看，让他明白家里的粮食是怎样地缺少。又再引他到地里去瞧瞧，地下种的大蒜，总要个把月后才能冒芽。黄芽白、莲花白必须到冬天才能长好卷起。目前可以当成收成的，只有红苕。吴大老爷他要呢，她愿给他挑一担去；不要呢，是他吴大老爷不对，她的人情是做到的了。她想竭力把道理放在她这一面，无论县长主席来讲话，她都用不着怕了。

日子一天天地过去，峡谷里全没有什么人到来。她的心也更加安静了。天天浇水的斜坡上，大蒜冒出青色的嫩苗，葱子则长得绿油油的，可以扯到街上去卖了。黄芽白和莲花白，都常常捉着虫的，一天比一天长得青绿。她想这些菜长好的时候，她一定要送些给吴大老爷吃，而且只要屋边上的橘子长红，广柑变黄，她也一定要送几篓上门去的。她觉得只要他吴大老爷肯发慈悲，不再叫人来讲租讲押金，那她这个人并不是没有良心的，她也能够讲人情，把好东西送去报答、酬谢人家的好意。她晓得他们富贵人家，南瓜红苕不吃，那橘子广柑和小菜，却是肯要的。他们不是常常叫人到镇上去买这些东西么？她还想过年的时候，约莫腊月二十四或是二十六，正当照例吃年饭的那些日子，她就给吴大老爷送两只肥母鸡去。并且在撒高粱喂鸡的当儿，她把那群半大的鸡一个个地仔细看过，全白色的送人不吉利，黑色的又怕皮肉不白净，于是她就选定黄色的有黑点的麻花母鸡，不管将来就是顶会下蛋，她也要捉去送吴大老爷的。

有一天半夜后，石青嫂子突然拿给狗的凶猛叫声弄醒，同时又听见什么东西在哔哔啪啪地爆响，睁开眼睛一看，满屋通明透亮，不住地冒进烟子来，她明白隔壁灶房起了火了，她光起脚板爬起来，起初还想往河里挑水灌熄，继后看见火势很大，立刻就燃到正屋顶来，便赶忙把睡熟的孩子连同被盖衣裳，一个个地拖出。还把笼内的鸡放了，让它一个个扑扑地飞开。最后她的头发也着火了，她才没有再跑进去搬拿东西。火在茅屋上吼着、跳着、笑着，尽量发挥暴虐的能事，不到一顿饭工夫，就把屋子和屋里的一切，烧成平地了。连屋子侧边广柑橘子的树叶，都烧得焦黑。火光没有了的时候，一坪炭屑还在黑暗中发着红焰，冒着烟子。石青嫂子想着她这年年都在培修的屋子，想着慢慢买来的家具，想着那条没有跑出的猪……便忍不住失声痛哭起来，把这半年来所受的冤屈和痛苦，都借声音发泄个一干二净。

哭够的时候，她叫孩子们在一棵橘子树下睡着，自己则对那发红焰冒烟子的火场呆呆地望着出神。她想灶房里烧晚饭的火，是洗碗的时候就熄尽了的，而且临睡之前，她还照往夜的例去扫过一番，把柴草放得远远的。怎么会起火的呢？她越想越觉得奇怪。无疑的准是有人来放的了。难道要赶我们，便来下这样的毒手么？她挨着孩子昏昏沉沉睡了一会，天便亮了。看见火场上烧焦的猪、烧烂的泡菜坛子，一堆变成灰的粮食和变成木炭似的用具，不禁又哭了起来。锄头镰刀斧子烧坏了，挑水浇菜的水桶没有了，今后又拿什么来工作呢？房子没有了，还可以在树下睡睡，地不能挖，草不能割，菜不能浇水，这怎么得了？猪没有烧死的时候，猪卖了还可以拿钱去买水桶锄头，可是猪也烧死了。鸡呢，又都是小小的，一个生蛋的鸡婆，卖了也买不到什么。等菜长大了，再卖来买用具，又不晓得要等到什么时候，起码也得两三个月才成。而且眼前的饭食就成问题，挖在屋里的红苕，还没下窖，就全烧了，简直是损失了半年多的粮食。想起这些困难，就整个身子都在发颤起来。这比那次当家人拿给人家拉走还要痛苦。当家人拉去，她还可以挑起担子，把儿女养活起来，现在却是活不下去了！

于是她只好叫大的孩子守着昨晚抢出的被盖，自己则背着婴孩，到镇上去向人诉说她的苦难和悲哀，说得伤心的时候，泪珠便成串地滚在黄瘦的脸上。好些人都对她表示同情，有的给她钱，有的给她衣，有的又给米。同她熟识的老太婆，还帮她把东西送进峡谷里去。

走回斜坡的时候，石青嫂子又把起火的可疑原因，连同吴大老爷派人来威吓的情形，一一讲了出来。老太婆望望四周，带着害怕的神情，拉下石青嫂子的衣裳，悄声说道：

“你听我劝，你还是离开这个地方吧！这里太背静了，又单是你一家人，人家把你一家人……唉唉，赶快走了算了！”

石青嫂子脸子立即发青起来，半晌才说出了话：

“离开这块地，叫我们娘儿母子咋个活嘛！”

“你该想想，性命更要紧呀！”老太婆责备起来，“他们那一家人，有钱有势，啥子歹毒事情做不出来！”

石青嫂子不禁又气愤又伤心地说：

“我这老命不要，我就同他拼了算了！”

老太婆连忙摆摆手，教训地说：

“这样不对呀！你去鸡蛋碰石头！你该想想，你有个一高二低，你这些娃娃咋个办嘛？”

老太婆想了一想，又用手拉下石青嫂子的衣裳：

“你不好回你家乡去么？你是那里土生土长的，总好想办法一点呵！”

石青嫂子不禁黯然地说：

“家乡没田没地，早就养活不起我们了，不然的话，哪个还想赖在这个地方！”

“你不是还有亲戚本家么？”

“十多年了，你晓得他们还在不在？就在，你这样叫花子似的回去，他们才爱理你哩！”

“他们总不会欺负你，整你害你嘛！”

“请问你老人家，我们又咋个活嘛，就说我忍心丢得下孩子，一个人跑去帮工，也养活不了他们五张嘴巴呵！”

老太婆只好叹气几声走了。

“无论如何，我也不肯离开这块地的！”石青嫂子在老太婆走后便毅然做着决定，一面又望下那片现出嫩绿的斜坡，心里自然而然感到一种亲切的慰藉，“等不好久，它就能救活我们一家人了。”随又起着可怕的想头，“要是人家硬要来害我们呢？……好，就是死在这块地上也甘心的……这些年来，它给了我们多少的恩惠呵！……愿这恩人永远收下我们一家人吧！”她感到安慰，但也觉得伤心。

石青嫂子每天拿破烂的半截坛子，往小河边瓦水，再双手端到地里灌菜。夜间则和孩子睡在橘子树下。但鸡没地方关着，便拿给野猫子黄鼠狼一个个地拖去吃了。只剩下两条狗，留在身边。房子修不起来，孩子露天睡觉，便个个着凉伤风，咳嗽起来，最小的一个还在发烧发热，奶也不吃了。她心里又极忧愁，又很难过，不晓得这个日子怎样过得下去。盼望菩萨保佑，她种的菜，忽然一夜长大起来，第二天她就可以拿到镇上去卖，有一大笔钱换到手上。于是买斧头，买锯子，买镰刀，自己动手砍竹子，割茅草，先搭一座茅草棚子……

有一夜，又突然拿给狗的凶猛叫声惊醒，石青嫂子便赶忙翻爬起来，抓起身边放的石头，准备有人打来，她就给他一个回击。一直等着都没有人到来，狗只是朝斜坡上叫着。她想，也许有人偷菜吧？但菜还小呢，值不得偷的。莫非岭上有什么野兽下来了吧？想到这里，连到斜坡上去看的打算，都取消了！她只有紧紧地捏着石头，鼓起勇气，守护着五个睡熟的孩子。

狗渐渐地没有咬了，峡谷里又复显出夜深时候的静寂。高空一片漆黑，闪着无数惨白的凄清的星子。石青嫂子有些睡不着了，她仍怕暗中会有野兽袭来，衔去她的孩子。她不禁胆怯起来，想起要是有石青睡在身边，那就多么好哪。他不晓得被拉到啥地方去了，如果晓得，就是天远地远，她都愿意带着孩子去找，不想蹲在这个可怕的地方。

第二天早上起来，石青嫂子便跑到斜坡上去看，想从菜地里的足迹查出是人还是兽来。但未走到，便看见那些菜全给人扯起拉断，乱抛在地上了。她心里难过极了，仿佛看见自己的孩子拿给别人杀了一样。靠菜地来救活一家人的希望，到这时便全然幻灭了，她气得说不出话来。她觉得这一定是吴大老爷派人来干的，便不管三七二十一，一路咒骂，直朝吴大老爷住的地方冲去。

但一到峡谷口子，通到山那边的窄路上，一边靠着岩石，一边临着小河的地方，不知几时已经安上一道栅栏门了。门是关着的，没法打开；用手摇摇，紧紧的，不能动弹丝毫。要翻过去呢，又太高了，不能爬上。她便抓着石头捶打栅栏，不久便有个汉子跑来，恶狠狠地问：

"你干啥子的?！兴这样打门!"

石青嫂子歇手不打门了，却生气地说：

"快开开，我要去看吴大老爷!"

汉子在栅栏那边双手插在腰上，偏着头反问：

"你看他做啥子?"

石青嫂子见他们不开，反而做出非常傲慢的样子，便冒火地骂起来：

"这还要问么？他做的好事，扯我的菜，烧我的房子，我要去同他拼命!”接着又拿石头捶起门来，大声地嚷，“开哪，开哪!”

“你发他妈的球疯了!”汉子雷也似的吼了起来，“你再捶，我就开枪哪!”当真他就把挂在腰上的手枪，取了下来，一面又大声地问，“我且问你，你是不是亲眼看见，扯你的菜，烧你的房子?”

石青嫂子见他拿着枪便吓着不敢捶了，但见他又并未放了过来，就又大着胆子驳斥他说的话：

“这周围团转，不是他是哪个呢?就只有他才这样毒，这样黑心哪!”

“你在这里少骂点哈!”汉子放低了声音，样子狞恶地说，“他听见了，不叫你坐牢的!”

“砍头都不怕，还怕坐牢!”石青嫂子又拿石头捶起栅栏来，“你不开开，我就给你打烂哪!”汉子便立刻拿枪指着她的胸口，气虎虎地吼起来：

“看我不打死你，你再捶嘛!”

石青嫂子率性挺起胸口，愤怒地嚷起来：

“你打，你打，我就让你打!”

汉子反而收着了枪，讥嘲地骂：

“打你，倒把老子的枪打脏了!”

接着便头也不回地走了。

石青嫂子就一面打栅栏，一面乱骂起来：

“你这狗，你这婊子养的，你为啥不开门!……”

骂了好久，手也打痛了，栅栏门还是紧紧地立在那里。石青嫂子累极了，便只好坐在那里喘气。

石青嫂子休息了半天，觉得对于栅栏门简直无法可想，同时又想起那汉子说的话，你没有亲眼看见，你怎好同他吵得，怕就是吵到官那里，也断不出一个所以然的。刚才原是一时的气愤，只想跑去同他拼命，现在既无法实行，而神智又完全清醒了。再则，又想起一群孩子可怜，无论如何不能抛掉他们，得想方设法，把他们养起，一种做母亲的热情和爱恋，又完全盘踞在她的身上了。于是，她只得慢慢地走回家去。

斜坡上的菜，一给人扯光踏坏，火烧过后的地方，就更加显得荒凉了。在这里既无房子躲避风雨，地上又没出产给她生活上的希望，而那恶人暗中还不晓得更要做出什么可怕的事来。唯一的法子，就只有离开这个地方了。到什么地方去呢？她不知道，单觉得离开好些，离开这里孩子们或许不至于饿死。

石青嫂子把要带走的东西收拾好，看看那些橘子树枇杷树以及河边上的桃子树李子树，心里又起了一个恶毒的念头：

“我得把这些果木树全砍去才好，免得他龟儿子白白来吃！”

但想起斧头锯子都烧坏了，没法去砍，只能毒毒地诅咒一句：

“唯愿他吃了，屙痢打摆子！”

最后又带起孩子到家娘墓上去告别，她忍不住冒出眼泪地说：

“妈，没法子守住你，我只有带起你的孙儿孙女，出去讨口了，你阴中有灵有应，千万路上保佑他们无病无痛的！”

她背上背着被盖卷，怀中抱着婴儿。大的女孩和第二的女孩，用树枝抬起一个煮饭的锅。第三和第四两个男孩，却没拿什么。他们一家大小顺着小河边，直朝镇上走去。后面则跟着两条狗。镇上的好心人，已经周济过他们一次了，这次也就不能再给出一些什么，最多就只能给孩子们一些吃食东西。他们一家人在汽车站旁边的空地上，勉强露天住了一夜，知道不能再求得什么了，第二天便决定向城市走去。他们沿着公路走，绕到山半腰上的公路时，便又看见峡谷里他们住过的地方了。

峡谷里蒙着轻微的白雾。金灿灿的早上阳光，照着岭上的松林。小河边的果木树和那片垦过的黑土，还阴沉沉的，留有夜来的阴影。孩子们首先看见了，便欢叫起来：

“妈妈，我们的家呀，你看，在那里！”

妈妈只瞟了一眼，不敢多看，怕流出眼泪，便低头走她的。

但孩子们却都问了起来：

“妈妈，我们啥时候回去呢？”

妈妈忍着眼泪，哄他们说：

“等橘子柑红的时候，我们就回来！”

孩子们都感到满意了，走了一会儿，他们又问：

“妈妈，我们到哪里去呢？”

妈妈怔了一下，半晌才想出哄他们的话来：

“我们去找爸爸！”

孩子们更加快乐了，连声发笑地喊着爸爸，但做妈妈的却忍不住了，眼泪双双地滴落下来。

她走了一会儿，眼泪流够了，心里清爽些了，还听见孩子们一路满有生气的笑声，便又鼓起勇气，咬定牙巴地想：

“不论啥子艰难困苦，我都要养大他们的！”

1947年8月25日，上海大场乡下

在医院中

丁　玲

一

十二月里的末尾，下过了第一场雪，小河大河都结了冰，风从收获了的山岗上吹来，刮着拦牲口的篷顶上的苇秆，呜呜地叫着，又迈步到沟底下去了。草丛里藏着的野雉，便刷刷地整着翅子，更钻进那些石缝或是土窟洞里去。白天的阳光，照射在那些冰冻了的牛马粪堆上，蒸发出一股难闻的气味。几个无力的苍蝇在那里打旋，可是黄昏很快地就罩下来了，苍茫地，凉幽幽地从远远的山岗上，从刚刚可以看见的天际边，无声地，四面八方地靠近来，鸟鹊都打着寒战，狗也夹紧了尾巴。人们便都回到他们的家：那唯一的藏身的窑洞里去了。

那天，正是这时候，一个穿灰色棉军服的年轻女子，跟在一个披一件羊皮大衣的汉子后面，从沟底下的路上走来。这女子的身段很伶巧，又穿着男子的衣服，简直就像一个未成年的孩子似的，她在有意地做出一副高兴的神气，睁着两颗圆的黑的小眼，欣喜地探照荒凉的四周。

“我是没有什么工作经验的，将来麻烦你的时候一定很多，总请你帮忙才好啦，李科长！你是老革命，鄂豫皖来的吧？”

她现在很惯于用这种声调了，她以为不管到什么机关去，总得先同这些事务工作人员弄好。在学校的时候，每逢到厨房打水，到收发科取信，上灯油，拿炭，就总是拿出这么一副讨好的声音，可是倒并不显得卑屈，只见其轻松的。

走在前边的李管理科长，有着一般的管理科长不疾不徐的风度，俨然将军似的披着一件老羊皮大衣。他们在有的时候显得很笨；有时却很聪明。他们会使用军队里最粗野的骂人术语，当勤务员犯了错误的时候；他们也会很微妙地送一点鸡，鸡蛋，南瓜子给秘书长，或者主任。这并不要紧，因为只由于他的群众工作好，不会有其他什么嫌疑的。

他们从那边山腰又转到这边山腰，在沟里边一望，曾闪过白衣的人影，于是那年轻女子便大大地嘘了一口气，像特意要安慰自己说：“多么幽静的养病的处所啊！”

她不敢把太愉快的理想安置得太多，却也不敢把生活想得太坏，失望和颓丧都是她所怕的，所以不管遇着怎样的环境，她都好好地替它做一个宽容的恰当的解释。仅仅在这一下午，她就总是这么一副恍恍惚惚，却又装得很定心的样子。

跟在管理科长的后边，走进一个院子，而且走进一个窑洞。这就是她要住下来的。这简直与她的希望相反，这间窑绝不会很小，绝不会有充足的阳光，一定还很潮湿。当她一置身在空阔的窑中时，便感觉得在身体的四周，有一种怕人的冷气袭来，薄弱的、黄昏的阳光照在那黑的土墙上，浮着一层凄惨的寂寞的光，人就像处在一个幽暗的，却是半透明的那么一个世界，与现世脱离了似的。

她看见她的小皮箱和铺盖卷已经孤零零地放在那冷地上。

这李科长是一个好心的管理科长，他在动手替她把那四根柴柱支着的铺整理起来了。

“你的被这样的薄!”他抖着那薄饼似的被子时不禁忍不住地叫起来。队伍里像这样薄的被子也不多见的。

她回顾了这大窑，心也不觉地有些忐忑，但她是不愿向人要东西的。她说：“我不大怕冷。”

在她的铺的对面，已经有一个铺得很好的铺，他告诉她那是住着一个姓张的医生的老婆，是一个看护。于是她的安静的，清洁的，有条理的独居的生活的梦想又破灭了。但她却勉强地安慰自己：“住在这样大的一间窑里，是应该有个伴的。”

那位管理科长不知怎样一搞，床却碎在地下了。他便匆匆地走了，大约是找斧子去的吧。

这年轻女子便蹲在地上将这解体的床铺诊治起来，她找寻着可以使用的工具，她看见靠窗户放有一张旧的白木桌。假如不靠着什么那桌子是站不住的，桌子旁边随便地躺着两张凳子。这新办不久的医院里的家具，也似乎是从四方搜罗来的残废者啊!

用什么方法可以打发走这目前的无聊的时光呢，那管理科长又没有来，她只好踱到院子里去。院子里的一个粪堆和一个草堆连接起来了，简直没有插足的地方。两个女人跪在草堆里，浑身都是草屑，一个掌着铡刀，一个把着草束，专心地铡着，而且拨弄那些切碎了的草。

她站在她们旁边，看了一会，和气地问道："老乡！吃过了没有?"

"没做嘛！"于是她们停住了手的动作。好奇地，呆呆地来打量她，并且有一个女人就说了："呵！又是来养娃娃的呵！"她一头剪短了的头发乱蓬得像个孵蛋的母鸡尾巴。而从那头杂乱得像茅草的发中，露出一块破布片似的苍白的脸，和两个大而无神的眼睛，有着鱼的表情。

"不，我不是来养娃娃的。是来接娃娃的。"在没有结过婚的女子一听到什么养娃娃的话，如同吃了一个苍蝇似的心里涌起了欲吐的嫌厌。

在朝东那面的三个窑里，已经透出微弱的淡黄色的灯光。有初生婴儿的啼哭。这是她曾熟悉过的一种多么挟着温柔和安慰的小小生命的呼唤啊。这呱呱的声音带了无限的新鲜来到她胸怀，她不禁微微开了嘴，舒展了眉头，向那有着灯光的屋子里，投去一缕甜适的爱抚："明天，明天我要开始了！"

再绕到外边时，暮色更低地压下来了。沟底下的树丛只成了模糊的一片。远远的半山中，穿着一条灰色的带子，晚霞在那里飘荡。虽说没有多大的风。空气却刺骨地寒冷。她只好又走回来，她惊奇地跑回已经有了灯光的自己的住处。管理科长什么时候走回来的呢？她的铺也许弄妥当了。她到屋里时，却只见一个穿黑衣的女同志端坐在那已有的铺上，就着一盏麻油灯整理着一双鞋面，那麻油灯放在两张重叠起来的凳上。

"你是新来的医生，陆萍么?"当她问她的时候，就像一个天天见惯了的人似的那么坦直和自然，随便地投来了一瞥，又去弄她的鞋面去了。还继续地哼着一个不知名的小调。

她一点也没有注意从这新来的陆萍那里是送来了如何的高兴。她只用平淡的节省的字眼在回答她。她好像一个老旅行者，在她的床的对面，多睡一个人或少睡一个人或更换一个人都是一样，没有什么可以引起波动的。她把鞋面翻看了一回之后，便把铺摊开了。却又不睡，只坐在被子里，靠着墙，重新又唱着一个陕北小调。

陆萍又去把那几根柴柱拿来敲敲打打，怎么也安置不好，她只好把铺铺开在地上，决心熬过这一夜。她又坐在被子里，无所谓地把那个张医生的老婆打量起来了。

她不是很美丽么，她有一个端正的头型，黑的发不多也不少，五官都很端正，颈项和肩胛也很适衬：也许正是宜于移在画布上去的线条，可是她仿佛没有感情，既不温柔，也不凶暴，既不显得聪明，又不见得愚蠢，她答应她一些话语，也述说过，也反问过她，可是你是无法窥测出她是喜悦呢，还是厌憎。

忽然那看护像被什么针刺了似的，陡地从被子里跳出来了，一直冲了出去。陆萍听见她推开了间壁的老百姓的门，一边说着些什么，带着高兴地走了进去，那曾因她跑走时鼓起一阵大风的被子，大半拖在地上。

现在又只剩陆萍一个人。被子老裹不严，灯因为没有油只剩一点点凄惨的光。老鼠出来了，先是在对面床底下，后来竟跳到她的被子上来了。她蜷卧在被子里，也不敢脱衣裳，寒冷不容易使人睡着。她不能不想到许多事，仅仅这一下午所碰到的也就够她去消磨这深夜的时候了，她竭力安慰自己，鼓励自己，骂自己，又替自己建筑着新的希望的楼阁，努力使自己在这楼阁中睡去，可是窑对面牛棚里的牛，不断地嚼着草根，还常常用蹄子踢着什么。她再张开眼时，房子里已经漆黑，灯不知在什么时候已经熄灭，老鼠便更勇敢地迈过她的头。

很久之后，才听到间壁的窑门又开了。医生的老婆便风云叱咤地一路走回来，门大声地响着，碰倒了一个凳子，又踩住了自己的被子，于是她大声地骂："狗×的，操他奶奶的管理员，给这么一滴儿油，一点便黑了，真他妈拉格×！"她连串熟悉地骂那些极其粗鲁的话，她从那些大兵学得很好，不过即使她这么骂着的时候，也并看不出她有多大的憎恨，或是显得猥亵。

陆萍这时一声也不响，她从嘴唇的动弹中，辨别出她适才一定吃过什么很满意的东西了。那看护摸上床之后，头一着枕，便响起很匀称的鼾声。

二

陆萍是上海一个产科学校毕业的学生。是依照她父亲的理想，才进去了两年，她自己就感到她是不适宜于做一个产科医生。她对于文学书籍更感到兴趣：她有时甚至讨厌一切医生，但仍整整住了四年。"八一三"的炮火把她投进了战争。她到伤兵医院去服务，耐心地为他们洗换，替他们写信给家里，常常为了一点点的需索奔走。她像一个母亲一个情人似的看护着他们。他们也把她当着一个母亲一个情人似的依靠着。他们伤好了，她为他们愉快。

可是他们走了，有的向她说了声再会，也有来一封道谢的信，可是也就不会再有消息。她便悄悄地拿回那寂寞的感情，再投掷到新来的伤兵身上。这样的流浪生活，几乎消磨了一整年，她受了很多的苦，辗转地跑到了延安，才做了抗大的学生。

她自己感觉到在内在的什么地方有些改变，她用心地啃着从未接触过的一些书籍，学着在很多人面前发言。她仿佛看见了自己的将来，一定是以一个活跃的政治工作者的面目出现。她很年轻，才二十岁，自恃着聪明，她满意这生活，和这生活的道路。

她不曾浪费她的时间，和没有报酬的感情。在抗大又住了一年，她成了一个共产党员。而这时政治处的主任找她谈话了，为了党的需要，她必须脱离学习到离延安四十里地的一个刚开办的医院去工作。而且医务工作应该成为她终身对党的贡献的事业。

她声辩过，说她的性格不合，她可以从事更重要的或更不重要的。甚至她流泪了。但这些理由不能够动摇那主任的决心，就是不能推翻决议。除了服从没有旁的办法。支部书记也来找她谈话，小组长成天盯着她谈。

她讨厌那一套。那些理由她全懂，事实是要她割断这一年来她所憧憬的光明前途，又重复回到旧有的生活，她很明白，她绝不会成为一个了不起的医生，她不过是一个很普通的产婆，或者有没有都没有什么关系。她是一个富于幻想的人，而且有能耐去打开她生活的局面。

可是“党”“党的需要”的铁箍套在头上，她能违抗党的命令么？能不顾这铁箍么，这由她自己套上来的？她只有去，但她却说好只去做一年。

而且打扫了心情，用愉快的调子去迎接该到来的生活，伊里基不说过吗？“不愉快只是生活的耻辱”。于是她到医院来了。

院长是一个四川人，种田的出身，后来参加了革命，在军队里工作得很久。他对医务完全是外行。

他以一种对女同志并不需要尊敬和客气的态度接见陆萍，像看一张买草料的收据那样懒洋洋的神气读了她的介绍信，又盯着她瞪了一眼："唔，很好！留在这里吧。"

但他是很忙的，他不能同她多谈。对面屋子里住得有指导员，她可以去找他。于是他不再望她了，端坐在那里，也并不动手做别事。

指导员黄守荣同志，一副八路军里青年队队长的神气。很谨慎，却又很爱说话，衣服穿得很整齐。表观一股很朴直很幼稚的热情。有点羞涩，却又企图装得大方。他告诉她这里的困难，第一，没有钱；第二，刚搬来，群众工作还不好，动员难；第三，医生太少，而且几个负责些的都是外边刚来的，不好对付。把过去历史，做过连指导员的事也同她说了。他是多么想到连上去呵。

从指导员房里出来之后，在一个下午还遇了几个有关系的同事。那化验室的林莎，在用一种怎样敌意的眼睛来望她。林莎有一对细的弯的长眼，笑起来的时候眯成一条半圆形的线，两角往下垂，眼皮微微肿起，露出细细的引逗人的光辉。好似在等着什么爱抚，好似在问人："你看，我还不够漂亮么？"可是她对着刚来的陆萍，眼睛只显出一种不屑的神气："哼！什么地方来的这产婆，看那寒酸样子！"她的脸有很多的变化，有时像一朵微笑的花，有时像深夜的寒星。她的步法非常停当。用很慢的调子说话，这种沉重又显得柔媚，又显得傲慢。

陆萍只憨憨地对她笑，心里想："我会怕你什么呢，你敢用什么来向我骄傲？我会让你认识我。"她既然有了这样的信心，她就要做到。

又碰到一个在抗大的同学，张芳子，她在这里做文化教员。这个常常喜欢在人面前唱唱歌的人，本来就未引起过她的好感的。这是一个最会糊糊涂涂地懒惰地打发去每一个日子的人。她有着很温柔的性格，不管伸来怎样的臂膀，她都不忍心拒绝的，可是她却很少朋友，这并不会由于她有什么孤僻的性格，只不过因为她像一个没有骨头的人，烂棉花似的没有弹性，不能把别人的兴趣绊住。陆萍在刚看见她时，还涌起一阵欢喜，可是再看看她那庸俗的平板的脸孔时，心就像沉在海底下似的那么平稳，那么凉。

她又去拜访了产科主任王俊华医生，她有一位浑身都是教会女人气味的太太——她是小儿科医生。她总用着白种人看有色人种的眼光来看一切，像一个受惩的仙子下临凡世，又显得慈悲，又显得委屈。

只有她丈夫给了陆萍最好的印象，这是一个有绅士风的中年男子，面孔红润，声音响亮，时时保持住一种事务上的心满意足，虽说她看得出他只不过是一种资产阶级所惯有的虚伪的应付；然而却有精神，对工作热情，她并不喜欢这种人，也不需要这种人做朋友，可是在工作上她是乐意和这人合作的。

她不敢在那里坐得很久，那位冷冷地坐在侧边的夫人总使她害怕，即使在她和气和做得很明朗的气氛之下，她也感到有一种说不出的压抑。不管这种种的现象，曾给予她多少不安和彷徨，然而在睡过了一夜之后，她都把它像衫袖上的尘土抖掉了。她理性地批判了那一切。她又非常有元气地跳了起来，她自己觉得她有太多的精力，她能担当一切。她说，让新的生活好好地开始吧。

三

每天把早饭一吃过，只要没有特别的事故，她可以不等主任医生，就轮流到五间产科病室去查看。这儿大半是陕北妇女，和长征来的四川女同志，和很少的几个××，××或××的学生。她们都很欢迎她，每个人都用担心的，谨慎的眼睛来望她，亲热地喊着她的名字，琐碎地提出许多关于病症的问题，有时还在她面前发着小小的脾气，女人的爱娇。每个人的希望都寄托在她的身上。

像这样的情形在刚开始，也许可以给人一些兴奋和安慰，可是日子长了，天天是这样，而且她们并不听她的话。她们好像很怕生病，却不爱干净，常常使用没有消毒过的纸，不让看护洗濯，生产还不到三天就悄悄爬起来自己去上厕所，甚至她们还很顽固。

实际她们都是做了母亲的人，却要别人把她们当着小孩子看待，每天重复着那些叮咛的话，有时也得假装生气，但结果房子里仍旧很脏，做勤务工作的看护没有受过教育，什么东西都塞在屋角里。洗衣员几天不来，院子里四处都看得见有用过的棉花和纱布，养育着几个不死的苍蝇。

她没办法，只好戴上口罩，用毛巾缠着头，拿一把大扫帚去扫院子。一些病员，老百姓，连看护在内都围着她。不一会儿，她们又把院子弄成原来的样子了。谁也不会感觉到有什么抱歉。

除了这位张医生的老婆之外，还有一位不知是哪个机关的总务处长的老婆也在这里。她们都是产科室的看护。她们一共学了三个月看护知识，可以认几十个字，记得十几个中国药名。她们对看护工作既没有兴趣，也没有认识。可是她们不能不工作。新的恐慌在压迫着。从外面来了一批又一批的女学生，离婚的案件经常被提出。自然这里面也不缺少真正的觉悟，愿意刻苦一点，向着独立做人的方向走。

一到下午，她就要变得愉快些，这是说当没有产妇临产而比较空闲的时候。她去参加一些会议，提出她在头天夜晚草拟的一些意见书。她有足够的热情，和很少的世故。她陈述着，辩论着，倾吐着她成天所见到的一些不合理的事，她不懂得观察别人的颜色，把很多人不敢讲的，不愿讲的都讲出来了。

她得到过一些拥护，常常有些医生，有些看护来看她，找她谈话，尤其是病员，病员们也听说了她常常为了他们的生活管理，和医疗的改善与很多人冲突，他们都很同情她，但她已经成为医院里小小的怪人，被大多数人用异样的眼睛在看着是不成问题了的。

其实她的意见已被大家承认是很好的，也绝不是完全行不通，不过太新奇了；对于已成为惯例的生活中就太显得不平凡。但作为反对她的主要理由便是没有人力和物力。

而她呢，她不管，只要有人一走进产科室，她便会指点着："你看，家具是这样的坏。这根唯一的注射针已经弯了。而医生和院长都说要学着使用弯针，橡皮手套破了不讲它，不容易补，可是多用两三斤炭是可以的。这房子这样冷，如何适合于产妇和落生婴儿……"她带着人去巡视病房，好让人知道没有受过教育的看护是不行的。

她形容这些病员的生活，简直是受罪。她替她们要清洁的被袱，暖和的住室，滋补的营养，有次序的生活。她替她们要图画、书报，要有不拘形式的座谈会，和小型的娱乐晚会……听的人都很有兴趣地听她讲述，然而除了笑一笑以外再没什么有用处的东西。

然而也绝不是毫无支持，她有了两个朋友。她和黎涯是在很融洽的第一次的接谈中便结下了坚固的友谊。这位在外科室做助手的同属于南方的姑娘，显得比她结实、单纯、老练。她们两人谈过去，现在，将来，尤其是将来。她们织着同样的美丽的幻想。

她们评鉴着在医院的一切人。她们奇怪为什么有那么多的想法都会一样，她们也不去思索，便又谈下去了。

除了黎涯之外，还有一位常常写点短篇小说或短剧的外科医生郑鹏。他在手术室里是位最沉默的医生。他不准谁多动一动。有着一副令人可怕的严肃面孔，他吝啬到连两三个字一句的话也不说，总是用手代替说话。可是谈起闲天来便漫无止境了，而且是很长于描绘的。

每当她在工作的疲劳之后，或者当感觉到在某些事上，在某些环境里受着一些无名的压迫的时候，总不免有些说不出的抑郁，可是只要这两位朋友一来，她可以任情地在他们面前抒发，她可以稍稍把话说得尖刻一点，过分一点，她不会担心他们不了解她，歪曲她，指摘她，悄悄去告发她。

她的烦恼便消失了，而且他们计划着，想着如何把环境弄好，把工作做得更实际些。两个朋友都说了她：说她太热情，说热情没有通过理智便没有价值。他们也谈医院里发生的一些小新闻，譬如林莎到底会爱谁呢？是院长，还是外科主任，还是另外的什么人。

他们都讨厌医院里关于这新闻太多或太坏的传说，简直有故意破坏院长威信的嫌疑，他们常常为院长和林莎辩护，然而在心府里，三个人同样讨厌着那善于周旋的女人，而对院长也毫不能引起尊敬。尤其在陆萍，几乎对林莎有着不可解释的提防。

医院里还传播着指导员老婆打了张芳子耳光的事。老婆到卫生部去告状，所以张芳子便被调到兵站上的医务所去了。而且大家猜测着她在那里也住不长。她会重复着这些事件。

医院里大家都很忙，成天嚷着技术上的学习，常常开会，可是为什么大家又很闲呢，互相传播着谁又和谁在谈恋爱了，谁是党员，谁不是，为什么不是呢，有问题，那就有嫌疑！……

现在也有人在说陆萍的闲话了，已经不是关于那些建议的事，她对于医院的制度，设施，谈得很多，起先还有人说她放大炮，说她热心，说她爱出风头，慢慢也成了老生常谈，不为人所注意。纵使她的话还有反响，也不能成为不可饶赦，不足以引起诽谤。可是现在为了什么呢，她竟常常被别人在背后指点着，甚至躺在床上的病人，也听到一些风声，暗暗地用研究的眼光来望她。

但敏感的陆萍却一点也没有得到暗示，她仍在兴致很浓厚地去照顾着那些产妇，那些婴儿，为着她们一点点的需索，去同管理员，总务处，秘书长，甚至院长去争执。在寒风里，她束紧了一件短棉衣，从这个山头跑到那个山头，脸都冻肿了。脚后跟常常裂口。她从没有埋怨过。尤其是夜晚。有大半数的夜晚她得不到整晚的睡眠，有时老早就有一个产妇等着在夜晚生，有时半夜被人叫醒，那两位看护的胆子很小，黑夜里不敢一人走路，她只好就在那可以冻死人的深夜里到厨房去打水。

接产室虽然烧了一盆炭火，而套在橡皮手套的手，常常冰得发僵，她心里又急，又不敢露出来，只要不是难产，她就一个人做了，因为主任医生住得很远，她不愿意在这样的寒夜里去惊醒他。

她不特是对她本身的工作，仍然抱着服务的热忱，而且她很愿意得到更多的经验在其他的技术上，所以她只要逢到郑鹏施行手术的时候，恰巧她又没有工作，她便一定去见习。

她以为外科在战争时期是最需要的了。假如她万不得已一定要做医务工作的时候，做一个外科医生比做产婆好得多，那么她可以到前方去，到枪林弹雨里奔波忙碌，她总是爱飞。总不满于现状。最近听说郑鹏有个大开刀，她正准备着如何可以使自己不失去这一个机会。

四

记挂着头天晚上黎涯送来的消息，等不到天亮就醒了。也因为五更天特别冷，被子薄，常常会冻醒的。一醒就不能再睡着。窗户纸透过一层薄光，把窑洞里的物件都照得很清楚。她用羡慕的眼光去看对面床上的张医生的老婆。

她总像一个在白天玩得太疲倦了的孩子似的那么整夜喷着平匀的呼吸，她也同她一样有着最年轻的年龄，她工作得相当累，可是只有一觉好睡，她记得从前睡觉也会醒，却醒得迷迷糊糊，翻过身，挡不着瞌睡地一下就又睡着了。

然而睡不着，也很好。她便凝视着淡白的窗纸而去想起许多事，许多毫不重要的事，平日里有时间想这些，而想起这些事的时候，却是一种如何的享受啊！她想着南方的长着绿草的原野，想着那些溪流，村落，各种不知名的大树。

想着家里的庭院，想着母亲和弟弟妹妹，家里屋顶上的炊烟还有么？屋还有么？人到何处去了？想着幼小时的伴侣，那些年轻人跑出来没有呢听说有些人是到了游击队……她梦想到有一天她回到那地方，她呼吸着那带着野花，草木气息的空气，她被故乡的老人们拥抱着，她总希望还能看见母亲。

她离家快三年了，她刚强了许多，但在什么秘密的地方，却仍需要母亲的爱抚啊！……

窗户外无声地飘着雪片，把昨天扫开的路又盖上了。催明的雄鸡，远近地啼着，一阵阵的号音的练习，隐隐约约传来。

于是她便又想着一个问题："手术室不装煤炉如何成呢?"她烦恼着院长，他只懂得要艰苦艰苦，却不懂医治护理工作的必需有的最低的条件。她又恨外科主任，为什么他不固执着一定要装煤炉，而且郑鹏也应该说话，这是他们的责任，一次两次要不到，再要下去呀！她觉得非常不安宁，于是她爬了起来，她轻轻地生火，点燃灯，写着恳求的信去给院长。

她给黎涯也写了一个条子，叫她去做鼓动工作，而她自己上午是不能离开产科病室的。她把这一切做完后，天便大亮了，她得紧张起来，希望今天下午不会有临产的妇人，她满心希望不要失去这次学习手术的好机会。

黎涯没有来，也没有回信。她忙着准备下午手术室里所需要的一切。假如临时缺少了一件东西，而影响到病人生命时，则这责任应该由她一个人负担。所以她得整理全个屋子，把一切都消毒过，都依次序地放着，以便动用时的方便。

她又分配了两个看护的工作，叮咛着她们应该注意的地方，她是一点也不敢懈怠的。郑鹏也来检查了一次。"陆萍的信你看看好么?"黎涯把早晨收到的字条给他。"我想无论如何在今天是不可能。也来不及。"

她要求再去学习的事被准许了。她离开医院的时候，还没有开始化冰，然而风刮在身上已不刺人。她真真地用迎接春天的心情离开这里。

虽说黎涯与郑鹏都使她留恋，她却只把那个没有双脚的人的谈话转赠给他们，新的生活虽要开始，然而还有新的荆棘。人是要经过千锤百炼而不消熔才能真真有用。人是在艰苦中成长。

我在霞村的时候

丁　玲

因为政治部太嘈杂，莫俞同志决定要把我送到邻村去暂住，实际我的身体已经复原了，不过既然有安静的地方暂时休养，趁这机会整理一下近三个月来的笔记，觉得也很好，我便答应了他到离三十里地的霞村去住两个星期。

我没有骑马去，同走的是宣传科的一位女同志，她大约有些工作，但她不是一个好说话的人，所以一路显得很寂寞，加上她是一个“改组派”的脚，我精神也不大好，我们上午就出发，可是太阳快下山了，我们才到达目的地。

远远看这村子，也同其他的村子差不多，但我知道的，这村子里还有一个未被毁去的建筑得很美丽的天主教堂，和一个小小的松林，而我就将住在靠山的松林里，这地方就直望到教堂的。虽说我还没有看见教堂，但我已经看到那山边的几排整齐的窑洞，以及窑洞上边的一大块绿色的树叶，和绕在村子外边的大路上的柳林，我意识到我很满意这村子的。

“可以说已经到了，让我们再休息一会儿走吧，你说好么?”我时时担心着我的女伴的脚。

“不，我们不要再休息了，你看天，我们还要找行李呢，知不知道他们已经替我们捎到没有。”

从我的女伴口里，我对这村子的认识是很热闹的。但当我们走进村口时，我却连一个小孩子，一只狗也没有碰到，只见几片枯叶轻轻地被风卷起，飞不多远又坠下来了。

“这里从先是小学堂，自从去年鬼子来后就打毁了，你看那边台阶，那是一个很大的教室呢。”阿桂（我的女伴）告诉我，她显得有些激动，不像白天的沉默了。她接着又指着一个空空的大院子：“一年半前这里可热闹呢，那些军官们天天晚饭后就在这里打球。”

她又急起来了：“怎么今天这里没有人呢？我们是先到村公所去，还是到山上去呢？我说先到一个地方去问问再上山，尽管山上我也熟，先问清总是好的。唉，行李也不知捎到什么地方去了，我倒不要紧，就怕你冷。”

村公所的大门墙上，贴了很多白纸条，上面写着“农民救国会办事处”“妇女救国会霞村分会”“民众武装自卫会”……但是我们到了里边，却静悄悄的，找不到一个人，几张横七竖八的桌子空空地摆在那里，我们正奇怪匆匆地跑来一个人，他看了一看我，似乎想问什么，却又把话咽下去了，还想不停地往外跑，但被我们把他留下了。

他只好连连地答应我们：“我们的人么？都到村西口去了，行李，嗯，是有行李，老早就抬到山上了，是刘二妈家里。”于是他站住了打量着我们。

我们知道他是农救会的人之后，便要求他陪同我们一道上山去，并且要他把我写给这边一个同志的条子送去。

他答应了替我送条子，却不肯陪我们，而且显得有点不耐烦的样子，把我们丢下便独自跑走了。

街上也是静悄悄的，有几家在关门，有几家开着，里边却又黑漆漆的，我们想走上前去问，却又不知如何问起，幸好阿桂对于这村子还熟，她便引导着我走上山去，这时已经在黑下来了，冬天的阳光是下去得快的。

山不高，沿着山脚上去，错错落落有很多石砌的窑洞，也有土窑洞，洞外边常有些空地，大树，石碾子，也常有人站在空坪上眺望着，阿桂明知没有到，但一碰着人便要问："刘二妈的家是这样走的么？""刘二妈的家还有多远？""请你告诉我怎样到刘二妈的家里？"或是问："你看见有行李送到刘二妈家去过么？刘二妈在家么？"

回答总是使我们满意的，这些满意的回答一直把我们送到最远的，最高的刘家院子里。两只小狗最先走出来欢迎我们。

接着便有人出来问了，一听说是我，便又出来了两个人，他们掌着灯把我们送到一个靠右的窑洞里，这窑里面很空，靠窗的炕上堆得有我的铺盖卷和一口小皮箱。还有阿桂的一条被子。

她们里面有认识阿桂的，拉着她的手问长问短，后来她们便都出去了，把我一个人留在这屋子里。我只好整理着铺盖，心里有些困。然而我刚要躺下的时候，她们又拥进来了。有一个青年媳妇托着一缸面条，阿桂和刘二妈和另外一个小姑娘拿着碗、筷和一碟子葱同辣椒。小姑娘又捧来一盆燃得红红的火。

她们殷勤地督促着我吃面，也摸着我的两手，两臂。刘二妈和那媳妇也都坐上炕来了。她们露出一种神秘的神气，又接着谈讲着她们适才所谈到的一个问题，我先还以为她们所诧异的是我，慢慢我觉得我的来住并未能使她们感觉到如何神奇的趣味，她们只热心于一点，那就是她们谈话的内容。我不愿做出太好打听的样子，所以也不问她们，但只无头无尾的听见几句，却也弄不清，尤其以刘二妈说话之中，常常要把声音压低，像怕什么人听见似的那么耳语着。阿桂已经完全不是同一道走路时的阿桂了，她仿佛蛮能干似的，很爱说话，而且也能听人说话的样子，她表现出很能把握住别人说话的中心意思。另外两人不大说什么，不时也补充一两句，却那么聚精会神地听着，深怕遗漏去一个字似的。

忽然院子里发生了一阵嘈杂的声音，不知有多少人在同时说话，也不知道闯进了多少人来。刘二妈几人慌慌张张地都爬下炕去往外跑，我也莫名其妙地跟着跑到外边去看。这时院子里实在完全黑了，有两个纸糊的红灯笼在人丛中摇晃，我挤到人堆里去瞧，什么也看不见，他们也是无所谓地在挤着而已，他们都想说什么，都又不说，只听见一些极简单的对话，而这些对话只有更把人弄糊涂的：

“玉娃，你也来了么?”

“看见没有?”

“看见了，我有些怕。”

“怕什么，不也是人么，更标致了呢。”

我开始以为总是谁家要娶新娘子了，他们却答应我不是的，我又以为是俘虏，却还不是的。我跟着人走到中间的窑门口，却见窑里挤得满满的是人，而且烟雾沉沉的看不清，我只好又退出来。人似乎也在慢慢地退去了，院子里空旷了许多。

我不能睡去，便在灯底下又整理着小箱子，翻着那些练习簿，相片和削着几支铅笔。我显得有些疲乏，却又感觉着一种新的生活要到来以前的那种昂奋。我分配着我的时间，我要从明天起便遵守着规定下来的生活秩序，这时却有一个男人嗓子在门外响起了：“还没有睡吗？××同志。”

还没有等到我的答应，这人便进来了，是一个二十岁的还文雅的乡下人。

“莫主任的信我老早就看到了，这地方还比较安静，一切事情我都交托刘二妈，你要什么尽管问她。莫主任说你要在这里住两星期，不过若是住得还好时，就多住一阵也不要紧。我就住在邻院，下边的那几个窑，有事就叫这里的人找我。”

他不肯上炕来坐，底下又没有凳子，我便也跳下炕去：

“呵，你就是马同志，我给你的一个条子收到了么？请坐下来谈谈吧。”

我知道他正在这村子上负点责，是一个未毕业的初中学生。

“他们告诉我，你写了很多书，可惜我这里没有买，我都没有见到。”他望了望炕上开着口的小箱子。

我们话题一转到这里的学习情形时，他便又说：“等你休息几天后，我们一定要请你做一个报告：群众的也好，训练班的也好，总之，你一定得帮助帮助我们，我们这里最难的工作便是‘文化娱乐’。”

像这样的青年人我在前方看了很多很多，当刚刚接触他们的时候常常感到惊讶，觉得这些同自己有一个距离的青年们都实在变得很快，不过一多了，也就失去了追求了解他们的热心了。所以我便又把话拉回来。

“刚才，他们发生了什么事么?”

“刘大妈的女儿贞贞回来了。想不到她才英雄呢。”即刻我感到在他的眼睛里多了一样东西，那里面放射着愉悦的，情热的光辉。

我正要问下去时，他却又加上说明了：“她是从日本人那里回来的，她已经在那里干了一年多了。”

“呵!”我不禁也惊叫起来了。

他正安排再告诉我一些什么时，外边有人在叫他了，他只好对我说明天他一定叫贞贞来找我。而且他还提起我注意似的，说贞贞那里“材料”一定很多的。

很晚阿桂才回来睡，她躺床上老翻来覆去的睡不着，不住地唉声叹气。我虽说已经疲倦到极点了，仍希望她能告诉我一些关于今晚上回来的事情。

“不，××同志！我不能说，我真难受，我明天告诉你吧，呵！我们女人真作孽呀!”于是她把被蒙着头，动也不动，也再没有叹息，我不知道她什么时候才睡着的。

第二天一早我便到屋外去散步，不觉得就走到村子底下去了。我走进了一家杂货铺，一方面是休息，一方面买了他们很多枣子，是打算送给刘二妈家里煮稀饭吃的。我请他们派个人帮我拿枣子同我一道回去，那杂货铺老板听说我住在刘二妈家里，便眨着那双小眼睛，有趣地低声问我道：

“她那侄女儿你看见了么？听说病得连鼻子也没有了，那是给鬼子糟蹋的呀，”他又掉转脸去朝站在柜台里边门口的他的老婆说：“亏她有脸回家来，真是她爹刘福生的报应。”

“那娃儿向来就风风雪雪的，你没有看见她早前就在这街上浪来浪去，她不是同夏大宝打得火热么，要不是夏大宝穷，她不老早就嫁给他了么？”那老婆子拉着衣角走了出来。

“谣言可多呢，”他转过脸来抢着又说。这次他的眼睛已不再眨动了，却做出一副正经的样子：“听说起码一百个男人总‘睡’过，哼，还做了日本官太太，这种缺德的婆娘，是不该让她回来的。”

我忍住了气，因为不愿同他吵，就走出来了，我并没有再看他，但我感觉得他又眨着那小眼睛很得意地望着我的背影。

走到天主堂转角的地方，又听到有两个打水的妇人在谈着，一个说：

“还找过陆神父，一定要做姑姑，陆神父问她理由，她不说，只哭，知道那里边闹的什么把戏，现在呢，弄得比破鞋还不如……”

另一个便又说：“昨天他们告诉我，说走起路来一跛一跛的，唉，怎么好意思见人！”

“有人告诉我，说她手上还戴得有金戒指，是鬼子送的哪！”

“说是还到大同去过，很远的，见过一些世面，鬼子话也会说哪。”

这散步于我是不愉快的，我便走回家来了。这时阿桂已不在家，我就独自坐窑洞里读一本小册子。

我把眼睛从书上抬起来，就看见站在最里边的两个粮食篓子，那大约很有历史的吧，它的颜色同墙壁一般黑，我把一块活动的窗户纸掀开，就看见一片灰色的天（已经不是昨天来时的天气了），和一片扫得很干净的土地，从那地的尽头上，伸出几株枯枝的树，疏疏朗朗地划在那死寂的铅色的天上。

院子里简直没有什么人走动。

我又把小箱子打开，取出纸笔来写了两封信，怎么阿桂还没回来呢？我忘记她是有工作的，而且我以为她是将与我住下去似的了。

冬天本来是很短的，但这时我却以为它比夏天的日子还长呢。

后来我看见那小姑娘出来了，于是跳下炕去到门外去招呼她，但她只望着我笑了一笑，便跑到另外一个窑洞去了。我在院子里走了两个圈，看见一只苍鹰飞入那教堂的树林子里边去了。那院墙里有很多大树。

我又在院子里踱起来，我走到靠右边的尽头处，我听见有哭泣的声音，是一个女人，而且在压抑住自己，时时都在擤鼻涕。

我努力地排遣自己，思索着这次来的目的和计划，我一定要好好休养，而且按着自己规定的时间去生活，于是我又回到房子里来了，既然不能睡，而写笔记又是多么无聊呵！

幸好不久之后刘二妈来看我了，她一进来，那小姑娘跟着也来了，后来那媳妇也来了。她们便都坐到我的炕上，围着一个小火盆。那小姑娘便检阅着那小方炕桌上的我的用具。

“那时谁也顾不到谁，”刘二妈述说着一年半前鬼子打到霞村来的事，“咱们家住在山上好些，跑得快，村底下的人家有好些都没有跑走，也是命定下的，早不早，迟不迟，这天咱们家的贞贞却跑到天主堂里去了，后来才知道她是找那外国神父要做姑姑去的，为的也是风声不好，她爹正在替她讲亲事，是西柳村的一家米铺的小老板，年纪快三十了，填房，家道厚实，咱们都说好，就只贞贞自己不愿意，她向着她爹哭过，别的事她爹都能依她，就只这件事老头子不让，咱们老大又没儿，总企望把女儿许个好人家，谁知道贞贞却赌气跑下天主堂去了，就那一忽儿，落在火坑了哪，您说做娘老子的怎不伤心……”

“哭的是她的娘么？”

“就是她娘。”

“你的侄女儿呢？”

“侄女儿么，到底是年轻人，昨天回来哭了一场，今天又欢天喜地到会上去了，才十八岁呢。”

“听说做过日本人的太太，真的么？”

“这就又难说了，咱也摸不清，谣言自然是多得很，病是已经弄上身了，到那种地方，还保得住干净么！小老板的那头亲事，还不吹了，谁还肯要鬼子用过的女人！的的确确是有病，昨天晚上她自己也就说了。她这一跑，真变了，她说起鬼子来就像说到家常便饭似的，才十八岁呢，已经一点也不害臊了。”

“夏大宝今天还来过呢，娘！”那媳妇悄声地说着，又用着探问的眼睛望着刘二妈。

“夏大宝是谁呢？”

“是村底下磨坊里的一个小伙计，早先小的时候同咱们贞贞同过一年学，两个要好得很，可是他家穷，就连咱们家也不如，他正经也不敢怎么样的，偏偏咱们贞贞痴心痴意，总要去缠着他，一来又怪了他；要去做姑姑也还不是为了他，自从贞贞给日本鬼弄去后，他倒常来看看咱们老大两口子，起先咱们大爹一见他就气，有时骂了他，他也不说什么，骂走了第二次又来了，倒是一个有良心的孩子，现在自卫队当一个小排长呢。他今天又来了，好像向咱们大妈求亲来着呢，只听见她哭，后来他也哭着走了。”

“他知不知道你侄女儿的情形呢?”

“怎会不知道，这村子里就没有人不清楚，全比咱们自己还清楚呢。”

“娘，人都说夏大宝是个傻子呢。”

“嗯，这孩子总算有良心，咱是愿意这头亲事的，自从鬼子来后，谁还再是有钱的人呢。看老大两口子的口气，也是答应的，唉，要不是这孩子，谁肯来要呢，莫说有病，名声就实在够受了。”

“就是那个穿深蓝色短棉袄，戴一顶古铜色翻边毡帽的。”小姑娘闪着好奇的眼光，似乎也很了解这回事。

在我记忆里出现了这样一个人影，是今天清晨，我动身出外散步的时候，我看见这么一个年轻的小伙子，有着一副很机灵也很忠厚的面孔，他站在我们院子外边，却又并不打算走进来的样子，约莫当我回家时，又看见他从后边的松林里走出来，我只以为是这院里人或邻院的人，我那时并没有很注意他，现在想起来，倒觉得的确是一个短小精悍、很不坏的孩子。

我的休养计划是怕不能完成的了，为什么我的思绪这样的乱，我并不着急于要见什么人，但我幻想中的故事是不断地增加着。

阿桂现着一副很明白我的神气，望着我笑了一下便走出去了。

我也明白她的意思，于是来回在炕上忙碌了一番；觉得我们的铺、灯、火都明亮了许多，我刚把茶缸子去搁在火上的时候，果然阿桂已经又回到门口了，我听得见她后边还跟得有人。

“有客人来了，××同志!”阿桂还没有说完，便听见另外一个声音扑哧一笑：“嘻……”

在房门口我握住了这并不熟识的人的手了。她的手滚烫，使我不能不略微吃惊。她跟着阿桂爬上炕去时，在她的背上，沉沉地垂着一条长辫。

这间使我感到非常沉闷的窑洞，在这新来者的眼里，却很新鲜似的，她拿着蛮有兴致的眼光环绕地探视着。她身子稍稍向后仰地坐在我的对面，两手分开撑住她坐的铺盖上，并不打算说什么话似的，最后便把眼光安详地落在我脸上了。阴影把她的眼睛画得很长，下巴很尖。虽是很浓厚的阴影之下的眼睛，那眼珠却被灯光和火光照得很明亮，就像两扇在夏天的野外屋宇里的洞开的窗子，是那么坦白，没有尘垢。

我也不知道如何来开始我们的谈话，怎么能不碰着她的伤口，不会损坏到她的自尊心呢？我便先从缸子里倒了一杯已经热了的茶。

“你是南方人吧？我猜你是的，你不像咱们省里的人。”倒是贞贞先说了。

“你见过很多南方人么?”我想最好随她高兴说什么我就跟着说什么。

“不，”她摇着头，仍旧盯着我瞧，“我只看见几个，总是有些不同。我喜欢你们那里人，南方女人都能念很多很多的书，不像咱们，我愿意跟你学，你教我好吗?”

我答应她之后忽的她又说了："日本的女人也都会念很多很多书，那些鬼子兵都藏得有几封写得漂亮的信。有的是他们的婆姨的，有的是相好的，也有不认识的姑娘们写信给他们，还夹上一张照片，写上好些肉麻的话，真怪，怎么她们那么喜欢打仗，喜欢当兵的人，也不知道她们是不是真心，总哄得那些鬼子当宝贝似的揣在怀里。"

"听说你会说日本话，是么？"

在她脸上轻微的闪露了一下羞赧的颜色，接着又很坦然地说下去："时间太久了，跑来跑去一年多，多少就会了一点，懂得他们说话有很多好处。"

"你跟着他们跑了很多地方么？"

"并不是老跟着一个队伍跑的，人家总以为我做了鬼子官太太，享富贵荣华，实际我跑回来过两次，连现在这回是第三次了，后来我是被派去的，也是没有办法，现在他们不再派我去了，听说要替我治病，也好，我也挂牵我的爹娘，回来看看他们，可是娘真没有办法，没有女儿是哭，有了女儿还是哭。"

"你一定吃了很多的苦吧。"

"她吃的苦真是想也想不到，"阿桂又做出一副难受的样子，像要哭似的，"做了女人真倒霉，贞贞，你再说点吧。"她更挤拢去，紧靠她身边。

"苦么，"贞贞像回忆着一件遥远的事一样，"现在也说不清，有些是当时难受，于今想来也没有什么，有些是当时倒也马马虎虎过去了，回想起来却实在伤心呢。一年多，日子也就过去了。这次一路回来，好些人都奇怪地望着我，就说这村子的人吧，都把我当一个外路人，也有亲热我的，也有逃避我的，再说家里几个人吧，还不是一样，谁都爱偷偷地瞧我，没有人把我当原来的贞贞看了。我变了么，想来想去，我一点也没有变，要说，也就心变硬一点罢了，人在那种地方住过，不硬一点心肠还行么，也还不是没有办法，逼得那么做的哪！”

一点点有病的象征也没有，她的脸色红润，声音清晰，不显得拘束，也不觉得粗野，她并不含一点夸张，也使人感觉不到她有过什么牢骚，或是悲凉的意味。我忍不住要问到她的病了。

“人大约总是这样，哪怕到了更坏的地方，还不是只得这样，硬着头皮挺着腰肢过下去，难道死了不成？现在呢，我再也不那么想了，我说人还是得找活路，除非万不得已。所以他们说要替我治病，我想也好，治了总好些，这几天病倒不觉得什么了，路过张家驿时，住了两天，他们替我打了两次药针，又给了一些药我吃。只有今年秋天的时候，那才厉害，人家说我肚子里面烂了，又赶了有一个消息要立刻送回来，找不到一个能代替的人，那晚上摸黑路我一个人来回走了三十里，走一步，痛一步，只想坐着不走了，要是别的不关紧要的事，我一定不走回去了，可是这不行哪，唉，又怕被鬼子认出我来，又怕误了时间，后来整整睡了一个星期，拖着又拖起身了。一条命要死好像也不大容易，你说是么？”

但她并没有等我的答复，却又继续说下去了。

有的时候，她也停顿下来，在这时间，她也望望我们，也许是在我们脸上找点反映，也许她只是思索着别的。看得出阿桂是比她显得更难受，阿桂大半的时候是沉默，有时也说几句话，她说的话总只为的传达出她的无限的同情，但她默着时，却更显得她为她的话所震慑住了，她的灵魂在被压抑，她踏上了她过去所受的那些苦难。

我以为那说话的人是丝毫没有意识到想博得别人的同情的，纵是别人正在为她分担了那些罪行，她似乎也没有感觉到，同时也正因为如此，就使人觉得更可同情了。如果当她说起她的这段历史的时候，并不是像现在这样，心平气和，甚至就使你以为她是在说旁人那样，哪怕是宁肯听她哭一场，哪怕你自己也陪着她哭，都是觉得好受些的。

后来阿桂倒哭了，贞贞反来劝她，我本有许多话准备同贞贞说的，也说不出口了，我愿意保持住我的沉默，而且当她走后，我强制住自己在灯下读了一个钟头的书，连睡得那么邻近的阿桂，也不去看她一眼，或问她一句，哪怕她老是翻来覆去的睡不着，一声一声地叹息着。

以后贞贞每天都来我这里闲谈，她不只说她自己，也常常好奇地问我许多那些全不属于她的生活中的事，有时我的话说得很远，她便显得很吃力地听着，却是非常之要听的，我们也一同走到村底下去，年轻的人都对她很好，自然都是那些活动分子。但像杂货店老板那一类的人，总是铁青着脸孔，冷冷地望着我们，他们嫌厌她，卑视她，而且连我也当着不是同类的人的样子看待了。尤其那一些妇女，因为有了她才发生对自己的崇敬，才看出自己的圣洁来，因为自己没有被人强奸而骄傲了。

阿桂走了之后，我们的关系就更密切了，谁都不能缺少谁似的，一会不见就会使人惊诧的，我是一个喜欢有热情的，有血肉，有快乐，有忧愁，却又是明朗的性格的人，而她就正是这样，我们的闲谈常常占去了我很多时间，我却总以为那些谈天，于我的学习和休养，都是非常有帮助的，可是日子一天天过去，贞贞对我并不完全坦白的事，竟被我发觉了；但我绝不会对她有一丝怨恨的，而且我将永远不去触她这秘密，每个人一定有着某些最不愿告诉人的东西深埋在心中，这是与旁人毫无关系，也不会有关系于她个人的道德的。

已经到了我快走的那几天了，贞贞忽然显得很烦躁，并没有什么事，也不像打算要同我谈什么的，却很频繁地到我屋子中来，总是心神不宁的，坐立不安的，一会又走了，我知道她这几天吃得很少，甚至常常不吃东西。我问过她的病状，但我也清楚她现在所担受的烦扰，绝不只是肉体上的。但我也不愿问她，看着她来，说几句毫无次序的话，有时她似乎要求我说一点什么，做出一副要听的神气，但我看得出她却在想着一些别的，那些不愿让人知道的，她是正在掩饰着这种心情，装出无所谓的样子。

有两次，我看见那显得精悍的年轻伙子从贞贞母亲的窑中出来，我曾把他给我的印象和贞贞一道比较，我以为我是非常同情他，尤其当现在的贞贞被很多人糟蹋过，染上了不名誉的，难医的病症的时候，他还能耐心地来看视她，向她的父母提出要求，他不嫌弃她，不怕别人笑骂，他一定想着她这时更需要他，他明白一个男子在这样的时候，去对他相好的女人所应有的气概和责任。而贞贞呢，虽说在短短的时间中，我找不出她有很多的伤感和怨恨，她从没有表现出她现在很希望有一个男子来要她，或者就只说是抚慰吧。但她应该有些温暖才好，她是受过伤的，正因为她受伤太重，所以才养成她现在的强硬，她似乎是无所求于人的样子，但我总以为如果有些爱抚，非一般同情可比的怜惜，去温暖她的灵魂，是必须的。我喜欢她能哭一次，找到一个可以哭的地方去哭一次，我是希望着我有机会吃到这家人的喜酒，至少我也愿意听到一个喜讯再离开。

“然而贞贞在想着一些什么呢？这是不会拖延好久，也不应成为问题的。”我这样想着，也就不多去思索了。

刘二妈，她的小媳妇，小姑娘也来过我房子，估计她们的目的，无非想来报告些什么，有时也说一两句。但我总不给她们说话的机会，我以为凡是属于我朋友的事，如若朋友不告诉我，我又不直接问她，却在旁人那里去打探，是有损害于我的朋友和我自己，也是有损害于我们的友谊的。

就在那天黄昏的时候，院子里又热闹起来了，人都聚集在那里走来走去，邻舍的人全来了，他们交头接耳的，有的显得悲戚，也有满感兴趣的样子，天气很冷，他们好奇的心却很热，他们在严寒底下耸着肩，弓着腰，笼着手，他们吹着气，在院子中你看我，我看你，他们在探索着很有趣的事似的。

开始我听见刘大妈的房子里有些吵闹的声音，接着刘大妈哭了。后来还有男人哭的声音，我想是贞贞的父亲吧。接着又有摔碗的声音，我忍不住分开看热闹的人冲进去了。

“你来得很好，你劝劝咱们贞贞吧。”刘二妈把我扯到里边去。

贞贞把脸收藏在一头纷乱的长发里，却望得见有两颗狰狞的眼睛从里边望着众人，我只走到她旁边便站住了。她似乎并没有感觉我的到来，或者也把我当作一个毫不足以介意的敌人之一罢了。她的样子完全变了，几乎使我不能在她的身上回想起一点点那些曾属于她的洒脱，明朗，愉快，她像一个被困的野兽，她像一个复仇的女神，她憎恨着谁呢？为什么要做出那么一副残酷的样子。

“你就这样的狠心，你全不为娘老子着想，你全不想想这一年多来我为你受的罪……”刘大妈在炕上一边捶着一边骂，她的眼泪就像雨点一样，有的打在炕上，有的落在地上，还有的就顺着脸往下流。

有好几个女人围着她，扯着她，她们不准她下炕来。我以为一个女人当失去了自尊心，一任她的性情疯狂下去的时候，真是可怕，我很想告诉她，你这样哭号是没有用的，同时我也明白在这时是无论什么话都不生效果的。

老头子显得很衰老的样子，他垂着两手，叹着气。夏大宝坐在他旁边，用无可如何的眼光望着两个老人。

“你总得说一句呀，你就不可怜可怜你的娘么？……”

“路走到尽头总要转弯的，水流到尽头也要转弯的，你就没有一点弯转么？何苦来呢？……”

一些女人就这样劝着她。

我看出这事是不会如大家所希望的了。贞贞早已经做出不要任何人对她的可怜，也不可怜任何人。她是早已有决定，没有弯转的，要说赌气，就赌气吧。她是咬紧了牙关要和大家坚持下去的神情。

她们听了我的劝告，请贞贞到我的房子中去休息。一切问题到晚上再谈，于是我便领着贞贞出来了，可是她并没有到我的房子中去，她向后山上跑走了。

“这娃儿心事大呢……”

“哼，瞧不起咱乡下人了……”

“这种破铜烂铁，还搭臭架子，活该夏大宝倒霉……”

聚集在院子中的人们纷纷议论着，看看已经没有什么好看的了，便也散去了。

我在院子中也踌躇了一会，便决计到后山去。山上有些坟堆子。坟周围都是松树，坟前边有些断了的石碑，一个人影子也没有，连落叶的声音都没有，我从这边穿到那边，我叫着贞贞的名字，似乎有点回声，来安慰一下我的寂寞，但随即更显得万山的沉静，天边的红霞已经退尽了，四周围浮上一层寂静的烟似的轻雾。绵延在远近的山的腰边。我焦急着我要找的人，我颓然坐在一块碑上，我盘旋着一个问题：再上山去呢，还是在这里等她，而且我希望着我能分担她一些痛苦。

我看见一个影子从底下上来了。很快我便认识出就是那个小伙子。我不作声，希望他没有看见我，让他直到上面去吧。但是他却在朝我走来。

“你找到了么？我到现在还没有看见她。”我不得不向他打一个招呼。

他却走到我面前，而且就在枯草地上坐下了。他沉默着，眼望着远方。

我微微有些局促。他的确还很年轻呢，他有两条细细的长眉，他的眼很大，现在却显得很为呆板，他的小小的嘴唇紧闭着，也许在从前是很有趣的，但现在只充满着烦恼，压抑住痛苦的样子，他的鼻是很忠厚的，然而却有什么用呢？

“不要难受，也许明天就好了，今天晚上我一定要劝她。”我只好安慰他。

“明天，明天，……她永远都会恨我的，我知道她恨我……”他的声音稍稍有点哑，是一个沉郁的低音。

“不，她从没有向我表示过对人有什么恨。”我搜索着我的记忆，我并没有撒谎。

“她不会对你说的，她不会对任何人说的，她一定到死都不饶恕我的。”

“为什么她要恨你呢？”

“当然啰……”忽的他把脸朝着我，注视着我，“你说，我那时不过是一个穷小子，我能拐着她逃跑么？是不是我的罪？是么？”

但他并没有等到我的答复却又说下去了，几乎是自语：“是我不好，还能说是我对么，难道不是我害了她么？假如我能像她那样有胆子，她是不会……”

“她的性格我懂得，她永远都要恨我的，你说，我应该怎样，她愿意我怎样，我如何能使她快乐，我这命是不值什么的，我在她面前也还有点用处么？你能告诉我么？我简直不知我应该怎样才好，唉，这日子真难受哇！还不如让鬼子抓去……”他不断地喃喃下去。

当我邀他一道回家去的时候，他站起来同我走了几步，却又停住了，他说他听见山上有声音，我只好鼓励他上山去，我直望到他的影子没入更厚的松林中去时，才踏上回去的路，然而天色已经快要全黑了。

这天晚上我虽然睡得很迟，却没有得着什么消息，不知道他们怎么过的。

等不到吃早饭，我把行李都收拾好了，马同志答应今天来替我搬家，我已准备回政治部去，并且回到××去，因为敌人又要大举扫荡了。我的身体不允许我再留在这里，莫主任说无论如何要先把这些伤病员送走。我的心却有些空荡荡的，坚持着不回去吗？身体又累着别人；回去么？何时再来呢？我正坐在我的铺盖上沉思着的时候，我觉得有人悄悄地走进我的窑洞。

她一耸身便跳上炕来坐在我的对面了，我看见贞贞脸上稍稍有点浮肿，我去握着那只伸在火上的手，那种特别使我感觉刺激的烫热又使我不安了，我意识到她是有着不轻的病症。

“贞贞！我要走了，我们不知何时再能相会，我希望，你能听你娘……”

“我就是来告诉你的，”她一下就打断了我的话，“我明天也要动身了。我恨不得早一天离开这家。”

“真的吗？”

“真的！”在她的脸上那种特有的明朗又显出来了。“他们叫我回××去治病。”

“啊！”我想我们也许要同道的，“你娘知道了吗？”

“不，还不知道，只说治病，病好了又回来，她一定肯放我走的，在家里不是也没有好处吗？”

我觉得她今天显得稀有的平静。我想起头天晚上夏大宝说的话了。我冒昧的便问她道：

“你的婚姻问题解决了么？”

“解决，不就是那么吗？”

“是听娘的话么？”我还不敢说出我对她的希望，我不愿想着那年轻人所给我的印象，我希望那年轻人有快乐的一天。

“听她们的话，我为什么要听她们的话，她们听过我的话么？”

“那么你是和她们赌气么？”

“和她们赌气？那才不值得。”

“那么……你真的恨夏大宝么？”

她半天没有答应我，后来她说了，是更为平静的：“恨他，我也说不上，我总觉得我已经是一个有病的人了，我的确被很多鬼子糟蹋过，到底是多少，我也记不清了，总之，是一个不干净的人，既然已经有了缺憾，就不想再有福气，我觉得活在不认识的人面前，忙忙碌碌的，比活在家里，比活在有亲人的地方好些。这次他们既然答应送我到××去治病，那我就想留在那里学习，听说那里是大地方，学校多，什么人都可以学习的。大家扯在一堆并不会怎样好，那就还是分开，各奔各的前程。我这样打算是为了我自己，也为了旁人，所以我并不觉得有什么对不住人的地方，也没有什么快乐的地方。别人说我年轻，见识短，脾气别扭，我也不辩，有些事也并不必要别人知道。”

我觉得非常惊诧，新的东西又在她身上表现出来了，我觉得她的确值得我研究，我当时只能说出我赞成她的打算的话。

我走的时候，她的家属全在那里，只有她到公所里去了，也再没有看见夏大宝。我心里并没有难受，我仿佛看见了她的光明的前途，明天我将又见着她的，定会见着她的，而且还有好一阵时日我们不会分开的。果然，一走出她家的门，马同志便告诉了我关于她的决定，证实了她早上告诉我的话很快便会实现了。

1941年1月2日

狗

巴　金

小时候我害怕狗。记得有一回在新年里，我到二伯父家去玩。在他那个花园内，一条大黑狗追赶我，跑过几块花圃。后来我上了洋楼，才躲过这一场灾难，没有让狗嘴咬坏我的腿。

以后见着狗，我总是逃，它也总是追，而且屡屡望着我的影子狺狺狂吠。我愈怕，狗愈凶。

怕狗成了我的一种病。

我渐渐地长大起来。有一天不知道因为什么，我忽然觉得怕狗是很可耻的事情。看见狗我便站住，不再逃避。

我站住，狗也就站住。它望着我狂吠，它张大嘴，它做出要扑过来的样子。但是它并不朝着我前进一步。

它用怒目看我，我便也用怒目看它。它始终保持着我和它中间的距离。

这样地过了一阵子，我便转身走了。狗立刻追上来。

我回过头。狗马上站住了。它望着我恶叫，却不敢朝我扑过来。

“你的本事不过这一点点。”我这样想着，觉得胆子更大了。我用轻蔑的眼光看它，我顿脚，我对它吐出骂语。

它后退两步，这次倒是它露出了害怕的表情。它仍然汪汪地叫，可是叫声却不像先前那样地“恶”了。

我讨厌这种纠缠不清的叫声。我在地上拾起一块石子，就对准狗打过去。

石子打在狗的身上，狗哀叫一声，似乎什么地方痛了。它马上掉转身子夹着尾巴就跑，并不等我的第二块石子落到它的头上。

我望着逃去了的狗影，轻蔑地冷笑两声。

从此狗碰到我的石子就逃。

1941年7月24日

月　夜

巴　金

阿李的船正要开往城里去。

圆月慢慢地翻过山坡，把它的光芒射到了河边。这一条小河横卧在山脚下黑暗里，一受到月光，就微微地颤动起来。水缓缓地流着，月光在水面上流动，就像要跟着水流到江里去一样。黑暗是一秒钟一秒钟地淡了，但是它还留下了一个网。山啦，树啦，河啦，田啦，房屋啦，都罩在它的网下面。月光是柔软的，透不过网眼。

一条石板道伸进河里，旁边就泊着阿李的船。船停在水莲丛中，被密集丛生的水莲包围着。许多紫色的花朵在那里开放，莲叶就紧紧贴在船头。

船里燃着一盏油灯，灯光太微弱了。从外面看，一只睡眠了的船隐藏在一堆黑影里。没有人声，仿佛这里就是一个无人岛。然而的确有人在船上。

篷舱里直伸伸地躺着两个客人。一个孩子坐在船头打盹。船夫阿李安闲地坐在船尾抽烟。没有人说话，仿佛话已经说得太多了，再没有新的话好说。客人都是老客人。船每天傍晚开往城里去；第二天上午，就从城里开回来。这样的刻板似的日程很少改变过，这些老客人一个星期里面总要来搭几次船，在一定的时间来，不多说话，在舱里睡一觉，醒过来，船就到城里了。有时候客人在城里上岸，有时候客人转搭小火轮上省城去。那个年轻的客人是乡里的小学教员，家住在城里，星期六的晚上就要进城去。另一个客人是城里的商店伙计，乡下有一个家。为了商店的事情他常常被老板派到省城去。

月光在船头梳那个孩子的乱发，孩子似乎不觉得，他只顾慢慢地摇着头。他的眼睛疲倦地闭着，但是有时又忽然大睁开看看岸上的路，看看水面。没有什么动静。他含糊地哼了一声，又静下去了。

“奇怪，根生这个时候还不来？”小学教员在舱里翻了一个身，低声自语道。他向船头望了望，然后推开旁边那块小窗板，把头伸了出去。

四周很静。没有灯光，岸上的那座祠堂也睡了。路空空地躺在月光下。在船边，离他的头很近，一堆水莲浮在那里，有好几朵紫色的花。

他把头缩回到舱里就关上了窗板，正听见王胜（那个伙计）大声问船夫道：

“喂，阿李，什么时候了？还不开船？”

“根生还没有来。还早，怕什么！”船夫阿李在后面高声回答。

“根生每次七点钟就到了。今晚——”小学教员接口说。他就摸出了表，然后又推开窗板拿表到窗口看，又说：“现在已经七点八个字了。他今晚不会来了。”

“会来的，他一定会来的，他要挑东西进城去。”船夫坚决地说，“均先生，你们不要着急。王先生，你也是老客人，我天天给小火轮接送客人，从没有一次脱过班。”

均先生就是小学教员唐均。他说：“根生从来没有迟到过，他每次都是很早就到的，现在却要人等他。”

“今晚恐怕有什么事把他绊住了。”伙计王胜说，他把右脚抬起来架在左脚上面。

“我知道他，他没什么事，他不抽大烟，又不饮酒，不会有什么事留住他。他马上就来！”船夫阿李从船尾慢慢地经过顶篷爬到了船头，一面对客人说话。他叫一声：“阿林！”船头打盹的孩子马上站了起来。

阿李看了孩子一眼，就一脚踏上石板道。他向岸边走了几步，又回来解开裤子小便。白银似的水面上灿烂地闪着金光。圆月正挂在他对面的天空。银光直射到他的头上。月光就像凉水，把他的头洗得好清爽。

在岸上祠堂旁边榕树下一个黑影子在闪动。

“根生来了。”阿李欣慰地自语说，就吩咐孩子，“阿林，预备好，根生来，就开船。”

孩子应了一声，拿起一根竹竿把船稍稍拨了一下，船略略移动，就横靠在岸边。

阿李还站在石板道上。影子近了。他看清楚那个人手里提了一个小藤包，是短短的身材。来的不是根生。那是阿张，他今天也进城去，他是乡里一家杂货店的小老板。

“开船么？”阿张提了藤包急急走过来，走上石板道，看见阿李，便带笑地问。

“正好，我们还等着根生！”阿李回答。

“八点了！根生一定不来了。”小学教员在舱里大声说。

“奇怪，根生还没来？我知道他从来很早就落船的。”阿张说，就上了船。他把藤包放在外面，人坐在舱板上，从袋里摸出纸烟盒取了一根纸烟燃起来，对着月亮安闲地抽着。

“喂，阿李，根生来么？”一个剪发的中年女人，穿了一身香云纱衫裤，赤着脚，从岸边大步走来，走上石板道就唤着阿李。

“根生？今晚上大家都在等根生，他倒躲藏起来。他在什么地方，你该知道！”阿李咕噜地抱怨说。

“他今晚没曾来过？”那女人着急了。

“连鬼影也没看见！”

“你不是在跟我开玩笑？人家正在着急！”女人更慌张地问。

“根生嫂，跟你开玩笑，我倒没工夫！我问你根生今晚究竟搭不搭船？”阿李摆着正经面孔说话。

“糟啦！”根生嫂叫出了这两个字，转身就跑。

“喂，根生嫂，根生嫂！回来！”阿李在后面叫起来，他不知道是怎么一回事情。

女人并不理他。她已经跑上岸，就沿着岸边跑，忽然带哭声叫起了根生的名字。

阿李听见了根生嫂的叫声，声音送进耳里，使他的心很不好受。他站在石板道上，好像是呆了。

“什么事？”三个客人都惊讶地问。阿张看得比较清楚。商店伙计爬起来从舱里伸出头问。小学教员推开旁边的窗板把头放到外面去看。

“鬼知道！”阿李掉过头，抱怨地回答。

“根生嫂同根生又闹了架，根生气跑了，一定是这样！”阿张解释说，“人家还说做丈夫的人有福气，哈哈！”他把烟头抛在水里，又吐了一口浓浓的痰，然后笑起来。

“根生从来没跟他的老婆闹过架！我知道一定有别的事！一定有别的事！”阿李严肃地说。他现出纳闷的样子，因为他也不知道这别的事究竟是什么事。

“根生，根生！”女人的尖锐的声音在静夜的空气里飞着，飞到远的地方去了。于是第二个声音又突然响了起来，去追第一个，这个声音比第一个更悲惨，里面荡漾着更多的失望。它不曾把第一个追回来，而自己却跟着第一个跑远了。

“喂，怎么样？阿李！”小学教员翻个身叫起来，他把窗板关上了。没有人回答他。

“开船罢！”商店伙计不能忍耐地催促着，他担心赶不上开往省城的小火轮。

阿李注意地听着女人的叫声，他心上的不安一秒钟一秒钟地增加。他并不回答那两个客人的话。他呆呆地站在那里，听女人唤丈夫的声音，忽然说：“不行，她一定发疯了！”他就急急往岸上跑去。

“阿爸！”那个时时在船头上打盹的孩子立刻跳起来，跑去追他，“你到哪里去？”

阿李只顾跑，不答话。孩子的声音马上就消失了，在空气里不曾留下一点痕迹。空气倒是给女人的哀叫占据了。一丝，一丝，新的，旧的，仿佛银白的月光全是这些哀叫聚合而成的，它们不住地抖动，这些撕裂人心的哀叫，就像一个活泼的生命给毁坏了，给撕碎了，撕碎成一丝一丝，一粒一粒似的。

三个人在泥土路上跑，一个女人，一个船夫，一个孩子。一个追一个。但是孩子跑到中途就站住了。

船依旧靠在石板道旁边，三个客人出来坐在船头，好奇地谈着根生的事情。全是些推测。每个人尽力去想象，尽力去探索。船上热闹起来了。

女人的哀叫渐渐低下去，于是停止了。阿李在一棵树脚下找到了那个女人。她力竭似的坐在那里，身子靠着树干，头发散乱，脸上有泪痕，眼睛张开，望着对岸的黑树林。她低声哭着。

“根生嫂，你在干什么？你疯了么？有什么事，你讲呀！”阿李跑上去一把抓住她，用力摇着她的膀子，大声说。

根生嫂把头一摆，止了哭，两只黑眼睛睁得圆圆地望着他，仿佛不认识他似的，过了半晌她才迸出哭声说：“根生，根生……”

“根生怎么样？你讲呀？”阿李追逼地问。

“我不知道。”女人茫然地回答。

“呸，你不知道，那么为什么就哭起来？你真疯啦！”阿李责骂地说，吐了一口痰在地上。

“他们一定把他抓去了！他们一定把他抓去了！”女人疯狂似的叫着。

“抓去？哪个抓他去？你说根生给人抓去了？”阿李恐怖地问。他的心跳得很厉害。根生是他的朋友。他想，他是个安分的人，人家为什么要把他抓去。

"一定是唐锡藩干的，一定是他！"根生嫂带着哭声说，"昨天根生告诉我唐锡藩在县衙门里报告他通匪。我还不相信。今天下午根生出去就有人看见唐锡藩的人跟着他。几个人跟着他，还有侦探。他就没有回家来。一定是他们把他抓去了。"她说了又哭。

"唐锡藩，那个拼命刮钱的老龟。他为什么要害根生？恐怕靠不住。根生嫂，你又不曾亲眼看见根生给抓去！"阿李粗声地安慰她。他的声音不及刚才的那样严肃了。

"靠不住？只有你才相信靠不住！唐锡藩没有做到乡长，火气大得很。他派人暗杀义先生，没有杀死义先生，倒把自己的乡长弄掉了！这几天根生正跟着义先生的兄弟敬先生组织农会，跟他作对。我早就劝他不要跟那个老龟作对。他不听我的话，整天嚷着要打倒土豪劣绅。现在完了。捉去不杀头也不会活着回家来。说是通匪，罪名多大！"根生嫂带哭带骂地说。

"唐锡藩，我就不相信他这么厉害！"阿李咕噜地说。

"他有的是钱呀！连县长都是他的好朋友！县长都肯听他的话！"根生嫂的声音又大起来，两只眼睛在冒火，愤怒压倒了悲哀。"像义先生那样的好人，都要被他暗算。……你就忘了阿六的事？根生跟阿六的事并没有两样。"恐怖的表情又在她的脸上出现了。

阿李没有话说了。是的，阿六的事情他还记得很清楚。阿六是一个安分的农民。农忙的时候给人家做帮工，没有工作时就做挑夫。他有一次不肯纳扁担税，带着几个挑夫到包税的唐锡藩家里去闹过。过两天县里公安局就派人来把阿六捉去了，说他有通匪的嫌疑，就判了十五年的徒刑。警察捉阿六的时候，阿六刚刚挑了担子走上阿李的船。阿李看得很清楚。一个安分的人，他从没有做过坏事，衙门里却说他通匪。这是什么样的世界呀！阿李现在相信根生嫂的话了。

阿李的脸色阴沉起来，好像有一块沉重的石头压在他的心上。他绞着手在思索。他想不出什么办法。脑子在发涨，许多景象在他的脑子里轮流变换。他就抓起根生嫂的膀子说："快起来，即使根生真的给抓去了，我们也得想法救他呀！你坐在这里哭，有什么用处！"他把根生嫂拉起来。两个人沿着河边急急地走着。

他们走不到一半路，正遇着孩子跑过来。孩子跑得很快，高声叫着："阿爸。"脸色很难看。"根生……"他一把拉住阿李的膀子，再也说不出第二句话。

"根生，什么地方？"根生嫂抢着问，声音抖得厉害。她跑到孩子的面前摇撼他的身子。

"阿林，讲呀！什么事？"阿李也很激动，他感到了一个不吉利的预兆。

阿林满头是汗，一张小脸现出恐怖的表情，结结巴巴地说："根生……在……"他拉着他们两个就跑。

在河畔一段凸出的草地上，三个客人都蹲在那里。草地比土路低了好些。孩子第一个跑到那里去。"阿爸，你看！……"他恐怖地大声叫起来。

根生嫂尖锐地狂叫一声，就跟着跑过去。阿李也跑去了。

河边是一堆水莲，紫色的莲花茂盛地开着。小学教员跪在草地上正拿手拨开水莲，从那里露出了一个人的臃肿的胖身体，它平静地伏在水面上，香云纱裤给一棵树根绊住了。左背下衫子破了一个洞。

“根生！”女人哀声叫着，俯下去伸手拉尸体，伤心地哭起来。

“不中用了！”小学教员掉过头悲哀地对阿李说，声音很低。

“一定是先中了枪，”商店伙计接口说，“看，这许多血迹！”

“我们把他抬上来吧。”杂货店的小老板说。

阿李大声叹了一口气，紧紧捏住孩子的战抖的膀子，痴呆地望着水面。

根生嫂的哭声不停地在空中撞击，好像许多颗心碎在那里面，碎成了一丝一丝，一粒一粒似的。它们渗透了整个月夜。空中、地上、水里仿佛一切全哭了起来，一棵树，一片草，一朵花，一张水莲叶。

静静地这个乡村躺在月光下面，静静地这条小河躺在月光下面。在这悲哀的气氛中，仿佛整个乡村都哭起来了。没有一个人是例外，每个人的眼里都滴下了泪珠。

这晚是一个很美丽的月夜。没有风雨。但是从来不脱班的阿李的船却第一次脱班了。

1933年夏在广州

梅雨之夕

施蛰存

梅雨又淙淙地降下了。

对于雨，我倒并不觉得嫌厌，所嫌厌的是在雨中疾驰的摩托车的轮子，它会溅起泥水猛力地洒上我的衣裤，甚至会连嘴里也拜受了美味。我常常在办公室里，当公事空闲的时候，凝望着窗外淡白的空中的雨丝，对同事们谈起我对于这些自私的车轮的怨苦。下雨天是不必省钱的，你可以坐车，舒服些。他们会这样善意地劝告我。但我并不曾屈就了他们的好心，我不是为了省钱，我喜欢在滴沥的雨声中撑着伞回去。我的寓所离公司是很近的，所以我散工出来，便是电车也不必坐，此外还有一个我所以不喜欢在雨天坐车的理由，那是因为我还不曾有一件雨衣，而普通在雨天的电车里，几乎全是裹着雨衣的先生们、夫人们或小姐们，在这样一间狭窄的车厢里，滚来滚去的人身上全是水，我一定会虽然带着一柄上等的伞，也不免满身淋漓地回到家里。况且尤其是在傍晚时分，街灯初上，沿着人行路用一些暂时安逸的心境去看看都市的雨景，虽然拖泥带水，也不失为一种自己的娱乐。在濛雾中来来往往的车辆人物，全都消失了清晰的轮廓，广阔的路上倒映着许多黄色的灯光，间或有几条警灯的红色和绿色在闪烁着行人的眼睛。雨大的时候，很近的人语声，即使声音很高，也好像在半空中了。

人家时常举出这一端来说我太刻苦了，但他们不知道我会得从这里找出很大的乐趣来，即使偶尔有摩托车的轮溅满泥泞在我身上，我也并不会因此而改了我的习惯。说是习惯，有什么不妥呢，这样的已经有三四年了。有时也偶尔想着总得买一件雨衣来，于是可以在雨天坐车，或者即使步行，也可以免得被泥水溅着了上衣，但到如今这仍然留在心里做一种生活上的希望。

在近来的连日的大雨里，我依然早上撑着伞上公司去，下午撑着伞回家，每天都如此。

昨日下午，公事堆积得很多。到了四点钟，看看外面雨还是很大，便独自留下在公事房里，想索性再办了几桩，一来省得明天要更多地积起来，二来也借此避雨，等它小一些再走。这样地竟逗留到六点钟，雨早已止了。

走出外面，虽然已是满街灯火，但天色却转清朗了。曳着伞，避着檐滴，缓步过去，从江西路走到四川路桥，竟走了差不多有半点钟光景。邮政局的大钟已是六点二十五分了。未走上桥，天色早已重又冥晦下来，但我并没有介意，因为晓得是傍晚的时分了，刚走到桥头，急雨骤然从乌云中漏下来，潇潇地起着繁响。看下面北四川路上和苏州河两岸行人的纷纷乱窜乱避，只觉得连自己心里也有些着急。他们在着急些什么呢？他们也一定知道这降下来的是雨，对于他们没有生命上的危险，但何以要这样急迫地躲避呢？说是为了恐怕衣裳给淋湿了，但我分明看见手中持着伞的和身上披了雨衣的人也有些脚步踉跄了。我觉得至少这是一种无意识的纷乱。但要是我不曾感觉到雨中闲行的滋味，我也是会得和这些人一样地急突地奔下桥去的。

何必这样的奔逃呢，前路也是在下着雨，张开我的伞来的时候，我这样漫想着。不觉已走过了天潼路口。大街上浩浩荡荡地降着雨，真是一个伟观，除了间或有几辆摩托车，连续地冲破了雨仍旧钻进了雨中疾驰过去之外，电车和人力车全不看见。我奇怪它们都躲到什么地方去了。至于人，行走着的几乎是没有，但在店铺的檐下或蔽荫下是可以一团一团地看得见，有伞的和无伞的，有雨衣的和无雨衣的，全部聚集着，用嫌厌的眼望着这奈何不得的雨。我不懂他们这些雨具是为了怎样的天气而买的。

至于我，已经走近文监师路了。我并没什么不舒服，我有一柄好的伞，脸上绝不曾给雨水淋湿，脚上虽然觉得有些湿漉漉，但这至多是回家后换一双袜子的事。我且行且看着雨中的北四川路，觉得朦胧的颇有些诗意。但这里所说的“觉得”，其实也并不是什么具体的思绪，除了“我该得在这里转弯了”之外，心中一些也不意识着什么。

从人行路上走出去，探头看看街上有没有往来的车辆，刚想穿过街去转入文监师路，但一辆先前并没有看见的电车已停在眼前。我止步了，依然退进到人行路上，在一支电杆边等候着这辆车的开出。在车停的时候，其实我是可以安心地对穿过去的，但我并不曾这样做。我在上海住得很久，我懂得走路的规则，我为什么不在这个可以穿过去的时候走到对街去呢？我没知道。

我数着从头等车里下来的乘客。为什么不数三等车里下来的呢？这里并没有故意的挑选，头等座在车的前部，下来的乘客刚在我面前，所以我可以很看得清楚。第一个，穿着红皮雨衣的俄罗斯人，第二个是中年的日本妇人，她急急地下了车，撑开了手里提着的东洋粗柄雨伞，缩着头鼠窜似的绕过车前，转进文监师路去了。我认识她，她是一家果子店的女店主。第三，第四，是像宁波人似的我国商人，他们都穿着绿色的橡皮华式雨衣。第五个下来的乘客，也即是末一个了，是一位姑娘。她手里没有伞，身上也没有穿雨衣，好像是在雨停止了之后上电车的，而不幸在到目的地的时候却下着这样的大雨。我猜想她一定是从很远的地方上车的，至少应当在卡德路以上的几站罢。

她走下车来，缩着瘦削的，但并不露骨的双肩，窘迫地走上人行路的时候，我开始注意着她的美丽了。美丽有许多方面，容颜的姣好固然是一重要素，但风仪的温雅，肢体的停匀，甚至谈吐的不俗，至少是不惹厌，这些也有着份儿，而这个雨中的少女，我事后觉得她是全适合这几端的。

她向路的两边看了一看，又走到转角上看着文监师路。我晓得她是急于要招呼一辆人力车。但我看，跟着她的眼光，大路上清寂地没一辆车子徘徊着，而雨还尽量地落下来。她旋即回了转来，躲避在一家木器店的屋檐下，露着烦恼的眼色，并且蹙着细淡的修眉。

我也便退进在屋檐下，虽则电车已开出，路上空空的，我照理可以穿过去了。但我何以不即穿过去，走上了归家的路呢？为了对于这少女有什么依恋么？并不，绝没有这种依恋的意识。但这也绝不是为了我家里有着等候我回去在灯下一同吃晚饭的妻，当时是连我已有妻的思想都不曾有，面前有着一个美的对象，而又是在一重困难之中，孤寂地只身呆立着望这永远地，永远地垂下来的梅雨，只为了这些缘故，我不自觉地移动了脚步站在她旁边了。

虽然在屋檐下，虽然没有粗重的檐溜滴下来，但每一阵风会得把凉凉的雨丝吹向我们。我有着伞，我可以如中古时期骁勇的武士似的把伞当作盾牌，挡着扑面袭来的雨的箭，但这个少女却身上间歇地被淋得很湿了。薄薄的绸衣，黑色也没有效用了，两只手臂已被画出了它们的圆润。她屡次旋转身去，侧立着，避免这轻薄的雨之侵袭她的前胸。肩臂上受些雨水，让衣裳贴着了肉倒不打紧吗？我曾偶尔这样想。

天晴的时候，马路上多的是兜搭生意的人力车，但现在需要它们的时候，却反而没有了。我想着人力车夫的不善于做生意，或许是因为需要的人太多了，供不应求，所以即使在这样繁盛的街上，也不见一辆车子的踪迹。或许车夫也都在避雨呢，这样大的雨，车夫不该避一避吗？对于人力车之有无，本来用不到关心的我，也忽然寻思起来，我并且还甚至觉得那些人力车夫是可恨的，为什么你们不拖着车子走过来接应这生意呢，这里有一位美丽的姑娘，正窘立在雨中等候着你们的任何一个。

如是想着，人力车终于没有踪迹。天色真的晚了。远处对街的店铺门前有几个短衣的男子已经等得不耐而冒着雨，他们是拼着淋湿一身衣裤的，跨着大步跑去了。我看这位少女的长眉已颦蹙得更紧，眸子莹然，像是心中很着急了。她的忧闷的眼光正与我的互相交换，在她眼里，我懂得我正受着诧异，为什么你老是站在这里不走呢？你有着伞，并且穿着皮鞋，等什么人么？雨天在街路上等谁呢？眼睛这样锐利地看着我，不是没怀着好意么？从她将盯住着在我身上打量我的眼光移向着阴黑的天空的这个动作上，我肯定地猜测她是在这样想着。

我有着伞呢，而且大得足够容两个人的荫蔽的，我不懂何以这个意识不早就觉醒了我。但现在它觉醒了我将使我做什么呢？我可以用我的伞给她挡住这样的淫雨，我可以陪伴她走一段路去找人力车，如果路不多，我可以送她到她的家。如果路很多，又有什么不成呢？我应当跨过这一箭路，去表白我的好意吗？好意，她不会有什么别方面的疑虑吗？或许她会像刚才我所猜想着的那样误解了我，她便会拒绝了我。难道她宁愿在这样不止的雨和风中，在冷静的夕暮的街头，独自立到很迟么？不啊！雨是不久就会停的，已经这样连续不断地降下了……多久了，我也完全忘记了时间的在这雨水中间流过。我取出时计来，七点三十四分。一小时多了。不至于老是这样地降下来吧，看，排水沟已经来不及宣泄，多量的水已经积聚在它上面，打着漩涡，挣扎不到流下去的路，不久怕会溢上了人行路么？不会的，绝不会有这样持久的雨，再停一会，她一定可以走了。即使雨不就停止，人力车是大约总能够来一辆的。她一定会不管多大的代价坐了去的。然则我是应当走了么？应当走了。为什么不？……

这样地又十分钟过去了。我还没有走。雨没有住，车儿没有影踪。她也依然焦灼地立着。我有一个残忍的好奇心，如她这样的在一重困难中，我要看她终于如何处理她自己。看着她这样窘急，怜悯和旁观的心理在我身中各占了一半。

她又在惊异地看着我。

忽然，我觉得，何以刚才会不觉得呢？我奇怪，她好像在等待我拿我的伞贡献给她，并且送她回去，不，不一定是回去，只是到她所要到的地方去。你有伞，但你不走，你愿意分一半伞遮蔽我，但还在等待什么更适当的时候呢？她的眼光在对我这样说。

我脸红了，但并没有低下头去。

用羞赧来对付一个少女的注目，在结婚以后，我是不常有的。这时自己也随即觉得可怪了。我将用何种理由来譬解我的脸红呢？没有！但随即有一种男子的勇气升上来，我要求报复，这样说或许是较言重了，但至少是要求着制服她的心在我身里急突地催促着。

终归是我移近了这少女，将我的伞分一半遮蔽她。

“小姐，车子恐怕一时不会得有，假如不妨碍，让我来送一送罢。我有着伞。”

我想说送她回府，但随即想到她未必是在回家的路上，所以结果是这样两用地说了。当说着这些话的时候，我竭力做得神色泰然，而她一定已看出了这勉强的安静的态度后面藏匿着的我的血脉之急流。

她凝视着我半微笑着。这样好久。她是在估量我这种举止的动机，上海是个坏地方，人与人都用了一种不信任的思想交际着！她也许是正在自己委决不下，雨真的在短时期内不会止么？人力车真的不会来一辆么？要不要借着他的伞姑且走起来呢？也许转一个弯就可以有人力车，也许就让他送到了。那不妨事么？……不妨事。遇见了认识人不会猜疑么？……但天太晚了，雨并不觉得小一些。

于是她对我点了点头，极轻微地。

“谢谢你。”朱唇一启，她迸出柔软的苏州音。

转进靠西边的文监师路，在响着雨声的伞下，在一个少女的旁边，我开始诧异我的奇遇。事情会得展开到这个现状么？她是谁，在我身旁同走，并且让我用伞遮蔽她，除了和我的妻之外，近几年来我并不曾有过这样的经历。我回转头去，向后面斜看，店铺里有许多人歇下了工作对我，或是我们，看着。隔着雨的帡幪，我看得见他们的可疑的脸色。我心里吃惊了，这里有着我认识的人么？或是可有着认识她的人么？……再回看她，她正低下着头，拣着踏脚地走。我的鼻子刚接近了她的鬓发，一阵香。无论认识我们之中任何一个的人，看见了这样的我们的同行，会怎样想？……我将伞沉下了些，让它遮蔽到我们的眉额。人家除非故意低下身子来，不能看见我们的脸面。这样的举动，她似乎很中意。

我起先是走在她右边，右手执着伞柄，为了要让她多得些荫蔽，手臂便凌空了。我开始觉得手臂酸痛，但并不以为是一种苦楚。我侧眼看她，我恨那个伞柄，它遮隔了我的视线。从侧面看，她并没有从正面看那样的美丽。但我却从此得到了一个新的发现：她很像一个人。谁？我搜寻着，我搜寻着，好像很记得，岂但……几乎每日都在意中的，一个我认识的女子，像现在身旁并行着的这个一样的身材，差不多的面容，但何以现在百思不得了呢？……啊，是了，我奇怪为什么我竟会得想不起来，这是不可能的！我的初恋的那个少女，同学，邻居，她不是很像她吗？这样的从侧面看，我与她离别了好几年了，在我们相聚的最后一日，她还只有十四岁，……一年……二年……七年了呢。我结婚了，我没有再看见她，想来长成得更美丽了……但我并不是没有看见她长大起来，当我脑中浮起她的印象来的时候，她并不还保留着十四岁的少女的姿态。我不时在梦里，睡梦或白日梦，看见她在长大起来，我曾自己构成她是个美丽的二十岁年纪的少女。她有好的声音和姿态，当偶然悲哀的时候，她在我的幻觉里会得是一个妇人，或甚至是一个年轻的母亲。

但她何以这样的像她呢？这个容态，还保留十四岁时候的余影，难道就是她自己么？她为什么不会到上海来呢？是她！天下有这样容貌完全相同的人么？不知她认出了我没有……我应该问问她了。

“小姐是苏州人么？”

“是的。”

确然是她，罕有的机会啊！她几时到上海来的呢？她的家搬到上海来了么？还是，哎，我怕，她嫁到上海来了呢？她一定已经忘记我了，否则她不会允许我送她走。……也许我的容貌有了改变，她不能再认识我，年数确是很久了。……但她知道我已经结婚么？要是没有知道，而现在她认识了我，怎么办呢？我应当告诉她么？如果这样是需要的，我将怎样措辞呢？……

我偶然向道旁一望，有一个女子倚在一家店里的柜上，用着忧郁的眼光，看着我，或者也许是看着她。我忽然好像发现这是我的妻，她为什么在这里？我奇怪。

我们走在什么地方了。我留心看。小菜场。她恐怕快要到了。我应当不失了这个机会。我要晓得她更多一些，但要不要使我们继续已断的友谊呢，是的，至少也得是友谊？还是仍旧这样地让我在她的意识里只不过是一个不相识的帮助女子的善意的人呢？我开始踌躇了。我应当怎样做才是最适当的。

我似乎还应该知道她正要到哪里去。她未必是回家去吧。家——要是父母的家倒也不妨事的，我可以进去，如像幼小的时候一样。但如果是她自己的家呢？我为什么不问她结婚了不曾呢……或许，连自己的家也不是，而是她的爱人的家呢，我看见一个文雅的青年绅士。我开始后悔了，为什么今天这样高兴，剩下妻在家里焦灼地等候着我，而来管人家的闲事呢。北四川路上，终究会有人力车往来的，即使我不这样地用我的伞伴送她，她也一定早已能雇到车子了。要不是自己觉得不便说出口，我是已经会得剩了她在雨中返身走了。

还是再考验一次罢。

“小姐贵姓？”

“刘。”

刘吗？一定是假的。她已经认出了我，她一定都知道了关于我的事，她哄我了。她不愿意再认识我了，便是友谊也不想继续了。女人！……她为什么改了姓呢？……也许这是她丈夫的姓？刘……刘什么？

这些思想的独白，并不占有了我多少时候。它们是很迅速地翻舞过我心里，就在与这个好像有魅力的少女同行过一条马路的几分钟之内。我的眼不常离开她，雨到这时已在小下来也没有觉得。眼前好像来来往往的人在多起来了，人力车也恍惚看见了几辆。她为什么不雇车呢？或许快要到达她的目的地了。她会不会因为心里已认识了我，不敢说，所以故意延滞着和我同走么？

一阵微风，将她的衣缘吹起，飘漾在身后。她扭过脸去避对面吹来的风，闭着眼睛，有些娇媚。这是很有诗兴的姿态，我记起日本画伯铃木春信的一帧题名叫“夜雨宫诣美人图”的画。提着灯笼，遮着被斜风细雨所撕破的伞，在夜的神社之前走着，衣裳和灯笼都给风吹卷着，侧转脸儿来避着风雨的威势，这是颇有些洒脱的感觉的。现在我留心到这方面了，她也有些这样的风度。至于我自己，在旁人眼光里，或许成为她的丈夫或情人了，我很有些得意着这种自譬的假设。是的，当我觉得她确是幼小时候初恋着的女伴的时候，我是如像真有这回事似的享受着这样的假设。而从她鬓边颊上被潮润的风吹过来的粉香，我也闻嗅得出是和我妻所有的香味一样的。……我旋即想到古人有"担簦亲送绮罗人"那么一句诗，是很适合于今日的我的奇遇的。铃木画伯的名画又一度浮现上来了。但铃木的所画的美人并不和她有一些相像，倒是我妻的嘴唇却与画里的少女的嘴唇有些仿佛。我再试一试对于她的凝视，奇怪啊，现在我觉得她并不是我适才所误会着的初恋的女伴了。她是另外一个不相干的少女。眉额，鼻子，颧骨，即使说是有年岁的改换，也绝对地找不出一些踪迹来。而我尤其嫌厌着她的嘴唇，侧看过去，似乎太厚一些了。

我忽然觉得很舒适，呼吸也更通畅了。我若有意若无意地替她撑着伞，徐徐觉得手臂太酸痛之外，没什么感觉。在身旁由我伴送着的这个不相识的少女的形态，好似已经从我的心的樊笼中被释放了出去。我才觉得天已完全夜了，而伞上已听不到些微的雨声。

"谢谢你，不必送了，雨已经停了。"

她在我耳朵边这样地嘤响。

我蓦然惊觉，收拢了手中的伞。一缕街灯的光射上了她的脸，显着橙子的颜色。她快要到了么？可是她不愿意我伴她到目的地，所以趁此雨已停住的时候要辞别我么？我能不能设法看一看她究竟到什么地方去呢？……

"不要紧，假使没有妨碍，让我送到了罢。"

"不敢当呀，我一个人可以走了，不必送罢。时光已是很晚了，真对不起得很呢。"

看来是不愿我送的了。但假如还是下着大雨便怎么了呢？……我怨怼着不解情的天气，何以不再继续下半小时雨呢，是的，只要再半小时就够了。一瞬间，我从她的对于我的凝视——那是为了要等候我的答话——中看出一种特殊的端庄，我觉得凛然，像雨中的风吹上我的肩膀。我想回答，但她已不再等候我。

“谢谢你，请回转罢，再会。……”

她微微地侧面向我说着，跨前一步走了，没有再回转头来。我站在中路，看她的后形，旋即消失在黄昏里。我呆立着，直到一个人力车夫来向我兜揽生意。

在车上的我，好像飞行在一个醒觉之后就要忘记了的梦里。我似乎有一桩事情没有做完成，我心里有着一种牵挂。但这并不曾很清晰地意识着。我几次想把手中的伞撑起来，可是随即会自己失笑这是无意识的。并没有雨降下来，完全地晴了，而天空中也稀疏地有了几颗星。

下了车，我叩门。

“谁?”

这是我在伞底下伴送着走的少女的声音！奇怪，她何以又会在我家里？……门开了。堂中灯火通明，背着灯光立在开着一半的大门边的，倒并不是那个少女。朦胧里，我认出她是那个倚在柜台上用嫉妒的眼光看着我和那个同行的少女的女子。我惝恍地走进门。在灯下，我很奇怪，为什么从我妻的脸色上再也找不出那个女子的幻影来。

妻问我何故归家这样的迟，我说遇到了朋友，在沙利文吃了点心，因为等雨停止，所以坐得久了。为了要证实我这谎话，夜饭吃得很少。

包氏父子

张天翼

一

天气还那么冷。离过年还有半个多月，可是听说那些洋学堂就要开学了。

这就是说，包国维在家里年也不过地就得去上学！

公馆里许多人都不相信这回事。可是胡大把油腻腻的菜刀往砧板上一丢，拿围身布揩了揩手——伸出个中指，其余四个指头凌空地扒了几扒：

“哄你们的是这个。你们不信问老包，是他告诉我的。他还说恐怕钱不够用，要问我借钱哩。”

大家把它当作一回事似的去到老包房里。

“怎么，你们包国维就要上学了么?”

“嗯。”老包摸摸下巴上几根两分长的灰白胡子。

“怎么年也不过就去上书房?”

“不作兴过年嘛，这是新派，这是……”

“洋学堂是不过年的，我晓得。洋学堂里出来就是洋老爷，要做大官哩。”

许多眼睛就盯到了那张方桌子上面：包国维是在这张桌上用功的。一排五颜六色的书。一些洋纸簿子。墨盒。洋笔。一个小瓶：李妈亲眼瞧见包国维蘸着这瓶酒写字过。一张包国维的照片：光亮亮的头发，溜着一双眼——爱笑不笑的。要不告诉你这是老包的儿子，你准得当他是谁家的大少爷哩。

别瞧老包那么个尖下巴，那张皱得打结的脸，他可偏偏有福气——那么个好儿子。

可是老包自己也就比别人强：他在这公馆伺候了三十年，谁都相信他。太太老爷他们一年到头不大在家里住，钥匙都交在老包手里。现在公馆里这些做客的姑太太，舅老爷，表少爷，也待老包客气，过年过节什么的——一赏就是三块五块。

“老包将来还要做这个哩。”胡大翘起个大拇指。

老包笑了笑。可是马上又拼命忍住肚子里的快活，摇摇脑袋，轻轻地嘘了口气：

“哪里谈得到这个。我只要包国维争口气，像个人儿。不过——唉，学费真不容易，学费。”

说了就瞧着胡大：看他懂不懂“学费”是什么东西。

“学费”倒不管它。可是为什么过年也得上学呢?

这天下午，寄到了包国维的成绩报告书。

老包小心地抽开抽屉，把老花眼镜拿出来戴上，慢慢念着。像在研究一件了不起的东西，对信封瞧了老半天。两片薄薄的紫黑嘴唇在一开一合的，他从上面的地名读起，一直读到“省立××中学高中部缄”。

“露，封，挂，号，”他摸摸下巴，“露，封，……”

他仿佛还嫌信封上的字太少太不够念似的，抬起脸来对天花板愣了会儿，才抽出信封里的东西。

天上糊满着云，白天里也像傍晚那么黑。老包走到窗子跟前，取下了眼镜瞧瞧天，才又架上去念成绩单。手微微颤着，手里那几张纸就像被风吹着的水面似的。

成绩单上有五个“丁”。只一个“乙”——那是什么“体育”。

一张信纸上油印着密密的字：告诉他包国维本学期得留级。

老包把这两张纸读了二十多分钟。

“这是什么？”胡大一走进来就把脑袋凑到纸边。

“学堂里的。……不要吵，不要吵，还有一张。缴费单。”

这老头把眼睛睁大了许多。他想马上就看完这张纸，可是怎么也念不快。那纸上印着一条条格子，挤着些小字，他老把第一行的上半格接上了第二行的下半格。

“学费：四元。讲义费：十六元。……损失准备金：……图书馆费：……医……医……”

他用指甲一行行划着又念第二遍。他在嗓子里咕噜着，跟痰响混在了一块。读完一行，就瞧一瞧天。

“制服费！……制服费：二——二——二十元。……通学生除——除——除宿费膳费外，皆须……”

瞧瞧天。瞧瞧胡大。他不服气似的又把这些句子念一遍，可是一点也不含糊，还是这些字——一个个仿佛刻在石头上似的，陷到了纸里面。他对着胡大的脸子发愣，全身像有——不知道是一阵热，还是一阵冷，总而言之是似乎跳进了一桶水里。

“制服费！”

“什么？”胡大吃了一惊。

“唔，唔。唵。”

制服就是操衣，他知道。上半年不是做过了么？他本来算着这回一共得缴三十一块。可是这二十块钱的制服费一加，可就……

突然——唰！房门给谁踢开，撞到板壁上又弹了回来。

房里两个人吓了一大跳。一回头——一个小伙子跨到了房里。他的脸子我们认识的：就是桌上那张照片里的脸子，不过头发没那么光。

胡大拍拍胸脯，脸上赔着笑：

“哦哟，吓我一跳，学堂里来么？”

那个没言语，只瞟了胡大一眼。接着把眉毛那么一扬，额上就显了几条横皱，眼睛扫到了他老子手里的东西。

“什么？”他问。

胡大悄悄地走了出去。

老头把眼镜取下来瞧着包国维，手里拿着的三张纸给他看。

包国维还是原来那姿势：两手插在裤袋里，那件自由呢的棉袍就短了好一截。像是因为衣领太高，那脖子就有点不能够随意转动，他只掉过小半张脸来瞅了一下。

“哼。”他两个嘴角往下弯着，没那回事似的跨到那张方桌跟前。他走起路来像个运动员，踏一步，他胸脯连着脑袋都得往前面摆一下，仿佛老是在跟别人打招呼似的。

老包瞧着他儿子的背：

“怎么又要留级?”

“郭纯也留级哩。”

那小伙子脸也没回过来，只把肚子贴着桌沿。他把身子往前一挺一挺的，那张方桌就咕咕咕地叫。

老包轻轻地问：

“你不是留过两次级了么?”

没搭腔，那个只在鼻孔里哼了一声。接着倒在桌边那张藤椅上，把膝头顶着桌沿，小腿一荡一荡的。他用右手抹了一下头发，就随便抽下一本花花绿绿的书来：《我见犹怜》。

沉默。

房里比先前又黑了点儿。地下砖头缝里在冒着冷气，老包两只脚仿佛踏在冷水里。

老包把眼镜放到那张条桌的抽屉里，嘴里小心地试探着说：

“你已经留过两次留级，怎么又……”

“他喜欢这样!”包国维叫了起来，“什么‘留过两次留级’! 他要留! 他高兴留就留，我怎么知道!”

外面一阵皮鞋响：一听就知道这是那位表少爷。

包国维把眉毛扬着瞧着房门，表少爷像故意要表示他有双硬底皮鞋，把步子很重地踏着，敲梆似的响着，一下下远去。包国维的小腿荡得厉害起来，那双脚仿佛挺不服气——它只穿着一双胶底鞋。

老头有许多话要跟包国维说，可是别人眼睛盯到了书上：别打断他的用功。

包国维把顶着桌沿的膝头放下去，接着又抬起来。他心里慢慢念着《我见犹怜》，就是看到一个标点也得停顿一两秒钟。有时候他偷偷地瞟镜子一眼，用手抹抹头发。自己的脸子可不坏，不过嘴扁了点儿。只要他当上了篮球员，再像郭纯那么——把西装一穿，安淑真不怕不上手。安淑真准得对那些女生说：

"谁说包国维像瘪三！很漂亮哩。"

于是他和她去逛公园，去看电影。他自己就得把西装穿得笔挺的，头发涂着油，涂着蜡，一只手抓着安淑真的手，一只手抹抹头。……

他把《我见犹怜》一摔，抹了抹头发。

老包好容易等到包国维摔了书。

"这个——这个这个——那个制服费。……"

没人睬他，他就停了一会。他摸了三分钟下巴。于是他咳一声扫清嗓子里的痰，一板一眼地说着缴学费的事，生怕一个不留神就会说错似的。他的意思认为去年做的制服还是崭新的，把这理由对先生说一说，这回可以少缴这意外的二十块钱。不然——

"不然就要缴五十一块半。这五十一块半——现在只有——只有——戴老七的钱还没还，这回再加二十……你总还得买点儿书，你总得……"

停停。他摸摸下巴，又独言独语地往下说：

"操衣是去年做的，穿起来还是像新的一样，穿起来。缴费的时候跟先生说说情，总好少缴……少缴……"

包国维跳了起来。

"你去缴，你去缴！我不高兴去说情！——人家看起来多寒碜！"

老包对于这个答复倒是满意的，他点点脑袋：

“唔，我去缴。缴到——缴到——唔，市民银行。”

儿子横了他一眼。他只顾自己往下说：

“市民银行在西大街吧？”

二

老包打市民银行走到学校里去。他手放在口袋里，紧紧地抓住那卷钞票。

银行里的人可跟他说不上情。把钞票一数：

“还少二十！”

“先生，包国维的操衣还是新的，这二十……”

“我们是替学校代收的，同我说没有用。”

钞票还了他，去接别人缴的费。

缴费的拥满了一屋子，都是像包国维那么二十来岁一个的。他们听着老包说到“操衣”，就哄出了笑声。

“操衣！”

“这老头是替谁缴费的？”

“包国维，”一个戴压发帽的瞅了一眼缴费单。

“包国维？”

老头对他们打招呼似的苦笑一下，接着他告诉别人——包国维上半年做了操衣的，那套操衣穿起来还是挺漂亮。

“可是现在又要缴，现在。你们都缴的吗？”

那批小伙子笑着你瞧瞧我，我瞧瞧你，谁也没答。

老包四面瞧了会儿就走了出来，五六十双眼睛送着他。

“为什么要缴到银行里呢?”他埋怨似的想。

天上还是堆着云，也许得下雪。云薄的地方就隐隐瞧得见青色。有时候马路上也显着模糊的太阳影子。

老包走不快，可是踏得很吃力：他觉得身上那件油腻腻的破棉袍有几十斤重。棉鞋里也湿漉漉的叫他那双脚不大好受。鞋帮上虽然破了一个洞，可也不能透出点儿脚汗：这双棉鞋在他脚汗里泡过了三个冬天。

他想着对学堂里的先生该怎么说，怎么开口。他得跟他们谈谈道理，再说几句好话。先生总不比银行里的人那么不讲情面。

老包走得快了些，袖子上的补丁在袍子上也摩擦得起劲了点儿。

可是一走到学校里的注册处，他就不知道要怎么着才好。

这所办公室寂寞得像座破庙。一排木栏杆横在屋子中间，里面那些桌旁的位子都是空的。只有一位先生在打盹，肥肥的一大坯伏在桌子上，还打着鼾。

“先生，先生。”

叫了这么七八声，可没点儿动静。他用指节敲敲栏杆，脚在地板上轻轻地踏着。

这位先生要在哪一年才会醒呢?

他又喊了几声，指节在栏杆上也敲得更响了些。

桌子上那团肉动了几动，过会儿抬起个滚圆的脑袋来。

“你找谁?”皱着眉擦擦眼睛。

老包摸着下巴：

“我要找一位先生。我是——我是——我是包国维的家长……”

那位先生没命地张大了嘴，趁势“噢”了一声，又像是答应他，又像是打呵欠。

“我是包国维的家长，我说那个制服费……”

“缴费么？——市民银行，市民银行！”

“我知道，我知道。不过我们包国维——包国维……”

老包结里结巴说上老半天，才说出了他的道理，一面还笑得满面的皱纹都堆起来——腮巴子挺吃力。

胖子伸了懒腰，咂咂嘴。

“我们是不管的。无论新学生老学生，制服一律要做。”

“包国维去年做了制服，只穿过一两天……”

“去年是去年，今年是今年，”他懒懒地拖过一张纸来，拿一支铅笔在上面写些什么。“今年制服改了样子，晓得吧。所以——所以——啊——噢——哦！”

打了个呵欠，那位先生又全神贯注在那张纸上。

他在写着什么呢？也许是在开个条子，说明白包国维的制服只穿过两次，这回不用再做，缴费让他少缴二十。

老包耐心等着。墙上的挂钟不快不慢地——嘀，嗒，嘀，嗒，嘀，嗒。

一分钟。二分钟。三分钟。五分钟。八分钟。

那位先生大概写完了。他拿起那张纸来看：嘴角勾起一丝微笑，像是他自己的得意之作。

纸上写着些什么：画着一满纸的乌龟！

老实说，老包对这些艺术是欣赏不上的。他嘘了口气，脸上还是那么费劲地笑着，嘴里喊着“先生先生”。他不管对方听不听，话总得往下说。他像募捐人似的把先生说成一个大好佬，菩萨心肠：不论怎样总得行行好，想想他老包的困难。话可说得不怎么顺嘴，舌子似乎给打了个结。笑得嘴角上的肌肉在一抽一抽的，眉毛也痉挛似的动着。

“先生你想想：我是——我是——我怎么有这许多钱呢？五十——五十——五十多块。……我这件棉袍还是——还是——我这件棉袍穿过七年了。我只拿十块钱一个月，十块钱。我省吃省用，给我们包国维做——做……我还欠了债，我欠了……有几笔……有几笔是三分息。我……”

那位先生打定主意要发脾气。他把手里的纸一摔，猛地掉过脸来，皱着眉毛瞪着眼：

“跟我说这个有什么用！学校又不是慈善机关，你难道想叫我布施你么！——笑话！”

老包可愣住了。他腮巴子酸疼起来：他不知道还是让这笑容留着好，还是收了的好。他膝踝子抖索着。手扶着的这木栏杆，像铁打的似的那么冰。他看那先生又在纸上画着，他才掉转身来——慢慢往房门那儿走去。

儿子——怎么也得让他上学。可是过了明天再不缴费的话，包国维就得被除名。

“除名……除名……”老包的心脏上像长了一颗鸡眼。

除名之后往哪里上学呢？这孩子被两个学校退了学，好容易请大少爷关说，才考进了这省立中学的。

还是跟先生说说情。

“先生，先生，”老包又折了回来，“还有一句话请先生听听，一句话。……先生，先生!”

他等着：总有一个时候那先生会掉过脸来的。

“先生，那么——那么——先生，制服费慢一点缴。先缴三十——三十——先缴三十一块半行不行呢？等做制服的时候再——再……现在——现在实在是——实在是——现在——现在钱不够嘛。我实在是……”

“又来了，啧!”

先生表示“这真说不清”似的掉过脸去，过会又转过来：

“制服费是要先缴的：这是学校里的规矩，规矩，懂吧。总而言之，统而言之——各种费用都要一次缴齐，缴到市民银行里。通学生一共是五十一块五。过了明天上午不缴就除名。懂不懂，懂不懂！听懂了没有?”

“先生，不过——不过……”

“嘿，要命！我的话你懂了没有，懂了没有！尽说尽说有什么好处！真缠不明白！……让你一个人去说罢!”

先生一站起来就走，出了那边的房门，接着那扇门很响地一关——訇！墙也给震动了一下。那只挂钟就轻轻地“锵郎”一声。

给丢在屋子里的这个还想等人出来：一个人在栏杆边待了十几分钟才走。

“呃，呃，唔。”

老包嗓子里响着，他自己也不知道在想着些什么。他仿佛觉得有一桩大祸要到来似的，可是没想到可怕。无论什么天大的事，那个困难时辰总会度过去的。他只一步步踏在人行路上，他几乎忘了他自己刚才做了什么事，也忘了会有一件什么祸事。他感觉到自己的脚呀手的都在打战。可是走得并不吃力：那双穿着湿漉漉的破棉鞋的脚已经不是他的了。他瞧不见路上的人，要是有人撞着他，他就斜退两步。

街上有些汽车的喇叭叫，小贩子的大声嚷，都逗得他非常烦躁。

太阳打云的隙缝里露出了脸，横在他脚右边的影子折了一半在墙上。走呀走的那影子忽然缩短起来移到了他后面：他转了弯。

对面有三个小伙子走过来，一面嘻嘻哈哈谈着。

老包喊了起来：

"包国维！"

他喊起他儿子来也是照着学堂里的规矩——连名带姓喊的。

包国维跟两个同学一块走着，手里还拿着一个纸袋子，打这里掏出什么红红绿绿的东西往嘴里送。那几个走起路来都是一样的姿势——齐脑袋到胸脯都是向前一摆一摆的。

"包国维！"

几个小伙子吃一惊似的站住了。包国维马上把刚才的笑脸收回，换上一副皱眉毛。他只回过半张脸来，把黑眼珠溜到了眼角上瞧着他的老子。

老包想把先前遇到的事告诉儿子，可是那些话凝成了冰，重重地堆在肚子里吐不出。他只不顺嘴地问：

"你今天——你今天——你什么时候回家？"

儿子把两个嘴角往下弯着，鼻孔里响了一声。

"高兴什么时候回家就回家！家里摆酒席等着我么！……我当是什么天大的事哩。这么一句话！"

掉转脸去瞧一下：两个同学走了两丈多远。包国维马上就用了跑长距离的姿势跑了上去。

“郭纯，郭纯，”他笑着用手攀到那个郭纯肩上，“刚才你还没说出来——孙桂云为什么……”

“刚才那老头儿是谁？”

“呃，不相干。”

他回头瞧一瞧：他老子的背影渐渐往后面移去，他感到轻松起来，放心地谈着。

“孙桂云放弃了短距离，总有点儿可惜，是吧。龚德铭你说是不是？”

叫作龚德铭的那个，只从郭纯拿着的纸袋里掏出一块东西来送进嘴里，没第二张嘴来答话。

他们转进了一条小胡同。

包国维两手插在裤袋里，谈到了孙桂云的篮球，接着又扯到了他们自己的篮球。他叹了口气，他觉得上次全市的篮球锦标赛，他们输给飞虎队可真输得伤心。他说得怪起劲的，眉毛扬得似乎要打眼睛上飞出去。

“我们喜马拉雅山队一定要争口气！郭纯，你要叫队员大家都……”

郭纯是他们喜马拉雅山队的队长。

“你单是嘴里会说。”龚德铭用肘撞了包国维一下。

“哦，哪里！……我进步多了。是吧，我进步多了。郭纯，你说是不是。”

“唔。”郭纯鼻孔里应了一声，就哼起小调子来。

包国维像得了锦标，全身烫烫的。他想起了许多要说的话，忍不住迸出来：

“我这学期可以参加比赛了吧，我是……”

“那不要急。”

“怎么?”

“你投篮还不准。”

“不过我——我是——不过我pass还pa’得好……”

“Pa’得好!”龚德铭叫了起来，“前天我pass那个球给你，你还接不住。你还要……”

“喂，嘘。”郭纯压小着嗓子。

对面有两个女学生走了过来。

他们三个马上排得紧紧的，用着兵式操的步子。他们摆这种阵势可比什么都老练。他们想叫她们通不过：那两个女学生低着头让开，挨着墙走，他们也就挤到墙边去。

包国维笑得眼睛成了两道线：

“啧，啧，头发烫得多漂亮!”

她俩又让开，想挨着对面墙边走，可是他们又挤到对面去。郭纯溜尖着嗓子说：

“你们让我走哇。”

“你们让我走哇。”包国维像唱双簧似的也学了一句，对郭纯伸一伸舌子。

两个女学生脸通红，脑袋更低，仿佛要把头钻进自己的肚子里去。

郭纯对包国维噘噘嘴，翘翘下巴。

要是包国维在往日——遇见个把女的也没什么了不起，他顶多是瞧瞧，大声地说这个屁股真大，那个眼睛长得俏，如此而已。这回可不同。郭纯的意思很明白：他叫他包国维显点儿本事看看。郭纯干吗不叫龚德铭——只叫他包国维去那个呢?

包国维觉得自己的身子飘了起来。他像假英雄似的——伸手在一个女学生的大腿上拧了一把。

女学生叫着。郭纯他们就大笑起来。

“包国维，好!”

三

一直到了郭纯的家里，包国维还在谈着他自己的得意之作。

“摸摸大腿是，哼，老行当!”

郭纯一到了自己家里就脱去大衣，对着镜子把领结理了一下，接着他瞧一瞧炉子里的火。不论包国维说得怎么起劲，他似乎都没听见，只是喊这个喊那个：叫老王来添煤，叫刘妈倒茶，叫阿秀拿拖鞋给他。于是倒在沙发上，拿一支烟抽着，让阿秀脱掉皮鞋把拖鞋套上去。包国维只好住了嘴，瞧着阿秀那双手——别瞧她是丫头，手倒挺白嫩的，那双手一拿起脱下的皮鞋，郭纯的手在她腮巴上扭了一下:

“拿出去上油。”

“少爷!”阿秀嘟哝着走了出去。

龚德铭只在桌边翻着书，那件皮袍在椅子上露出一大片里子——雪白的毛。

太阳光又隐了下去，郭纯就去把淡绿的窗档子拉开一下。

“龚德铭，你要不要去洗个脸?”

那个摇摇脑袋，把屁股在椅子上坐正些。可是包国维打算洗个脸，他就走到洗澡间，他像在自己家里那么熟。他挺老练地开了水龙头，他还得拣一块好胰子：他拿两盒胰子交换闻了一会儿，就用了黄色的那一块。

“这是什么肥皂?”

郭纯他们用的是这块肥皂。安淑真用的也准是这种肥皂。

这里东西可多着：香水，头发油，雪花精什么的。

洗脸的人细细地洗了十多分钟。

“郭纯，你头发天天搽油么?”他瞧着那十几个瓶子。外面不知道答应了一声什么。

包国维拿梳子梳着头发，吊嗓子似的又说：

“我有好几天不搽油了。”

接着他把动着的手停了一会，好听外面的答话。

“你用的是什么油?”——龚德铭的声音。

“我呀，我用的是——是——嗯，也是司丹康。”

于是他就把司丹康涂在梳子上梳上去。他对着镜子细细地看：不叫翘起一根头发来。这么过了五六分钟，梳子才离开了头发。他对镜子正面瞧瞧，偏左瞧瞧，偏右瞧瞧。他抿一抿嘴。他脖子轻轻扭一下。他笑了一笑。他眯眯眼睛。他扬扬眉毛，又皱着眉毛把脑袋斜着：不知道是什么根据，他老觉得一个美男子是该要有这么副嘴脸的。他眉毛淡得像两条影子，眉毛上……

雪花精没给涂匀，眉毛上一块白的：他搽这些东西的时候的确搽得过火了些。他就又拿起手巾来描花似的抹着。

凭良心说一句：他的脸子够得上说漂亮。只是鼻子扁了点儿。下巴有点往外突，下唇比上唇厚两倍：嘴也就显得瘪。这些可并不碍事。这回头发亮了些，脸子也白了些，还有种怪好闻的香味儿。

哼，要是安淑真瞧见了……

可是他一对镜子站远一点儿，他就一阵冷。

他永远是这么一件自由呢的棉袍！永远是这么一件灰色不像灰色，蓝色不像蓝色的棉袍——大襟上还有这么多油斑！他这脑袋摆在这高领子上可真——

“真不称！”

包国维就像逃走似的冲出洗澡间，很响地关上了门。

一到郭纯房里，那两个仿佛故意跟包国维开玩笑，正起劲地谈着衣料，谈着西装裤的式样。郭纯开开柜子，拿出一套套的衣裳给龚德铭瞧。

“这套是我上星期做好的，”郭纯扳开一个大夹子，里面夹着三条裤：他抽出两条来。

龚德铭指指那个夹子：

“这种夹子其实没有什么用处：初用的时候弹簧还紧，用到后来越用越松，夹两条裤都嫌松。我是……”

“你猜这套做了几个钱。”

他俩像没瞧见包国维似的。包国维想：郭纯干吗不问他包国维呢？他把脑袋凑过去细看了一会，手抹抹头发，毅然决然地说：

“五十二块！”

可是郭纯只瞧了他一眼。

接着郭纯和龚德铭由衣裳谈到了一年级的吕等男——郭纯说她对他很有点儿他妈的道理：你只看每次篮球比赛她总到场，郭纯一有个球投进了对方的篮里，吕等男就格外起劲地“啦”起来。郭纯嘻嘻哈哈地把这些事叙述了好些时候，直到中饭开上了桌子还没说完。

包国维紧瞧着郭纯，连吃饭都没上心吃。可是郭纯仿佛只说给龚德铭一个人听：把脸子对着龚德铭的脸子做功夫。包国维的眼珠子没放松一下，只是夹菜的时候才移开一会儿。他要郭纯记得他包国维也在旁边，他就故意把碗呀筷子的弄出响声。有时候郭纯的眼睛瞥到了他，他就笑出声音来："哈哈，他妈妈的！"或者用心地点点脑袋："嗯，嗯。"有时候他就仿佛大吃了一惊似的——"哦？"于是再等着郭纯第二次瞥过眼来。

"你要把她怎样？"龚德铭问。

"谁？"

"吕等男。"

说故事的人笑了一笑：

"什么怎样！上了钩，香香嘴，干一干，完事！"

忽然包国维大笑起来，全身都颤动着。

"真缺德，郭纯你这张嘴——你你！"

又笑。

这回郭纯显然有点儿高兴：他眼珠子在包国维脸上多盯了会。

那个笑得更起劲，直到吃完饭回到郭纯房里，他还是一阵一阵地打着哈哈。他抹抹眼泪，吃力地嘘了口气，又笑起来。

"郭纯你这张嘴！你真——他妈妈的真缺德！你……"

别人可谈到了性经验，龚德铭说他跟五个女人发生过关系，都是台基里的。可是郭纯有过一打：她们不一定是做这买卖的，他可也花了些个钱才能上手。有一个竟花了五百多块。

"别人说你同宋家璇有过……"龚德铭拿根牙签在桌子上画着。

"是啊，就是她！"郭纯站了起来，压小着嗓子嚷。"肏妈的她肚子大了起来。她家里跟我下不去。后来软说硬做，给了五百块钱，完事，……嘿，我在我父亲那里骗这五百块的时候真不容易，妈的。拿到了手里我才放心。”

包国维打算插句把嘴，可是他没说话的材料。他想：

“现在要不要再笑一阵？”

他像打不定主意似的瞧瞧这样，瞧瞧那样。郭纯有那么多西装。郭纯有那么多女人跟他打交道。郭纯还是喜马拉雅山队的队长，郭纯问他父亲要钱——每次多少呢？三块五块的，或者十块二十块，再不然一百二百。

“一百二百！”

包国维闷闷地嘘了口气。他把脚伸了出去又缩回来。他希望永远坐在这么个地方，脚老是踏在地毯上。身上得穿着那套新西装，安淑真挨着他坐着。他愿意一年到头不出门，只是比赛篮球的时候才出去一下。

可是这是郭纯的家，包国维总得回到他自己的家里去的。

于是他把两只手插进裤袋里，上身往前面一摆一摆地走回自己的住处：把脚对房门一踢——啷！

屋子里坐着几个老包的朋友。包国维的那张藤椅被戴老七坐着，胡大在老包床上。他们起劲地谈着什么，可是一瞧见了包国维就都闭住了嘴。他们讨好似的对包国维装着笑脸。戴老七站起来退到老包床上坐着。

包国维扬着眉毛瞧了他们一眼，就坐到藤椅上，两条腿叠着——一摇一摇的，他拖一本书过来随便翻了几下，又拿这翻书的手抹抹头发。那本书就像有弹簧似的合上了。

什么东西都是黑黝黝的。熟猪肝色的板壁，深棕色的桌子，灰黑色的地，打窗子里射进来一些没精打采的亮，到那张方桌上就止了步。包国维的暗影像一大片黑纱似的——把里面坐在床上的几个人遮了起来。

沉默。

老包一个劲儿摸着下巴：几根灰白色的短胡子像坏了的牙刷一样。他还有许多话得跟戴老七他们说，可是这时候的空气紧得叫他发不出声音来。

倒是戴老七想把这难受的沉默打碎。他小声儿问：

“他什么时候上学？”

仿佛戳了老包一针似的：他全身震了一下。他那左手发脾气地用力扭着下巴，咬着牙说：

“后天。”

突然包国维把翻着的书一扔，就起身往房门口走。

谁都吓了一跳。

老包左手在下巴下面，嘴呀眼睛的都用力地张着。他觉得他犯了个什么大过错，对不起他儿子。他用着讨饶的声音，轻轻地喊着包国维：

“你不是在那里用功的么，为什么又……”

“用功！屋子里吵得这样还用功！”

老头就要求什么似的瞧瞧大家。胡大低声地提议到他屋子里去，于是大家松了一口气，走出了房门。

包国维站在屋檐下，脸对着院子。

走路的人都非常小心，轻轻地踏着步：他们生怕碰到包国维身上。他们谁都低着脑袋，只有戴老七偷偷地在包国维光油油的头发上溜了一眼，他想：他搽的是不是广生行的生发油？

一到胡大房里，胡大可活泼起来。他给戴老七一支婴孩牌的烟卷，他自己躺倒了板床上，掏了个烟屁股来点着，把脚搁在凳子上。

“我这公馆不错吧。这张床是我的，那张床是高升的。我要请包国维给我写个公馆条子。”

这间小屋子一瞧就得知道是胡大的公馆：什么东西都是油腻腻的。桌凳，床铺，板壁，都像没刮过的砧板。床上那些破被窝有股抹桌布的味儿，那本记菜账的簿子上打着一个个黑的螺纹印。

不知道为什么，大家都觉得坐在这儿倒舒服些。老包就又把说过十几遍的话对戴老七说起来。

“真是对你不住，真是。我实在是——我实在——你想想罢：算得好好的，凭空又要制服费。……”

“我倒没关系，不过陈三癞子……”

“我知道，我知道，”老包嘘了一口气，“你们生意也不大好：剃头店太多嘛。人家大剃头店一开，许多人看看你们店面小，都不肯到你们店里剃头，我知道的，你们这几年——这几年——我真对不住你，那笔钱——我如今还归不拢。”

这里他咳嗽起来。

胡大的烟烫着了自己的手指，他就把烟屁股一摔：

“我晓得戴老七是不要紧：他那笔钱今年不还也没有什么，对不对？”

“唔，”戴老七拼命抽了两口烟，“就是这句话。陈三癞子那笔钱我保不定，说不定他硬要还：我这个做中人的怕……”

“你去对他说说，你去对他说说。我并不是有钱不还，我实在是……”

“唔，我同陈三癞子说说看。”戴老七干笑了一下。

老包紧瞧着戴老七：他恨不得跳起来把戴老七拥抱一回。

屋子里全是烟，在空中滚着。老包又咳了几声。

“小谢那十块钱打会钱也请你去说一说，我这个月——咳哼，我这个月真还不起，我实在——咳哼，咳哼。你先说一声我再自己去跟他——跟他求情。”

“唔，我一定去说。小谢这个人倒不错，大概……”

于是老包又咳几声清清嗓子，拖泥带水地谈着他的景况：他向胡大借了二十块，向高升借了七块，向梁公馆的车夫借了五块。学堂里缴了费就只能剩十来块钱：还得买书，还得买点儿袜子什么的。一面说一面把眼睛附近的皱纹都挤了出来。

“你看看，这样省吃省用，还是——还是——你看！包国维连皮鞋都没有一双，包国维。”

这么一说了，老包就觉得什么天大的事也解决了似的。他算着一共借来了三十二块钱，把五十一块凑足了往市民银行一缴，他就什么都不怕。过年他还得拿十来块赏钱，这么着正够用，他舒舒服服过了这一下午。

心里一快活，他就忍不住要跟他儿子说说话。

“明天我们可以去缴费了，明天，……钱够是够用的，我在胡大那里——胡大他有……”

包国维抹一抹头发站了起来，自言自语地说：

“我要买一瓶头发油来。”

"什么油呢？"

"头发油！——搽头发的！"包国维翻着长桌子的抽屉，一脸的不耐烦，"三个抽屉都是这么乱七八糟，什么也找不着！真要命！真要命！什么东西都放在我的抽屉里！连老花眼镜……"

老包赶快把他的眼镜拿出来：他四面瞧瞧，不知道要把眼镜放在什么地方才好。

四

第二天老包到市民银行去缴了费，顺便到了戴老七店里。回来的时候，他带了个小瓶子，里面有些红色的油。

公馆里的一些人问他：

"老包，这是什么？"

"我们包国维用的。"

"怎么，又是写洋字的么？"

老包笑了笑，把那瓶东西谨慎地捧到了房里。

儿子穿一件短棉袄在刷牙，扬着眉毛对那瓶子瞟了一眼。

"给你的。"老头把瓶子伸过去给他看。

"什么东西？"

"头发油，问戴老七讨来的。……闻闻看，香哩。"

"哼！"包国维掉过脸去刷他的牙。

那个愣了会。拿着瓶子的手凌空着，不知道是伸过去的好，还是缩回来的好。

"你不是说要搽头发的油么？"

那个猛地把牙刷抽出来大叫着，喷了老包一脸白星子。

“我要的是司丹康！司丹康！司丹康！懂吧，司丹康！”

他瞧着他父亲那副脸子，就记起昨天这老头当着郭纯的面喊他——要跟他说话。他想叫老头往后在路上别跟他打招呼，可是这些话不知道要怎么开口。于是他更加生气：

“拿开！我用不着这种油！——多寒碜！”

包国维一直愤愤着，一洗了脸就冲了出去。

老包手里还拿着那个瓶子：他想把它放在桌子上，可是怕儿子回来了又得发脾气，摔掉可又舍不得。他开开瓶塞子闻了闻。他摸着下巴。他怎么也想不出包国维干吗那么发火。

眼睛瞥到了镜子：自己脸上一脸的白斑。他把瓶子放到了床下，拿起条手巾来擦脸。

“包国维为什么生气呢?”

他细细想了好一会——看有没有亏待了他的包国维。他有时候一瞧见儿子发脾气，他胸脯就像给缚住了似的；他纵了他儿子——让他变得这么暴躁，可是他不说什么：他怕在儿子火头上浇了油，小伙子受不住，气坏了身体不是玩意账。他自从女人一死，他同时也就做了包国维的娘，老子的气派消去了一大半，什么事都有点儿婆婆妈妈的。

可是有时候又觉得包国维可怜：要买这样没钱，要买那样没钱。这小伙子永远在这么一间霉味儿的屋子里用功，永远只有这么一张方桌给他看书写字。功课上用的东西那么多，可是永远只有这么三个抽屉给他放——做老子的还要把眼镜占他一点儿地方！

他长长地抽了一口气，又到厨房里去找胡大谈天，他肚子里许多话不能跟儿子说，只对胡大吐个痛快：胡大是他的知己。

胡大的话可真有道理。

“嗳，你呀，”胡大把油碗一个个揩一下放到案板上，“我问你：你将来要享你们包国维的福，是不是？”

停了会他又自己答。

“自然要享他的福。你那时候是这个，”翘翘大拇指，“现在他吃你的。往后你吃他的。你吃他的——你是老太爷：他给你吃好的穿好的，他伺候得你舒舒服服。现在他吃你的——你想想：他过的是什么日子！他没穿过件把讲究的，也没吃什么好的，一天到晚用功读书……”

老包用手指抹抹眼泪，他对不起包国维。他恨不得跑出去把那小伙子找回来，把他抱到怀里，亲他的腮巴子，亲他那双淡淡的眉毛，亲他那个突出的下巴。他得对儿子哭着：叫儿子原谅他——“我对不起你，我对不起你。”

他鼻尖上一阵酸疼，就又拿手去擦眼睛。

可是他嘴里的——又是一回事：

“不过他的脾气……”

“脾气？哎——”胡大微笑着，怪对方不懂事似的把脑袋那么一仰，“年纪轻轻的谁没点儿火气？老包你年轻的时候……谁都一样。你能怪他么？你叫高升评评看——我这话对不对。”

看，老包要的也不过这几句话。他自己懂得他的包国维，也希望别人懂得他的包国维。不然的话别人就得说：“瞧瞧，那儿子对老子那么个劲儿，哼！”

现在别人可懂得了他的包国维。

老包快活得连心脏都痒了起来。他瞧瞧胡大，又瞧瞧高升。

高升到厨房里打开水来的，提着个洋铁壶站着听他们谈天，这里他很快地插进嘴来：

“本来是！青年小伙子谁都有火气。你瞧表少爷对姑太太那个狠劲儿罢。表少爷还穿得那么好，吃得那么好，比你们包国维舒服得多哩。姑太太还亏待了他么？他要使性子嘛。”

“可不是！”胡大拿手在围身布上擦了几下。

“嗯。”忽然老包记起了一件事，把刚要走的高升叫住：

“高升我问你：表少爷头上搽的什么油？”

“我不知道。我没瞧见他使什么油，只使上些雪花膏似的东西。”

“雪花膏也搽头发？”

“不是雪花膏，像雪花膏。”

“香不香？”

“香。”

包国维早晨说的那个什么“康！康！康！”——准是这么一件东西。

下午听着表少爷的皮鞋响了出去，老包就溜到了表少爷房里。雪花膏包国维也有，老包可认识，他除开那瓶雪花膏，把其余的瓶子都开开闻了一下。他拣上了那瓶顶香的拿到手里。

“不好。”

表少爷要查问起来，发现这瓶子在老包屋子里，那可糟糕。他老包在公馆里三十来年，没干过一桩坏事。

他把瓶子又放下，愣了会儿。

“康！康！康！”

准是这个：只是瓶子上那些洋字儿他不认识。

忽然他有了主意：他拿一张洋纸，把瓶子里的东西没命地挖出许多放在纸上，小心地包着，偷偷地带到自己屋子里。

这回包国维可得高兴了。可是——

“现在他在什么地方！他还生不生气？”

包国维这时候在郭纯家里。包国维这时候一点儿也不生气，包国维并且还非常快活：郭纯允许了这学期让他做候补篮球员，包国维倒在沙发上。包国维不管那五六个同学怎么谈，他可想开去了。

“我什么时候可以正式参加比赛？”包国维问自己。

也许还得练习几个月，那时候跟飞虎队拼命，他包国维就得显点儿身手。他想象他们这喜马拉雅山队的姿势比这次全国运动会的河北队还好：一个个都会飞似的。顶好的当然是包国维。球一到了他手里，别人怎么也没办法。他不传递给自己人，只是一个人冲上去。对方当然得发急，想拦住他的球，可是他身子一旋，人和球都到了前面……

他的身子就在沙发上转动了一下。

那时候当然有几千几万看球的人，大家都拍手——赞美他包国维的球艺。女生坐在看台上拼命打气：顶起劲的不用说——是安淑真，她脸都发紫，正在这一刹那，他包国维把球对篮里一扔：咚！——二分！

“喜马利亚——喜马利亚——啦啦啦！”

女生们发疯似的喊起来：叫得太快了点儿，把喜马拉雅说成了“喜马利亚”。

这么着他又投进了五个球，第一个时间里他得了十二分。

休息的时候他得把白绒运动衫穿起来。女生都围着他，她们在他跟前撒娇，谁也要挨近他，挨不到的就嘟着嘴吃醋，也许还得打起架来。……

打架可不大那个。

不打架，他只要安淑真挨近他。空地方还多，再让几个漂亮点儿的挨近他也不碍事。于是安淑真拿汽水给他喝……

“汽水还不如橘子汁。”

就是橘子汁。什么牌子的？有一种牌子似乎叫作什么牛的。那不管他是公牛母牛，总而言之是橘子汁。一口气喝了两瓶，他手搭在安淑真肩上又上场。他一个人单枪匹马地又投进了七个球。啦，啦！

郭纯有没有投进球？……

他屁股在沙发上移动一下，瞧瞧郭纯。

好罢，就让郭纯得三分罢。三分：投进一个，罚中一个。

赛完了大家都把他举起来。真麻烦：十几个新闻记者都抢着要给他照相，明星公司又请他站在镜头前面——拍新闻片子！当天晚报上全登着他的照片，小姐奶奶们都把这剪下来钉在帐子里。谁都认识他包国维。所有的女学生都挤到电影院里去看他的新闻片，连希佛来的片子也没人爱看了。……

包国维站了起来，在桌上拿了一支烟点着又坐到沙发上。他心跳得很响。

别人说的话他全没听见，他只是想着那时候他得穿什么衣裳。当然是西装：有郭纯的那么多。他一天换一套，挟着安淑真在街上走，他还把安淑真带到家里去坐，他对她……

“家里去坐！”

忽然他给打了一拳似的难受起来。

他有那么一个家！黑黝黝的什么也瞧不明白，只有股霉味儿往鼻孔里钻，两张床摆成个L字，帐子成了黄灰色。全家只有一张藤椅子——说不定胡大那张油腻腻的屁股还坐在那上面哩。安淑真准得问这是谁，厨子！那老头儿是什么人：他是包国维的老子，刘公馆里的三十年的老听差，只会摸下巴，咳嗽，穿着那件破棉袍！……

包国维在肚子里很烦躁地说：

“不是这个家！不是这个家！”

他的家得有郭纯家里这么个样子。他的老子也不是那个老子：该是个胖胖的脸子，穿着灰鼠皮袍，嘴里衔着粗大的雪茄；也许还有点儿胡子；也许还戴眼镜；说起话来笑嘻嘻的。于是安淑真在他家里一坐就是一整天。他开话匣子给她听《妹妹我爱你》。安淑真就全身都扭了起来。他就得理一理领结，到她跟前把……

突然有谁大叫起来：

“那不行那不行！”

包国维吓了一大跳。他惊醒了似的四面瞧瞧。

他是在郭纯家里。五六个同学在吵着笑着。龚德铭跟螃蟹摔跤玩，不知怎么一来螃蟹就大声嚷着。

“那不行！你们看龚德铭！嘿，我庞锡尔可不上你的当！”——他叫作庞锡尔，可是别人都喊他“螃蟹”。

包国维叹了口气，把烟屁股摔在痰盂里。

“我还要练习跑短距离，我每天……”

他将来得比刘长春还跑得快：打破了远东纪录。司令台报告成绩的时候……

可是他怎么也想象不下去：司令台的报告忽然变成了龚德铭的声音：

“这次不算，这次不算！你抓住了我的腿子，我……”

龚德铭被螃蟹摔到了地下。一屋子的笑声。

“再来，再来！”

“螃蟹是强得多！”

“哪里！”龚德铭喘着气，“他占了便宜。”

包国维大声笑起来。他抹抹头发，走过去拖龚德铭：

“再来，再来！”

“好了好了好了，”郭纯举着一只手，“再吵下去——我们的信写不下去了。”

“写信？”

包国维走到桌子跟前。桌子上铺着一张“明星笺”的信纸，一支钢笔在上面画着：李祝龄在写信。郭纯扑在旁边瞧着。

“写给谁？”包国维笑得露出了满嘴的牙齿。

钢笔在纸上动着：

“我的最爱的如花似月的玫瑰一般的等男妹妹呵……”

接着——“嚓嗒”一声，画了个感叹符号。

嘿，郭纯叫李祝龄代写情书！包国维可有点儿不高兴：郭纯干吗不请他包国维来写呢？——郭纯觉得李祝龄比他包国维强么？包国维就慢慢放平了笑脸，把两个嘴角往下弯着，瞧着那张信纸。他一面在肚子里让那些写情书用的漂亮句子翻上翻下：他希望李祝龄写不出，至少也该写不好。他包国维看过一册《爱河中浮着的残玫瑰》，现在正读着《我见犹怜》，好句子多着哩。

不管李祝龄写不写得出，包国维总有点儿不舒服：郭纯只相信别人不相信他！可是打这学期起，郭纯得跟他一个人特别亲密：只有郭纯跟他留级，他俩还是同班。

包国维就掉转脑袋离开那张桌子。

那几个人谈到一个同学的父亲：一个小学教员，老穿着一件蓝布袍子。那老头想给儿子结婚，可是没子儿。

“哦，他么?”包国维插了进来，扬着眉毛，把两个嘴角使劲往下弯——下嘴唇就加厚了两倍，“哈呀，那副寒碜样子！——看了真难过!”

可是别人像没听见似的，只瞟了他一眼，又谈到那穷同学有个好妹妹，在女中初中部，长得真——

“真漂亮！又肥，肥得不讨厌，妈的!”

包国维表示这些话太无聊似的笑一笑，就踱到柜子跟前打开柜门。他瞧着里面挂着的一套套西装：紫的，淡红的，酱色的，青的，绿的，枣红的，黑的。

这些衣裳的主人侧过脸来，注意地瞧着包国维。

看衣柜的人噘着嘴唇嘘口气，抹抹头发，拿下一条淡绿底子黄花的领带。他屁股靠在沙发的靠手上，对着镜子，规规矩矩在他棉袍的高领子上打起领结来。他瞧瞧大家的眼睛，他希望别人看着他。

看着他的只有郭纯。

“嘿，你这混蛋!”郭纯一把抢开那领带，“——妈的把人家的领带弄脏了!”

包国维吃力地笑着：

“哦哟，哦哟!”

“怎么！”郭纯脸色有几分认真。他把领带又挂到柜子里，用力地关上门，“你再偷——老子就揍你！”

“偷？”包国维轻轻地说，“哈哈哈。”

这笑容在包国维脸上费劲地保持了好些时候。腮巴子上的肌肉在打颤。他怕郭纯真的生了气，想去跟郭纯搭几句，那个可一个劲儿扑在桌上瞧别人代写情书。

“他不理我了么？”

包国维等着：看郭纯到底睬不睬他。他用手擦擦脸，又抹抹头发。他站起来，又坐到靠手上。接着他又站起来踱了几步，就坐到螃蟹旁边。他手放在靠手上，过会儿把它移到自己腿上，两秒钟之后又把两手在胸脯前叉着。他脚伸了出去又退回来。他总是觉得不舒服。手叉在胸脯上似乎压紧着他的肺部，就又给搁到了靠手上。那双手简直没有什么地方可以放下。那双脚老缩着也有点儿发麻。他眼睛也不知道瞧着什么才合适：龚德铭他们只顾谈他们的，仿佛这世界上压根儿就没长出个包国维。

他想，他要不要插嘴呢？可是他们谈的他不懂，他们在谈上海的土耳其按摩院。

“这些话真无聊！”

站起来踱到桌子跟前。他不听他们的，他怕有谁忽然问他：“你到过上海没有，进过按摩院没有？”没有。“哈，多寒碜！”

他只等着郭纯瞥他一眼。他老偷偷地瞅着郭纯。到底郭纯跟他是要好的。

“喂，包国维你来看。”

叫他看写着的几句句子。

包国维了不起地惊起来：

“哦？……嗯，嗯……哈哈哈……”

“不错吧？”郭纯敲敲桌子，“我们李祝龄真是，噢，写情书的老手。”

郭纯不叫别人来看，只叫他包国维！他全身都发烫：郭纯不但还睬他，并且特别跟他好。他想跳一跳，他想把脚呀手的都运动个畅快。他应当表示他跟郭纯比谁都亲密——简直是自己一家人。于是他肩膀抽动着笑着。

“哈哈哈，吕等男一定是归你的！”

还轻轻地在郭纯腮巴子上拍拍。

那个把包国维没命地一推：

“嘿，你打人嘴巴子！”

包国维的后脑勺撞在柜子上。老实有点儿疼。他红着脸笑着：

“这有什么要紧呢？”

郭纯五成开玩笑，五成正经地伸出拳头：

“你敢再动！”

大家都瞧着他们，有几个打着哈哈。

“好好好，别吵别吵，”包国维仿佛笑得喘不过气来似的声调，“我行个礼，好不好……呃，说句正经话：江朴真的想追吕等男么？”

郭纯还是跟他好的，郭纯就说着江朴追吕等男的事。郭纯用拳头敲敲桌子：要是江朴还那么不识相，他就得“武力解决”，郭纯像誓师似的谈着，眼睛睁得挺大，这双眼总不大瞥到包国维脸上来。

不过包国维很快活，他的话非常多。他给郭纯想了许多法子对付江朴。接着别人几句话一岔，不知怎么他就谈到了篮球，他主张篮球员应当每天匀下两小时功课来练习。

“这回一定要跟飞虎队拼一拼，是吧，郭纯你说是不是。我们篮球员每天应当许缺两个钟头的课来练习，我们篮球员要是……”

“你又不是篮球员，”龚德铭打断他，“又用不着你去赛。”

包国维的脸发烫：

“怎么不是的呢？我是候补球员。”

“做正式球员还早哩。要多练习，晓得吧。”

“我不是说的要练习么？”

郭纯不经心地点一点头。

于是包国维又活泼起来，再三地说：

“是吧，是吧，郭纯你说是不是，我的话对吧，是吧。”

包国维一直留着这活泼劲儿。他觉得他身子高了起来，大了起来。一回家就告诉他老子——他得做一件白绒的运动衫。

“运动衫是不能少的：我当了球员。还要做条猎裤。”

他打算到天气暖和的时候，就穿着绒衫和猎裤在街上走，没大衣不碍事。

“要多少钱？”老头又是摸着下巴。

“多少钱？我怎么知道！我又不是裁缝！”

“迟一下，好不好，家里的钱实在……”

“迟一下！说不定下个星期就要赛球，难道叫我不去赛么！”

“等过年罢，好不好？”

老包算着过年那天可以拿到十来块钱节赏。他瞧着儿子坐到藤椅上，没说什么话，他才放了心。这回准得叫包国维高兴：这小伙子做他老包的儿子真太苦了。

包国维膝头顶着桌沿，手抹着头发，眼盯着窗子。

老头悄悄地拿出个纸包来：他早就想要给包国维看的，现在才有这机会。他把纸包打开闻一闻，香味还是那么浓，他就轻轻地把它放到那张方桌上。

“你看。”

“什么？这是？”

“你不是说要搽头发吗？就是你说的那个康——康——”

包国维瞧了一个，用手指掂掂，忽然使劲地拿来往地下一摔：

“这是糨糊！”

可是开课的第二天，包国维到底买来了那瓶什么“康”，留级不用买书，老包留着的十多块钱就办了这些东西。老头一直不知道那“康”花了几个钱，只知道新买来的那双硬底皮鞋是八块半。给包国维的十几块，没交回一个铜子。老包想问问他，可是又想起了胡大那些话。

“嗯，还是不问罢。”

五

过年那天包国维还得上学。公馆里那些人还是有点儿奇怪。

“真的年也不过就上学么？”

“哦，可不是嘛。”胡大胜利地说。

老包可得过年。这天下午，陈三癞子和戴老七来找老包：讨债。

“请你别见怪，我年关太紧，那笔钱要请你帮帮忙。”

“陈三，陈三，这回我亏空得一塌糊涂，这回。包国维学堂里……”

陈三癞子在那张藤椅上一坐，把腿子叠起来。他脸上的皮肉一丝也不动，只是说着他的苦处：并不是他陈三不买面子，可是他实在短钱用。那二十块钱请老包连本带利还他。

外面放爆竹响：噼噼啪啪的。

老包坐着的那张凳子像个火炉似的，他屁股热辣辣地发烫。他瞧瞧戴老七，戴老七把眼珠子移了开去。

那讨债的说不说得明白？要是他硬逼着要……

咳了一声，老包又把说过的说起来，他亏空得不小。本来算着钱刚够用，可是包国维学堂里忽然又得缴什么操衣钱。接着谈到儿子上学不是容易的事，全靠几位知己朋友成全他。他说了几句就得顿一会，瞧着陈三癞子那个圆脑袋，于是咳清了嗓子又往下说，过会又怕两位客人的茶冷了，就提着宜兴壶来给倒茶：手老哆嗦着，壶嘴里出来的那线黄水就一扭一扭的，有时候还扭到了茶杯外面去。

那个只有一句话：

“哪里哪里。不论怎样要请你帮帮忙。”

老包愣了会。他那一脸皱纹都在颤动着。

屋子里有毕剥毕剥的响声：戴老七在弹着指甲。戴老七显然有点儿为难：他跟老包是好朋友，可是这笔债是他做的中人。他眼睛老盯着地下的黑砖，仿佛没听见他们说话似的。等陈三癞子一开口，他就干咳几声。

三个人都闭了会嘴。外面爆竹零碎地响着，李妈哇啦哇啦在议论什么。

“怎么样？”陈三癞子的声音硬了些，“请你帮帮忙，早点儿了清这件事，我还有许多地方要走哩。”

“我实在……”

接着老包又把那些话反复地说着。

胡大走了进来，可是马上又退出去。

“胡大，进来坐坐罢。”

可是陈三癞子并不留点儿地步：他当着胡大的面也一样地说那些。他脸子还是那么绷着，只是声音硬得铁似的：

“帮个忙，大家客客气气。年三十大家闹到警察那里去也没有意思，对不对。老戴，大家留留面子罢，你是中人，你总会——我只好拜托你。”

戴老七把眼睛慢慢移到老包脸上：

“老包。……”

叫老包还怎么说呢？那二十块还不起是真的。他嘴唇轻轻地动着，可是没发出一点儿声音。肚子里说不出的不大好受，像吃过了一大包泻盐似的。

讨债的人老不走，过了什么两三分钟他就得——

“喂，到底怎样？请你不要开玩笑！”

这么着坐到四点钟左右，忽然省立中学一个校役送封信来：请包国维的家长和保证人马上到学校里去。

“什么事？”

“校长请你说话。”

可是陈三癞子不叫老包走。

“呃呃呃，你不能走！”——揪住老包的膀子。

“我去去就来，我去一下就……学堂里……学堂里……”

"那不行!"

那位校役可着急地催老包走。

陈三癞子拍拍胸脯:

"我跟你走!老戴你自然也要同去!"

他俩跟着老包到了学校里。那校役领老包走进训育处办公室。戴老七在外面走廊上踱着。陈三癞子从玻璃窗望着里面,不让眼睛放松一步:他怕老包打别的门逃走。

老包一走进训育处,可吃了一惊。

包国维和一个小伙子坐在角落里,脸色不大好看。包国维眼珠子生了根似的盯在墙上,耳朵边一块青的。可是头发还很亮:他搽过那什么"康",只是没有那么整齐。

屋子里有许多人。老包想认出那注册处的胖子来,可是没瞧见。

校长在跟一个小伙子说话,脸上堆着笑。那小伙子一开口,校长就鞠躬地哈着腰:"是,是,是。"可是他把老包从脑袋到破棉鞋打量了一会,他就怕脏似的皱着眉:

"你就是包国维的家长么?"

"嗯,我是——我是——"

校长对训育主任翘了翘下巴,又转过脸去跟小伙子谈起来。训育主任就跨到老包跟前,详详细细告诉他——包国维在学校里闯下了祸。一面说一面还把眼睛在老包全身上扫着,有时候瞟那边的包国维一眼。

"事情是这样的——"

他们几个同学在练习篮球,江朴打那里走过,郭纯讥笑了他几句什么，他俩吵起嘴来，不过训育主任不大明白吵些什么，据说是为了爱人的事。

“于是乎庞锡尔——”训育主任指指包国维旁边的那小伙子。

于是乎庞锡尔喊“打”。包国维冲过去撞了江朴一下，江朴只是和平地跟庞锡尔说好话。

“我是同郭纯吵嘴，你来多事干什么？”

包国维跳了起来：

“侮辱我们队长——就是侮辱我们全体篮球员！打！”

“打！”郭纯在旁边叫，“算我的！”

真的打了起来。包国维像有不共戴天之仇似的跟江朴拼命，庞锡尔也帮着打。江朴一倒，他俩的拳头就没命地捶下去。许多人一跑来，江朴可已经昏了过去，嘴里流着血。身上有许多伤：青的。校医说很危险，立刻用汽车把江朴送到医院里，一面打电话告诉江朴的家长。

“这位是江朴的家长。”训育主任指指那位小伙子。

江朴的家长要向法院起诉，可是校长劝他和平解决。于是……

“于是乎提出三个条件，”训育主任用手指数着，“第一个是：要开除行凶的人。其次呢：江朴的医药费要包国维和庞锡尔担负，末了一个是：江朴倘有不测，他是要法律解决的。”

训育主任在这里停了会。

老包眼睛跟前发了一阵黑，耳朵里嗡地响了起来。他一屁股倒在椅子上。

所谓开除行凶的人，郭纯可没开除：要是开除了郭纯，郭纯的父亲得跟校长下不去。打算记两大过两小过，可是训育主任反对，结果就记了一个大过。

不过训育主任没跟老包谈这些，他只说到钱的事。

“庞锡尔已经交来了五十块钱——预备给江朴做医药费：以后不够再交来。现在请你来也是这件事，请你先交几个钱，请你……”

“什么?”

“请你先交几个钱，做江朴的医药费。”

老包的舌头仿佛不是他自己的了，他喃喃着：

“我的钱……我的钱……”

许多人都静静地瞧着他。

突然——老包像醒了过来似的，瞧瞧所有的脸子。他要起来又坐下去，接着又颤着站起来。他紧瞧着训育主任，瞧呀瞧的就猛地往前面一扑，没命地拖着训育主任的膀子，嗄着嗓子叫：

“包国维开除了！包国维开除了！……还要钱！还要钱！我哪里去找钱呢！我……我我我……我们包国维开除了！我们包国维……”

几个人把他拖到椅子上坐着。他没命地喘着气，两只哆嗦着的手抓着拳，一会又放开。嘴张得大大的，一个嘴角上有一小堆白沫。脑袋微微地动着，他瞧见别人的脑袋也都在这么动着。他觉得有个什么重东西在他身上滚着。他眼泪忽然线似的滚了下来，他赶紧拿手遮住眼睛。

“喂，”校长耐不住似的喊他，“你预备怎么办呢？……流眼泪有什么用。医药费总是要拿出来的。”

老包抽着声音：

“我没有钱，我没有……我欠债……我……我们包国维开除了。……”

“你没钱——可以去找保证人。保证人呢，他为什么没有来？”

“他到上海去了。”

“哼，”校长皱皱眉，“这么瞎填保证书！——凭这点就可以依法起诉！”

“先生，先生，”老包站起来向校长作揖，可是站不稳又坐倒在椅子上，“我实在——我实在——钱慢点儿交罢。”

“那也行，那么你去找个铺保。”

“我去找。”

“我们派个职员跟你去，您先生。”翘翘下巴，一位先生就赶快戴上帽子起身。校长点点头：“好，把包国维领走罢。”

可是老包到了门口又打转，他扑下去跪在校长跟前，眼里像流水似的：

“先生，先生，为什么要开除包……包……叫他到哪里去呢，他是……他……不要开除他罢，不要开除他罢。……先生，先生，做做好事，不要……不要……”

“那——那是办不到的。”

“先生，先生！……”

这件事可说不回去的。老包给拉起来走了两步，他又记起了学费。

“学费还我么，学费？”

学费照例不还。二十块钱制服费呢？制服已经在做着，不能还。其余那些杂费什么的几块钱是该退还的，可是得扣着做江朴的医药费。

老包走了出来：门外面瞧热闹的学生们都用眼睛送他走。他后面紧跟着几个人：陈三癞子，戴老七，那位宓先生，包国维。

"戴老七做做好事，给我做个铺保罢。"

"嗳，你想想。陈三这二十块我做了保，现在还没下台哩。我再也不干这呆事了。"

往哪里找铺保？他出了大门就愣了会，他身子摇摇的要倒下去。可是陈三癞子硬是铁似的声音又刺了过来：

"喂，到底怎样？我不能跟你尽走呀！"

包国维走到了前面：手插在裤袋里，齐脑袋到胸脯都往前一摆一摆的。发亮的皮鞋在人行路上响着：橐，橐，橐，橐，橐。

老包忽然想要把包国维搂起来：爷儿俩得抱着哭着——哭他们自己的运气不好。他加快了步子要追包国维，可是包国维走远了。街上许多的皮鞋响，辨不出哪是包国维的。前面有什么在一闪一闪地发亮：不知道是包国维的头发，还是什么玻璃东西。

"包国维！……包……包……"

陈三癞子拼命揪了他一把：

"喂，喂，到底怎样！要是吃起官司来……"

那位宓先生揩揩额头，烦躁地说：

"你的铺保在哪里呀，我难道尽这样跟你跑，跟你……"

老包忽然瞧见许多黑东西在滚着，地呀天的都打起旋来，他自己的身子一会飘上了天，一会钻到了地底里。他嘴唇念经似的动着，嘴巴成了白色。

"包国维开除了，开除……开除……赔钱……"

他脑袋摇摇的，身子跟着脑袋的方向——退了几步。他背撞到了墙上：腿子一软，一屁股就坐到了地上。

华威先生

张天翼

转弯抹角算起来——他算是我的一个亲戚。我叫他“华威先生”。他觉得这种称呼不大好。

“嗳，你真是！”他说，“为什么一定要个‘先生’呢。你应当叫我‘威弟’。再不然叫‘阿威’。”

把这件事交涉过了之后，他立刻戴上了帽子。

“我们改日再谈好不好？我总想畅畅快快跟你谈一次——唉，可总是没有时间，今天刘主任起草了一个县长公余工作方案，硬叫我参加意见，叫我替他修改。三点钟又还有一个集会。”

这里他摇摇头，没奈何地苦笑了一下。他声明他并不怕吃苦：在抗战时期大家都应当苦一点。不过——时间总要够支配呀。

“王委员又打了三个电报来，硬要请我到汉口去一趟。这里全省文化界抗敌总会又成立了，一切抗战工作都要领导起来才行。我怎么跑得开呢，我的天！”

于是匆匆忙忙跟我握了握手，跨上他的包车。

他永远夹着他的公文皮包。并且永远带着他那根老粗老粗的黑油油的手杖，左手无名指上戴着他的结婚戒指。拿着雪茄的时候就叫这根无名指微微地弯着，而小指翘得高高的，构成一朵兰花的图样。

这个城市里的黄包车谁都不作兴跑，一脚一脚挺踏实地踱着，好像饭后千步似的。可是包车例外：叮当，叮当，叮当——一下子就抢到了前面。黄包车立刻就得往左边躲开，小推车马上打斜。担子很快地就让到路边。行人赶紧就避到两旁的店铺里去。

包车踏铃不断地响着。钢丝在闪着亮。还来不及看清楚——它就跑得老远老远的了，像闪电一样快。

而——据这里有几位抗战工作者的上层分子的统计——跑得顶快的是那位华威先生的包车。

他的时间很要紧。他说过——

“我恨不得取消晚上睡觉的制度。我还希望一天不止二十四小时。抗战工作实在太多了。”

接着掏出表来看一看，他那一脸丰满的肌肉立刻紧张了起来。眉毛皱着，嘴唇使劲撮着，好像他在把全身的精力都要收敛到脸上似的。他立刻就走：他要到难民救济会去开会。

照例——会场里的人全到齐了坐在那里等着他。他在门口下车的时候总得顺便把踏铃踏它一下：叮！

同志们彼此看着：唔，华威先生到会了。有几位透了一口气。有几位可就拉长了脸瞧着会场门口。有一位甚至于要准备决斗似的——抓着拳头瞪着眼。

华威先生的态度很庄严，用种从容的步子走进去，他先前那副忙劲儿好像被他自己的庄严态度消解掉了。他在门口稍微停了一会儿，让大家好把他看个清楚，仿佛要唤起同志们的一种信任心，仿佛要给同志们一种担保——什么困难的大事也都可以放下心来。他并且还点点头。他眼睛并不对着谁，只看着天花板。他是在对整个集体打招呼。

会场里很静。会议就要开始。有谁在那里翻着什么纸张，窸窸窣窣的。

华威先生很客气地坐到一个冷角落里，离主席位子顶远的一角。他不大肯当主席。

“我不能当主席，”他拿着一支雪茄烟打手势。“工人抗战工作协会的指导部今天开常会。通俗文艺研究会的会议也是今天。伤兵工作团也要去的，等一下。你们知道我的时间不够支配：只容许我在这里讨论十分钟。我不能当主席。我想推举刘同志当主席。”

说了就在嘴角上闪起一丝微笑，轻轻地拍几下手板。

主席报告的时候，华威先生不断的在那里括洋火点他的烟。把表放在面前，时不时像计算什么似的看看它。

“我提议！”他大声说，“我们的时间是很宝贵的：我希望主席尽可能报告得简单一点。我希望主席能够在两分钟之内报告完。”

他括了两分钟洋火之后，猛地站了起来。对那正在哇啦哇啦的主席摆摆手：

“好了，好了。虽然主席没有报告完，我已经明白了。我现在还要赴别的会，让我先发表一点意见。”

停了一停。抽两口雪茄，扫了大家一眼。

“我的意见很简单，只有两点，”他舔舔嘴唇，“第一点，就是——每个工作人员不能够怠工。而是相反，要加紧工作。这一点不必多说，你们都是很努力的青年，你们都能热心工作。我很感谢你们。但是还有一点——你们时时刻刻不能忘记，那就是我要说的第二点。”

他又抽了两口烟，嘴里吐出来的可只有热气。这就又括了一根洋火。

“这第二点呢就是：青年工作人员要认定一个领导中心。你们只有在这一个领导中心的领导之下，抗战工作才能够展开。青年是努力的，是热心的，但是因为理解不够，工作经验不够，常常容易犯错误。要是上面没有一个领导中心，往往要弄得不可收拾。”

瞧瞧所有的脸色，他脸上的肌肉耸动了一下——表示一种微笑。他往下说：

“你们都是青年同志，所以我说得很坦白，很不客气。大家都要做抗战工作，没有什么客气可讲。我想你们诸位青年同志一定会接受我的意见。我很感激你们。好了，抱歉得很，我要先走一步。”

把帽子一戴，把皮包一夹，瞧着天花板点点头，挺着肚子走了出去。

到门口可又想起了一件什么事。他把当主席的同志拽开，小声儿谈了几句：

“你们工作——有什么困难没有？”他问。

“我刚才的报告提到了这一点，我们……”

华威先生伸出个食指顶着主席的胸脯：

“唔，唔，唔。我知道我知道。我没有多余的时间来谈这件事。以后——你们凡是想到的工作计划，你们可以到我家里去找我商量。”

坐在主席旁边那个长头发青年注意地看着他们，现在可忍不住插嘴了："星期三我们到华先生家里去过三次，华先生不在家……"

那位华先生冷冷地瞅他一眼，带着鼻音哼了一句——"唔，我有别的事。"又对主席低声说下去：

"要是我不在家，你们跟密司黄接头也可以。密司黄知道我的意见，她可以告诉你们。"

密司黄就是他的太太。他对第三者说起她来，总是这么称呼她的。

他交代过了这才真的走开。这就到了通俗文艺研究会的会场。他发现别人已经在那里开会，正有一个人在那里发表意见。他坐了下来，点着了雪茄，不高兴地拍了三下手板。

"主席，"他叫，"我因为今天另外还有一个集会，我不能等到终席。我现在有点意见，想要先提出来。"

于是他发表了两点意见：第一，他告诉大家——在座的人都是当地的文化人，文化人的工作是很重要的，应当加紧地做去。第二，文化人应当认清一个领导中心，文化人在文抗会的领导中心的领导之下团结起来，统一起来。

五点三刻他到了文化界抗敌总会的会议室。

这回他脸上堆上了笑容，并且对每一个人点头。

"对不住得很，对不住得很：迟到了三刻钟。"

主席对他微笑一下，他还笑着伸了伸舌头，好像闯了祸怕挨骂似的。他四面瞧瞧形势，就拣在一个小胡子的旁边坐下来。

他带着很机密很严重的脸色——小声儿问那个小胡子：

"昨晚你喝醉了没有？"

"还好，不过头有点晕。你呢？"

“我啊——我不该喝了那三杯猛酒，”他严肃地说，“尤其是汾酒。我不能猛喝。刘主任硬要我干掉——嗨，一回家就睡倒了。密司黄说要跟刘主任去算账呢：要质问他为什么要把我灌醉。你看！”

一谈了这些，他赶紧打开皮包，拿出一张纸条——写几个字递给了主席。

“请你稍微等一等，”主席打断了一个正在发言的人的话，“华威先生还有别的事情要走。现在他有点意见，要求先让他发表。”

华威先生点点头站了起来。

“主席！”腰板微微地一弯。“各位先生！”腰板微微地一弯。“兄弟首先要请求各位原谅，我到会迟了点，而又要提前退席。……”

随后他说出了他的意见。他声明——这文化界抗敌总会的常务理事会，是一切救亡工作的领导机关，应该时时刻刻起领导中心作用。

“群众是复杂的。工作又很多。我们要是不能起领导作用，那就很危险，很危险。事实上，此地各方面的工作也非有个领导中心不可。我们的担子真是太重了，但是我们不怕怎样的艰苦，也要把这担子担起来。”

他反复地说明了领导中心作用的重要，这就戴起帽子去赴一个宴会。他每天都这么忙着。要到刘主任那里去联络。要到各学校去演讲。要到各团体去开会。而且每天——不是别人请他吃饭，就是他请人吃饭。

华威太太每次遇到我，总是代替华威先生诉苦。

“唉，他真苦死了！工作这么多，连吃饭的工夫都没有。”

“他不可以少管一点，专门去做某一种工作么？”我问。

“怎么行呢？许多工作都要他去领导呀。”

可是有一次，华威先生简直吃了一大惊。妇女界有些人组织了一个战时保婴会，竟没有去找他！

他开始打听，调查。他设法把一个负责人找来。

“我知道你们委员会已经选出来了。我想还可以多添加几个。由我们文化界抗敌总会派人来参加。”

他看见对方在那里踌躇，他把下巴挂了下来：

“问题是在这一点：你们委员是不是能够真正领导这工作？你能不能够对我担保——你们会内没有汉奸，没有不良分子？你能不能担保——你们以后工作不至于错误，不至于怠工？你能不能担保，你能不能？你能够担保的话，那我要请你写个书面的东西，给我们文抗会常务理事会。以后万一——如果你们的工作出了毛病，那你就要负责。”

接着他又声明：这并不是他自己的意思。他不过是一个执行者。这里他食指点点对方胸脯：

“如果我刚才说的那些你们办不到，那不是就成了非法团体了么？”

这么谈判了两次，华威先生当了战时保婴会的委员。于是在委员会开会的时候，华威先生夹着皮包去坐这么五分钟，发表了一两点意见就跨上了包车。

有一天他请我吃晚饭。他说因为家乡带来了一块腊肉。

我到他家里的时候，他正在那里对两个学生样的人发脾气。他们都挂着文化界抗敌总会的徽章。

“你昨天为什么不去，为什么不去？”他吼着，“我叫你拖几个人去的。但是我在台上一开始演讲，一看——连你都没有去听！我真不懂你们干了些什么？”

“昨天——我去出席日本问题座谈会的。”

华威先生猛地跳起来了：

“什么！什么！日本问题座谈会？怎么我不知道，怎么不告诉我？”

“我们那天部务会议决议了的。我来找过华先生，华先生又是不在家——”

“好啊，你们秘密行动！”他瞪着眼，“你老实告诉我——这个座谈会到底是什么背景，你老实告诉我！”

对方似乎也动了火：

“什么背景呢，都是中华民族！部务会议议决的，怎么是秘密行动呢。……华先生又不到会，开会也不终席，来找又找不到……我们总不能把部里的工作停顿起来。”

“混蛋！”他咬着牙，嘴唇在颤抖着，“你们小心！你们，哼，你们！你们！……”他倒到了沙发上，嘴巴痛苦地抽得歪着。“妈的！这个这个——你们青年！……”

五分钟之后他抬起头来，害怕地四面看一看。那两个客人已经走了。他叹一口长气，对我说：

“唉，你看你看！现在的青年怎么办，现在的青年！”

这晚他没命地喝了许多酒，嘴里嘶嘶地骂着那些小伙子。他打碎了一只茶杯。密司黄扶着他上了床，他忽然打个寒噤说：

“明天十点钟有个集会……”

1938年2月

皈 依

萧 乾

“这两只窟窿算不中用啦。哼，我这当年绣过戏凤的眼，怎么会连根寸针都穿不上了，我这老悖晦!”

老妇人跨坐在炕沿上，膝头摊着一件未缝就的藏青大褂。她眯着戴了花镜的眼，迎了高丽纸窗送进的微光，用软弱的线头撞着倔强的针眼。任凭老妇人沾上多少唾沫，搓个多么紧，线头也还是软得不争气，针眼也还是偏不让它穿过。好几回，线头像是顺利地钻进了调皮的针眼；及至捏着针的那只手颤颤地向下一放时，线头又如冬日枯枝一样悬空着了。

“你个瞎针，也欺负我这苦命婆子!”她自己嘟囔着，然后胜利地扬声说，“欺负不了啊。我还有个机灵的小丫头呢!”

说着，她晃晃悠悠地迈下炕沿，稍稍掀起破旧门帘叫着：“妞妞，妞妞，来帮妈管教管教这根针。气人透啦!”

但外屋里回答她的，却是小八仙桌上那只旧马蹄表涩钝的响声。那表还是她儿子因为误过两回事，才由天桥浮摊上买来的。

妞妞本来和她妈对坐在炕沿上缝袜口的。适才出门去买晚餐的菜。老妇人以为她回来就在外屋做起饭来了。

“妞妞，你个聋子，怎么不理我啊！”老妇人挑起门帘走了出来，外屋却不见妞妞的影子。桌上一条手巾包裹着才买来的一块干巴巴的猪油、一小棵白菜、一块腌萝卜和半块生姜。一根未剥完的葱叶还斜斜地搭在桌角，充分说明了这怠工者临行时的匆促。

顶棚正游行着几只老鼠，沙沙地像是在那人眼及不到的地方有所争夺。突然，咕咚一声，像是失败者跌个跤，把屋角的积尘震得片片飘落下来。

老妇人朝顶棚瞪了一眼，把手巾重新盖了盖，骂着：“懒丫头，又野跑去啦！”就迈出房门，扶着门框，使出这枯瘦身子的全副气力喊起，“妞妞！”

这是喊给隔墙南院听的。那是妞妞常串门的一家，那里有一个叫兰香的姑娘，也和妞妞一样隔天由蔡家论打领取织就未缝口的洋袜，两人拼赛地缝好，再论吊拿手工钱。如果这时妞妞正在那院和兰香攀谈着“挑针不受使”或“活计近来不大充”的行话时，听到这声喊，就必隔墙扬声答应：“这就来！”

但喊了两声，回答她的还只是沿着破墙角逡巡着食料的几只瘦柴鸡；以为要喂它们食，就吱吱地叫了起来。再有，靠着旧瓦盆酣睡着的黄狗也为这声音惊醒，竖起耳朵，偏着抬起了头；待明白并没有牵及它的职守时，就又慵懒地卧下去了。

初冬灰色的天空里，这时正飘动着几只风筝，懒洋洋地任着季候的风吹摆着。好像妞妞便是那些风筝的一只似的，老妇仰起了头望空骂着：“野丫头，你年轻，你俊俏，你就该丢下我苦命婆子一人在家里吗?”她吐了口唾沫，返转身来，嘴里还嘟囔着：“瞧，等你哥哥回来，我非给你这丫头告诉不可!”及至看到那闲懒的葱叶，她更加生气了，“我说：‘妞妞可又野跑起来了。她若出了乱子，你不准再替她撑腰了。’臭妞妞，我给你尝尝我这苦命婆子的厉害!”

看看天色不早了，儿子又到家就嚷饿，她忙把活计揽了起来，把妞妞的粉红豆青洋袜赌气往被垛角落一推，就迎着风门剥葱，弄起晚餐来。嘴里咒骂着女儿，心上可又时刻地盼着她的影子。

好晚好晚了，妞妞才带着满脸的喜欢溜了进来。她一路夹着本小册子，口中哼着尚未娴熟的调子。忘记了出门时太阳离白马寺旗杆还好高，这时更夫爬着梯子已把街灯逐盏点亮。她跳着就闯进了门槛。

为了省油，一盏燃亮的洋灯又拈暗了下去；在这黑黑的房里，它与低低的火苗相呼应着，私语着。火上蒸着作为他们晚餐的玉米面窝头。老妇人正躲在屋的一角，摸着黑，颤巍巍地切着腌萝卜。看到闯进门槛的这个年轻欢喜的影子，她诉着委屈数落起来：“小狐狸精，你上哪儿偷汉去了，把我苦命婆子甩在家里!”

“妈，您别生气——”妞妞一直蹲到妇人身旁，“妈，我看热闹去了。好玩极了——”看到老妇人仍咯噔咯噔地切萝卜，装作没听见，妞妞明白得把话倒过来说——先得解释为什么出去的。“妈，我正剥着葱，剥着剥着，像前几天一样，门口儿又一阵乐鼓乐号。您听见没有，咚咚咚的？我也没顾得问您，就跑出去看了。嘻，就看见——”说到这儿，妞妞见老妇人仍低着头切着萝卜，急得可就牵了她妈的底襟说：“妈，您听啊，就看见一大队人跟着黄旗子走。旗子后面有一支胖大的洋鼓，咚咚咚的。后面还有许多小钹。”妞妞一比那鼓的大法，险些把案子弄翻。

“臭丫头，大就大呗，可别祸害我的腌萝卜!”

“妈，您听啊。还有许多穿灰军衣的男人，脖领上有红色肩章；又干净，又文明，不像表哥那粗鲁野蛮劲儿。妈，还有几个姑娘，都是灰衣灰裙，也配着红肩章。又整齐，又文雅。妈，她们还会唱呢。随唱随玩着她们手里的小鼓——周围都是小铃铛，咚咚咚，哗啷啷——”妞妞说着头和腰一起摆了起来。那忘情的得意把老妇人招恼；虽是微弱的灯光，也应照得出她那不好看的斜睨。

“所以你这臭丫头就没了魂似的跟了下去，对吗?”老妇人咬音咂字地说。

“我哪儿要跟了下去！我还不知道您老人家离不开我。一会儿：‘妞妞，给我冲碗藕粉!’一会儿：‘妞妞，痰盒满了!’再一会儿——”妞妞学着她妈老病犯起来时的样子。

这回可把老妇人逗乐了：“你个薄片嘴，我几儿个天天这样过！瞧，这堆萝卜；瞧，那个——”老妇人手指坐在小小白炉上冒着热气的蒸锅，天真地炫耀起自己的功劳。

“嗯。反正，妈，我没打算走啊!”妞妞把话拖回正题，索性解释个清楚，免得又听絮絮叨叨的数落，“可是呢，那群灰衣姑娘当中的一位直冲我招手。”

“呃，谁呢?”老妇人也关心着。

“是呀，我也认不出，头上还扣着个灰色荷叶帽。我正犹豫呢，她从人群钻了出来，一把就抓住我的袖口——”

“噶!”

“她说：‘来吧，妞妞。’我细一瞧，您猜是谁？”

“谁呀？”老妇人把将要直起来的腰又斜屈了下来。

“是糖房大院的菊子，那个去年帮咱们揽过活计的。”

“你说是那个爱扎绿头绳的？”老妇人侧着脸问女儿道。

“对呀，人家现在可不扎绿头绳了，连鞋都是洋的。亏了我没问她纳了几双鞋底儿！”

“她爸爸常押宝。”老妇人搔着苍白头发，想显示一下自己的记性。“不是还常揍他娘儿们吗？”她勾起家务事来了。

“您听着啊，妈，于是我就随她入了队。那胖大洋鼓离我才两三步。”这时，母女俩脸上都各焕发着光彩。白炉调皮地吐着粉红舌头。“我就问：‘菊子，你带我上哪儿去啊？’她一边摇着手里那有铃铛的鼓，一边小声说：‘别叫我菊子，叫我丽贝卡。咱们回堂里去。’我不放心您。我要回来。她死死地拖着我。而且，他们唱得真好听呢。妈，您听：‘主耶稣爱我，主——’瞧，这是他们临走送给我的。”

妞妞走近小八仙桌，把那闷闷的洋灯拈亮了。灯立时高兴地吐起橙黄舌头来。在满是蒸汽、火苗、灯光的小房里，妞妞的小脸蛋显得极其红嫩可爱了。妞妞忙把那有着彩色封面画的小册子铺在桌上，那上面的字对于母女俩都是陌生的。老妇人只眯着昏花的老眼，在小册子上擦着鼻梁。她恍惚地看到一个留胡子的人，赤着身，钉在十字交叉的两根木头上。

“这许是鬼子吧，眼眶深深的！”这时，呈现在老妇人心目中的是庚子年的事：双臂倒绑，刀把落处，一颗圆圆的脑瓜就热腾腾地滚到路旁。

“什么鬼子！这是耶稣。”妞妞纠正着，“说是咱们都有了罪，耶稣一死，咱们就都得救了。瞧——”妞妞没理会到老妇人的脸色，还热心地指点那封面画说：“这就是他死在十字架上，说是咱们都得信教——”妞妞尽白天听来的向她学舌，一点不知道这些话在老妇人心中所引起的恐怖。

“我就不信。我凭什么信他，当二毛子，等义和拳来砍头？再把野蛮的鬼子兵招来，弄得九城鸡犬不安！别瞧我土埋半截儿，我还稀罕我这条老命呢。妞妞，我不准你再去！听见了没有？去了，将来连说婆家都没人敢要。”说着，她伸手就夺那小册子。

妞妞正得意着她适才把老妇人逗乐了的成功，得意着她生动的学舌呢，这突变使她战栗起来。她感到了侮辱。想到外面人对她那么温存恭维，她恨起妈妈对她自尊心的损伤。她死命抱住那小册子，噘着嘴，走到里屋去了。

老妇人看着这少女的背影不住地摇头，像是说：“你有什么见识！我老婆子盐也比你多吃几斤哩！”她屈下腰，听听蒸锅里的水汽，沙沙地像风中的芦苇。她忙又用老鼻孔在糊了纸的锅沿嗅了又嗅，想由那玉米味里推测出窝头熟到什么地步。她屈指掐算，蒸上锅时，卖炭的正由门口吆喊过去，这时满天都出了星星。该熟了吧？可是，平素娘儿俩谁也不愿意太信任自己。非要另一个点了头，搭讪着说：“成了，没错儿。”才把焖了半天的笼屉揭开。立时，六七个挤在一堆的金黄窝头会使小房子里满是热腾腾的云雾。遇到揭得太早了些，窝头还黏糊糊的，塞到牙缝里苦苦的时候，娘儿俩谁也不抱怨谁。当那个做学堂校役的人使起性子时，她们娘儿俩都低下头去逆来顺受，捺住呼吸听一些粗话。

于是，老妇人就温和地问：“妞妞，你来闻闻窝头熟了没有？”

回答却是里屋的炕沿上一阵被抑制住的呜咽。

城角东正教堂的晚钟响了。待到一个庞大黑影迈进门槛时，这小房里简易的金黄色的晚餐又在恬静柔和的灯光下举行了。照例那仅有一碗菜是摆到这劳苦了一天的男人面前。三只豆绿土碗，一一地由老妇人添满热腾腾的豆汁，再由妞妞轻轻地端到炕心的小饭桌上。然后，儿子的话匣子开了。说说学堂又参加了天安门的什么大会，他怎么忙着给糊小旗子。说说那斋务长如何买笤帚还开花账。说说胖校长怎样用学生制服的材料做了一件大氅。

说到这儿，问起他妈来：“李先生的大褂做得怎样了，妈？今儿我擦着玻璃他还问起我呢。”校役景龙常由学校揽来一些成衣活计给她们母女做，贴补家用。

“还没缝好大襟呢。”老妇人放下碗来说。又补了一句：“妞妞半天没在家，一根线认不上，我这双老眼就算歇了工。”

这时，景龙理会到今晚妞妞的异态了。往常，她正滴溜着小眼睛，盘问着哥哥又听会什么“革命歌”呢。今晚她只默默地把脚搭到炕沿上，把嘴挂到碗边，任酸酸的豆汁流进小肚囊里去，连半个窝头也没吃光。没有了盘问，没有了嬉笑。垂到额下的一撮刘海儿后面红着一双肿起些的眼睛。

景龙爱他这妹妹，他不准什么人欺负她。别瞧他小子穷，他还有个高贵的念头。他时常告诉她：“妞妞，等哥哥有出头之日，第一件事就是送你上学堂。你先受上几年苦，缝缝袜口，将来买他妈丝袜子穿！只要咬得住牙，穷人有翻身的日子。学校里的先生们演讲总说，将来总归是咱穷人的日子！”曾经有一回他这妹妹吃了别的苦头。他在学堂里正擦着黑板。得了信儿，即刻赶了回来。带着满身粉笔屑和那人打了一场架。今晚，他怕又是有人欺负她了。

“妞妞，怎么回事？”

妞妞低了头不作声。几颗亮晶晶的泪珠像架在弱枝上的小鸟，再一逗可就真的飞下来了。

“说啊，妞妞。”他像是明白一个男人所蓄有的那股野劲又该使用了，就放下筷子，挽起了袖口，“咱们穷，可不吃委屈。告诉我，揍他个——”刚要解恨把不干不净的言语骂出口来，老妇人着急了，赶忙厉声说：“听明白了再骂！”

这时，她怪起儿子的偏心来了。适才对妞妞忍住的怒气，一并发作了。“没委屈她，那个野丫头！太阳高高的就走了，擦黑儿才照面儿，把我老骨头丢在家里。说了她那么两句，就噘起嘴来。”

景龙明白原来是家务事。他又放心地拿起筷子，偏过脸来带点严厉地问：“你上哪儿去啦，妞妞，一去半天儿？”

这骤然的严厉至少对老娘是颗舒心丸。

“去——去救世军啦！”妞妞吞吞吐吐地说，头可仍是低着。

“你去那儿干吗？那些成天在街上打洋鼓起哄的疯鬼子，雇了穷中国人满街当猴儿耍。上海洋兵开枪打死五十多口子，临完还他妈派陆战队上岸。哼，老虎戴素珠，救他妈什么世吧！”这时，他记起上次给学校扛大旗，在天安门席棚底下听熟的一句：“他们是帝国主义。他们一手用枪，一手使迷魂药。吸干了咱们的血，还想偷咱们的魂儿。妞妞，我宁愿意你去捡煤核儿，也不准你给他们作践。听见了没有？下回不准再去！”

老妇人这时是心平气和了。她趁势翻腾起肚里的掌故来。什么庚子年间西什库的火烧得多么旺，八国联军怎么把九城抢个空，家家门口儿挂着“大日本顺民”的小白旗儿呀。“那时我才十八。”一句她顶爱重复的口头禅。说到她怎么逃难的时候，搬运了一天桌椅的校役打起哈欠来。把小饭桌抬下，立在墙角，三口便各倒在土炕上属于自己的那个角落，吹了残灯，结束了一个不甚愉快的日子。

蜷在薄被里的妞妞还是不服气。那些古老的故事并不曾由她小脑瓜里挤出她昼间的好梦。今夜，靠墙睡着的哥哥蠢大的鼾声在她幻想中成了黄旗后面的那只胖大洋鼓。她妈间歇的咳嗽代替了清脆的小铃铛。虽然躺在硬邦邦的炕上，妞妞却宛如走在一大队人中间。哥哥把黄毛鬼子说得那么坏！那女教士不但有白嫩细长的手指，还满口地道的北京话。当妞妞随了大队跨进“堂”里时，她感到又羞怯又美滋滋的。那“堂”打扮得多好看呀。红的玻璃，绿的玻璃，各色的玻璃把人晃得好像进了仙人世界。鲜艳的万国旗交叉地系满全堂，噼啪地飘响着。那穿制服的黄毛男子嗓音多洪亮啊。他领着大家唱……

妞妞翻来覆去地怎么也睡不着。梆子敲过去了。颤颤的馄饨叫卖声在催着赌客们该歇手了。

妞妞睁开了眼，咬咬下唇。她想：如果真的不去，第一个对不起的是那有着细长白嫩手指的黄发女教士。是她把一本美丽的小册子放到妞妞口袋里，拍着她的肩说：“明天送你更好的一本。今天完了。”那黄发女人有一种迷人的微笑。临走时，还低声在她耳边说：“记住，你是属于上帝的。”那是一句严肃的话，由神色，妞妞懂……

想着想着，她对靠墙睡着的“大鼓”有些怨恨了。听菊子说，

“堂”里的人都是顶和气的。看了那黄发女教士，这话她信了……

梦中的妞妞，俨然已穿上了一条齐整的灰布裙子，像菊子那么滔滔地读着一本圣书了。坐在琴凳上的又好像就是她妈，但非常模糊。

醒来时，由于昨晚的啼哭和夜间的失眠，妞妞的眼泡有些肿。

往常，她知道怎么生起小白炉，烧脸水，买锅饼，打发哥哥七点半以前赶到学校。买好午餐的菜后，就又安稳地坐到炕沿，陪老妇人做起活计，自己缝着各色的洋袜口。遇到她妈有费眼的活儿时，就接过来给做好。随口还低声唱着小曲儿。有时还故意逗眼力不佳的老妇人说：“妈，妈，咱们换着做吧。您缝我的袜口，我给您钉纽襻儿。”老妇人就忙把活计往怀里一拢说：“我才不做你们那机器活呢。我是老古板，还是让我做大褂吧。洋袜你们年轻人穿，你们年轻人就得做啊。”等那盲算命人敲着铛铛的小铜锣走过去了——那是十一点了，妞妞自会把洋袜堆到一旁，说声：“妈，可不许动我的活计，错了针要赔的啊！”就到外屋安排午餐去了。

今天妞妞可不乖了。她懒得去生火，害得哥哥把烧饼干巴巴地吞了下去。当她拾起洋袜，待要动手做时，她陷入了痛苦的沉思。她记起昨天菊子的话：“哼，缝上一打，才两吊二。把两只手缝烂了，一个月出得了三块钱吗？这儿呢，一年两套新衣裳，一个月六块现洋。以后还有升。现在再叫我缝那臭袜口我可不干啦。我的手生来是为上帝做工的——打洋鼓替他传福音。”

想着这动人的话，妞妞能健做终日的手竟酸痛起来。坐到炕沿上，她时刻向窗外探首。昨天那缤纷景象又重现到她眼前。她恨起她哥，也恨起坐在对面的妈来。

下午，当她把晚餐的东西买回来不久，远处又有鼓声咚咚敲来，向她身边敲来。敲得她两颊发热，敲得她心房澎湃起来。咚咚，那胖大的洋鼓；咚咚，那齐整的行列；咚咚，那抑扬的歌声，那细长白嫩的手指，那温存的语声。咚咚，愈敲愈近，仿佛还听到了一声"荣耀——"那似是菊子的尖锐嗓音。她烦躁极了。一条硬虫在她心里焦灼地爬来爬去。她把手里纠缠不清的线头一口咬断了。抬起头来，遇到的是老妇人监守的眼光，那像动物园的铁栏，使她感到不安。咚咚，她为那愈来愈近的鼓声所激动。她的心房跳得更加活跃。她笑了出来。嫉妒的针，趁势刺破了她的食指。她忙咬住流出鲜血的手指。咚咚，鼓声像示威似的愈发逼近了。也就更响了，响得院里的狗也吠了起来。

妞妞实在忍不住了。她由炕席底下一把抽出她那美丽小册子，愣愣地说："我得去看一下，妈！"

她转身要走。

"敢！妞妞，你哥哥留下了话。咱们祖上没缺德，你干吗非信那二毛子！"老妇人泪眼汪汪地苦求着，并即刻牵住了妞妞大袄的后襟。

这时，鼓声和歌声像是把她们这小房子包围起来了。嚓嚓嚓的声音说明了有多少人摩着肩头，跟在后面。妞妞耳边仿佛还听到了菊子的召唤："一个月六块现洋。"还有那教士神秘而富于催眠性的声音："你是属于上帝的。"妞妞兴奋得可以说有点疯狂了。她甩开肩头上那只牢牢抓住的多筋的手。她使劲挣脱出老妇人的怀抱，一直跑出门外。

"妞妞，你个疯丫头，野丫头，狠心的——"

但是妞妞已跑出了大门。大队已走出一段路了。远远看去，旗鼓肩头，声势愈发浩浩荡荡。她喘喘地追了上去。

任凭老妇人骂着："你个不要脸的臭丫头，义和拳再起义我头一个入伙，宰了你这个野丫头！"野丫头直到天黑也没回来。

老妇人忙完了必做的事后，便披了一条破旧的围巾，坐在大门槛上。怒号着的北风刮得她有些哆嗦。她呆呆地坐在那里张望着，像是对着黑色天空埋怨："你欺负我这苦命婆子，一个女儿都不肯好好留给我啊！"

当那个巨大黑影哼着革命军的进行曲走近了时，他为老妇人蹲踞着的黑影吓了一跳。

"妈，怪冷的，您在这儿干吗？"他伸手去扶那枯老的身子。

"怪冷的！冻死我她丫头子就痛快啦。"老妇人像是不肯立起来。

"是不是妞妞又气您了？当心别让老病又犯起来啊！"

"妞妞，她丫头翅膀硬了，丢下我当二毛子去了。到这时候还不照面儿。"

"怎么？妞妞又去了？"校役才明白了当前问题的严重。

"我老啦，缠不住她了。你做哥哥的可不该随她去找死啊！"

"妈，起来。"他用力硬把老妇人扶起，"您先进屋里去，我找她去。她去哪所救世军？"

"还不是花牌楼底下新盖成的那座灰楼！路东的。"

校役说了一声"您等着吧"，就用急促的脚步向南走去了。

望望那为夜色所吞食的黑影，老妇人边向房里踱，边嗫嚅着："得，他也走啦。还是丢下我苦命婆子一个人！"

这校役直着眼，悻悻闯入那华丽的教堂。这时，晚祷会才散完，堂里的椅子横七竖八的。一个堂役正由墙上摘一幅讲道用的挂图，上面画着一个为蟒蛇缠起的人。像学校一样，这里壁上也悬着许多挂图标语，但景龙没有工夫去看它们。他只立在堂门口，扬声问那卷着挂图的堂役："喂，伙计，我妹妹在哪儿呢?"

也许是这称呼太随便了一些，那堂役连正眼也不瞧他："出去。别嚷，隔壁有人在悔改呢!"

"辛苦，"校役明白和气的好处了，"我是来找我妹妹的。"

"这儿是教堂。这儿没你妹妹。你出去，人家在悔改呢。"

"你怎么知道没有我妹妹?我非找到她不可。"校役索性迈进腿来，橐橐地踏着光滑的油漆地板。

这当然惹恼了那堂役："喂，你哪儿来的?没跟你说这儿没你妹妹吗?"

校役不睬他。挺了胸脯就走近讲台旁的小绿门。堂役由愤怒而惊慌了。这陌生人的莽举显然是对他饭碗直接的威胁。

堂里"悔改"的仪式是最隆重的。这是入军最初的宣誓，答应把自己献给上帝。宣誓的人，堂里常叫作"工作的果子"。这些果子有的是说教后，受了感动的听众。但最多的是由于军中人员的劝导。菊子便是负有此种使命的一个。设若她不能用"果子"的数目来证明她工作的能力，她的地位也将如那未结果的花一样凋谢了。所以，每天徐军官讲完了道，她便逡巡于妇女听众之间，用伶俐的口舌劝人"悔改"。她有耐性。当一个中年妇人犹豫不定时，她会用微笑鼓励她，并说着许多好处，管保她"当家男人"也必同意。遇到固执的老妇人提防地摇着头，当面说着"还是灶王爷灵"时，她也只微笑地走向旁边的一位，毫不露生气的神色。

这时，小绿门里就正有着“果子”在悔改。静穆是必要的。堂役一个箭步由台上蹿下来，叉着腰堵立在小绿门前。

“走开，你这流氓。我们这儿是文明地方。”

“文明地方！我妹妹就被你们这文明地方勾引得都不上家啦。”

看到堂役横在绿门的情景，景龙更断定他妹妹必是被囚在里面了。他想一脚踢开这可恶的绿门。

两个职业相似的粗人的争执搏斗，里面早已听到了。执行悔改礼的人必是不愿中辍大典，始终没出来干涉。这时，由于校役的拳脚膂力使用得毫无节制，绿门豁然开了。一个着姜黄色呢制服、手里捧着一本金煌煌厚书的洋人走了出来。他挺起了胸膛，重整一下鼻梁上的金丝眼镜，带着极不悦的颜色问堂役：“喂，什么事，老徐？”

堂役吓得倒退了两步，瞪了景龙一眼，回说：“雅各军官，他——一个街上的流氓……”

景龙听了，不容分说，一把就抓住堂役的领口：“你他妈的才是流氓呢。”

校役劈手要打。

军官插到两个中间。

“哥哥，你别动手。”陡然，一个熟悉的女孩子的声音拦住了那粗大的手掌。景龙撒开堂役的领口。六只惊异的眼睛一齐射向绿门里。

是妞妞！校役看到自己的妹妹正虔诚地跪在一座半尺多高的小讲台前。旁边是一个近三十岁擦着厚厚脂粉的妇人。台犄角还跪着一个十二三岁呆里呆气的男孩。个个眼睛直愣愣的，身体都做着同样姿势：双手搭在讲台边沿。

正要向这陌生人严责的雅各军官，蓦地明白了这野人和当前“果子”的关系，一只毛茸茸的手就轻拍到校役的肩上，用熟练但带些洋腔的官话和蔼地说：“兄弟，既然这位是您的妹妹，我们就也是朋友了。”

校役正狠狠地瞪着他妹妹呢，察觉出肩头上的手掌，就掉过脸来目光炯炯地说：“你？谁和你鬼子做朋友！你——你勾引中国人，叫她们丢下妈，丢下工作，不老老实实生活，跑这儿来疯闹！”他直直地指着那高高的鼻梁。

然后，一步闯进去，他拖了妞妞战栗着的弱小肩膀说：“走，你个丢脸的丫头，妈还坐在门槛上傻等着你哪！”

妞妞睁大了眼睛，不知所措。她如一幼小奴隶似的仰视着姜黄制服的铜纽扣。

“喂，弟兄，她是我们的人啦。”雅各军官赶过去，按住妞妞的肩头，郑重地对校役声明，“她悔改完了才能跟你走。请站在门外等一等吧！”雅各军官用手指着绿门，示意要他出去。

但这更惹恼了校役。不争气的妹妹他决定带回家去管教。当前他觉得是一个极严重的局势。白面书生天天所喊打倒的帝国主义似乎就立在他面前了。他眼睛里迸起火星。他感到极大的侮辱。他看到了复仇的机会。抓在妞妞肩头的那两只毛茸茸的手，像是掐着民族喉咙的一切暴力。他一把给拽开，随着，狠狠地在那姜黄制服的前胸推了一掌。

雅各军官踉踉跄跄地跌到讲台下。

“呃，呃，你这个中国人！”他抬起垂了散发的头，摸着下颚，红着脸，狼狈地说，惊奇着在这黑暗大陆上布道六年从来也不曾遇到的经历。他摇了摇头，欠着身子喊：“老徐。去叫巡警来。说有土匪！”

老徐刚转身要走，就为校役一脚踢着大腿，软软地倒下。

“别，别！”妞妞用膝头做圆规心，转了个半圈，睁大了泪汪汪的眼茫然地哀求着，“军官。看在我面上，您饶了我哥哥吧，哥哥，你别那样了。你赔赔礼就完啦。”

“赔礼？他妈的，亏了你这丢脸的丫头说得出。还不赶快起来跟我走！”他一把拖起妞妞来，鄙夷地看了左右两眼，“跟我走！我倒瞧瞧我这妹妹是谁的！”

妞妞颤抖着不知所措。她用依依哀怜的眼神望着那适才以洪亮声音祈祷的军官，看着那些脸吓成土色的一道悔改的同伴。但校役那只强有力的手牢牢地抓住了她的臂膀，气势汹汹地把她拖出了堂门。

北风仍在怒号着。花牌楼底下的路灯在忽明忽灭地眨着眼睛。

1935年1月29日，北平图书馆

王伯伯

叶 紫

一

风声又渐渐地紧了起来。

田野里，遍地都是人群，互相往来地奔跑着，谈论着，溜着各种各色的眼光。老年的，在怀疑，在惊恐！年轻人，都浮上了历年来的印象：老是那么喜欢的，像安排着迎神集会一般。

王伯伯斜着眼睛瞅着，口里咬着根旱烟管儿，心里在辘辘地打转：

“这些不知死活的年轻人啊！”

想着，大儿子福佑又从他的身边擦过来。他叫住了：

“你们忙些什么呢？妈妈的！”

“来了呀！爹，我们应当早些准备一下子。”

“鬼东西！”

花白的胡须一战，连脸儿都气红了。他，王伯伯，是最恨那班人的。他听见过许多城里的老爷说过：那班人都不是东西，而且，上一次，除了惊恐和忙乱，人们谣传的好处，他也是连影子都没见到的，他可真不相信那班人还会来。他深深地想：

“年轻人啊！到底是不懂什么事的！为什么老欢喜那班人来呢？那班人是真的成不了气候的呀。同长毛一样，造反哪，又没有个真命天子。而且上次进城，又都是那么个巧样，瘦得同鬼一样，没有福气，只占了十来天就站不住了，真的成不了气候啊！”

他再急急地叫着儿子们问：

“这消息是谁告诉你们的呢？”

“大家都是这么说。”小儿子吉安告诉他。

“放屁！这一定是谣言，那些好吃懒做的人造的。你们都相信了吗？猪！你不要想昏了脑筋啊！那班人已经去远了。并且，那班人都是成不了气候的。他们，还敢来吗？城里听说又到了许多兵。”

儿子们都闷笑着，没有理会他。

老远的，又一个人跑来了，喘着气，对准王伯伯的头门。

这是谁呀？王伯伯的心儿怔了一下。

看看：是蔡师公的儿子。

“什么事情，小吉子？”

小吉子哧哧地老喘着气：

“我爹爹说：上次围城的那班人，已经，已经，又，又……”

“真的吗？到了哪儿？”

“差，差……”小吉子越急越口吃着说不出话来，“差，差……”

“你说呀！”

“差，差不多已经到，到南，南，南陵市了。”

“糟糕！”

王伯伯的眼前一黑，昏过去啦！小吉子也巴巴地溜跑了。

儿子们将他扶着，轻轻地捶着他的胸口儿。媳妇也出来了。两个孙儿，七岁一个十岁一个，围着他叫着：

“公公呀！”

清醒了，看看自家是躺在一条板凳上，眼睛里像要流出泪来：

“怎么办呢？福儿！那班人真的要来了，田里的谷子已经熟得黄黄的；那班人一来，不都糟了吗？这是我们一家人的性命呀！”

“不要紧的哟！爹。谷子我们可不要管它了，来不及的！那班人来了蛮好啊！我们不如同他们一道去！”

“放屁！”王伯伯爬起来了，气得浑身发颤，“你们，你们是要寻死了啊！跟那班人去！入伙？妈妈的，你们都要寻死了啊！”

“不去，挨在这儿等死吗？爹，还是跟他们去的好啊！同十五六年，同上一次来围城一样。挨在这儿准得饿死，炮子儿打死！谷子仍旧还是不能捞到手的。而且，那班人又都是那么好的一个……”

“混账东西！你们不要吃饭了吗？你们是真的要寻死了啊！入伙，造反，做乱党哪！连祖宗，连基业都不要了，妈妈的，你们都活久了年数啊！”

“不去有什么办法呢？爹，他们已经快要到南陵市了，这儿不久就要打仗的！”

“不好躲到城里去吗？”

“城打破了呢？”

“妈妈的！……”

王伯伯没有理会他们了。他反复地想着。他又和儿子们闹了起来。他不能走，他到底不相信那班人还会来。他知道，城里的老爷们也告诉了他，那班人是终究成不了气候的，同长毛一样。他不怕，他要挨在这儿等着。这儿他有急待收获的黄黄的谷子，这儿他有用毕生精力所造成的一所小小的瓦房。有家具，有鸡，有猫，还有狗，牛，……他不能走哪。

终于，儿子们都一溜烟地跑出去了，全不把他的话儿放在心上。他气得满屋子乱转。孙儿们都望着他笑着：

“公公兜圈子给我们玩哩！”

回头来，他朝孙儿们瞅了一眼，心里咕噜着：

“你们这些可怜的孩子啊！”

夜深了，儿子们都不声不响地跑回来，风声似乎又平静了一些。王伯伯深深地舒了一口气：

“盖天古佛啊！你老人家救救苦难吧！那班人实在再来不得了呀！……”

二

大清早爬起来，儿子们又在那里窃窃地议论着。王伯伯有心不睬他们，独自儿掉头望望外面：

外面仍旧同昨天一样。

“该不会来了吧！”

他想。然而他还是不能放心，他打算自家儿进城去探听探听消息。

叫媳妇给他拿出来一个篮子，孙儿便向他围着：

“公公啦，给我买个菩萨。”

“给我买五个粑粑！”

“好啊！”

漫声地答应着，又斜瞅了儿子们一眼。走出来，心里老大不高兴。

到了摆渡亭。渡船上的客人今朝特别多；有些还背着行李，慌慌张张地，像逃难一样。

王伯伯的心里又怔了一下：

“怎么！逃难吗？”

可是，他不敢向同船的人问。他怕他们回答他的是——那班人还会来。

闷着，渡过了小新河，上了岸。突然地，又有一大堆人摆在他的面前，拦住着出路，只剩了一条小小的口儿给往来的人们过身。而且每人的身上都须搜查一遍。在人们的旁边：木头，铅丝钮钮，铁铲，锄锹；锥着，钉着，挖着！……还有背着长枪的兵啦。

什么玩意儿？王伯伯不懂。

他想问。可是，他不认识人。渡客们又都从小口儿钻过去了。只剩下他一个人站在那儿，瞧着：看看铅丝儿钮在木头上，沿着河边，很长很长的一线，不知道拖延到什么地方去了。靠铅丝的里面，还正挖着一条很深很深的沟。

这是干什么的呢？

王伯伯今年五十五岁了，他可从没有看见过这玩意儿。他想再开口问一问，嘴巴边刚颤了一颤，忽然地：

“滚开！”

一个背枪的兵士恶意地向他挥了一挥手。他只好很小心地退了一步。

“再滚开些！”

再退一步下来。王伯伯的心儿忍不住跳起来了。他掉头向两边望了一望，在那一群挖泥的士兵里，他发现了一个熟人：张得胜，是从前做过他的邻舍的一个小家伙。

他喜极了，他连忙叫道：

“得胜哥！你们这些东西钉着做什么用啊？”

“谁呀？”张得胜抬头看着，“啊！王伯伯！这是电网呀！”

“电网？”

王伯伯从来没有听过这么个怪名儿。他进一步地问着：

“做什么用的呀，得哥？”

“拦匪兵的。上面有电，一触着，就升天。”

“啊！那条沟沟呢？”

“躲着，放枪哪！”

糟糕！王伯伯的心里真的急起来了。他想：照这个样子看来，上次围城的那班人又到了南陵市的话儿，一定是千真万确的了。他心里急得一阵阵地跳着。可是，他不能不镇静下来，因为他还要问：

“得胜哥，你们的枪口儿对哪边放呢？”

“对河，电网外啦！因为匪兵都是由那边来的。”

两边的兵士都笑着，看看这老头儿怪好玩的。可是，王伯伯的心儿乱了，因为他估计着：自家的屋子正在对河的电网外边，正挡着炮子儿的路道。他再急急地问：

“得胜哥！那，那，那边，我们的几间小屋子该不要紧吧！”

“你老人家那间屋吗？正当冲呀！”

王伯伯的腿儿渐渐地发抖了。得胜哥连忙接着说：

“伯伯，你老人家还得赶快回去搬东西呀！那班人说不定今天就要到的。”

王伯伯的腿儿越发像棉花絮似的拖不动了。他火速地回转身来，爬着，跌着，昏昏沉沉地渡过了小新河。刚爬上自家边的河岸，他便发疯似的叫了起来：

“不得了呀！我们都围在电网外呀！炮子儿对着冲呀！……”

家中，儿子们又一个都看不见，野猫似的不知道跑到什么地方去了。他急得满屋子乱窜。叫着媳妇，又喊了孙儿。猪，牛，猫，狗，家具，锄，锹，风车子……每一样东西他都摸到了。他却始终想不出一点儿办法，他不知道应该先搬哪一件东西的好。

媳妇孙儿们都朝着他怔着！

习惯地，他又想到了救苦救难的观世音菩萨和盖天古佛爷爷。他知道：到了紧急关口，唯有神明能够救他，能够保佑他渡过一切的灾难。他连忙跑到神龛上拿下一只大木鱼来，下死劲地敲着：

“救苦救难的观世音菩萨呀！那班人实在再来不得了呀！……”

停停。

儿子们都回来了，他恨得跳了起来：

“你们这两个东西，你们收尸！你们收到哪里去了？现在，现在……我们都围在电网外面，炮子儿冲啦！……”

儿子们仍旧是那么冷然地，全不把他的话儿放在心上：

“爹爹啊！这儿实在不能再挨了。还是跟我们走吧！到那班人那儿一起去。新河镇上的人，大半都是这么办。挨在这儿终究是没用的。家财什物反正什么都保不牢了。”

“放狗屁!”

王伯伯又和儿子们闹了起来。他觉得儿子们全变坏了，都像吃了迷魂汤似的，全没有些儿准定。他无论如何不能让他们那样胡闹。他要他们尽全力来帮他保家。连媳妇、孙儿们都不许走。要死，大家得死在一道。

可是，儿子们终究不能安心地听信王伯伯的教言，带着媳妇和孙儿们跑出去了，同附近，同新河镇的一群年轻人混在一道。

王伯伯气得要哭起来了。不过，他又觉得有几分安了心。这些不孝的东西走开也好，因为不走也仍旧是没有办法的，挨在这儿说不定都要遭危险。他自己虽然痛恨那班人，不甘心儿子们跟那班人一道，但是，王伯伯疼孙儿，假如能够好好地保住着他的两个孙儿无恙，他也是非常安心的。反正，儿子们的心都死了。

“去吗？畜生！你们要自家小心些啊!”

这是他最后的吩咐。老远地望着儿孙们的背影，心儿就像刀割一般。跨进门来，连忙将头门关上。他独自儿死心塌地地坐在堂屋中，在安排着怎样地来保守自家的门庭牲畜。

他重新地决定着：他无论如何不能走，炮子儿多少总有些眼睛的。并且，他家中还有观世音菩萨和盖天古佛爷爷……

三

下午，新河镇上已经很少有人们往来了，炊烟也没有从人们的屋顶上冒出来。世界整个儿静板板地，像快将沉下去一样。

天色乌黑，也不像要下雨。气候闷热得使人发昏，小新河里的水呆呆的，连一点儿皱纹似的波浪都没有了。

王伯伯苦闷得非常难过，他勉强打开着头门走了出来，伤心地步着小路儿向河边悄悄地移动。他的眼睛向四方张望着，他满想能探听出一点儿什么好的消息出来。

四面全没个人影儿了。

只有摆渡亭那儿还有一些嘈杂的声音。他走将过去：

十来个兵，二三十个伕子。

王伯伯站得老远老远地，瞅着他们。

一个兵，先捧着一盆白水灰在摆渡亭基石上，写着四个方桌儿样大的字：

“四百米达！”

然后二三十个伕子一齐动起手来，将一座小小的渡船亭子撤倒。王伯伯心里非常惋惜：

“为什么一定要撤倒它呢？费了多少力量才造成这么一个小亭子，不料今朝……”

突然地，有一个兵士向王伯伯吆喝起来了：

“什么东西站在那里？滚开！”

王伯伯连忙走开来，再由原路退回去。在他的惨痛心情中，立刻波动着无数层懊丧的圈浪：

“黄黄的谷子不能收回来，摆渡亭子撤去了，儿孙们不知去向！……”

信步又退回了家门，猛然地，他看见自家堂屋中站住着四个兵和一个刘保甲。

他不敢进去。可是刘保甲向他招呼了：

“来呀！王国六。”

“刘爷，有什么事情吩咐呀？”

“这几位老总爷爷是奉了命令来的。说你这个屋子阻碍了对河电网里的射线，开火时会给敌人当作掩护的。限你在两个钟头之内将它撤下来。赶快！撤！”

“撤！”

王伯伯像给迅雷击了一下，浑身麻木下来。心肝儿痛得像挖去了似的，半晌还不能回话。

“赶快动手哇！”一个老总补上了一句。

王伯伯可清醒过来了，心儿一酸，双腿连忙跪了下去：

“老总爷爷呀！请你老人家做做好事吧！我就只有这么一个小屋子了。撤，撤，撤不得啦。”

“放屁！谁管你的！”

“刘爷爷呀！”

“更不关我的事。”

王伯伯一面叩着响头，一面从怀中拿出自家藏了三四年的那一个小纸包儿来，塞到刘保甲的手里。

“刘爷爷呀！请你老人家帮帮忙吧！陪陪老总爷们去喝杯水酒，我这个小屋子实在撤不得啦。”

刘保甲顺手解开来一看，十多层纸头包着四块银洋。

“哈哈，谁要你的钱，这是上面的命令啦。”

他将四元钱交给了那四个兵士。

“老总爷爷呀！”

“你还有吗？统统拿出来，我们给你设法说句方便话。”

“嗯，有的！”

王伯伯的心儿一喜，连忙跑进去将神龛里收藏着的十余元钱也拿了出来，恭恭敬敬地放在老总们的手上：

“统统在这儿。千万求爷爷们说句方便话。”

“那么，你这几只鸡儿我也替你拿去吧！”

“好的！好的！”

王伯伯感激到连眼泪都要流出来了。再蹲下去叩了三五个响头，跪着送到大门外面，眼巴巴地又望着他们匆匆地走进了另一个人家。

心儿似乎比较安静了一点儿。虽然损失了一二十元和几只老鸡，可还并不算大。屋子总算还保留在这儿。反正等到事情平静下来，还可以图其他的发展。

重新关起门儿来跪着求菩萨。

天色更加阴暗了，光景是快要天黑了吧。外面的人声又频频地沸腾起来，庞杂地，渐渐像山崩土裂一样。

王伯伯的心又给拉紧了。可是，他不敢出来，他知道，一定是那话儿到了，他怕瞎眼睛的炮子儿穿中了他的心窝。

木鱼更加下死劲地敲着。然而，他还没有听见炮子儿响。小窗孔里无缘无故地钻进了一些红光来，他举着怀疑的眼光望着。

突然地——

“砰！砰！”

“开门呀！里面有人没有？”

王伯伯吓得发颤，他不敢答应。随即又：

“砰！砰！”

“操你妈妈！人都走光了吗？放火！”

“放火！”

王伯伯的灵魂儿飞上了半天空中。他爬起来拼命地叫着：

“有人呀！我出来了。”

开开门——

一大堆老总爷拥了进来，每一个的手中都拿着一支巨大的火把。有一个便顺手给王伯伯一个耳光：

“你妈嘞个巴子！躲着寻死呀！”

王伯伯可全没有灵魂了。

“搜搜看！小心有匪徒。”

“大概是没有的。”

“那么，烧！”

老总爷都拥了出来，将火把在屋子的周围点着。

“老总爷爷呀！”王伯伯突然地记起来了。他跑上去，一把抱住了一个高个子的兵：“刚刚我已经拿出了二十块钱，你们都答应了不撤我的屋子啦！你，你怎么……”

“老猪！”高个儿兵顺手一掌！——“你发疯了啦！”

王伯伯老远老远地倒着，呆着眼珠子儿瞧着自家的屋子冒烟。

“天！……”

他可没有叫得出来。

四面镇上的火光照彻了天地。老远地：

啪啪啪……

轰！……

咯咯咯……

四

王伯伯渐渐地苏醒过来了。他展开眼睛一看，他的前面正闪烁着千万团火花，那个高个儿兵也正在那里点火烧着他的屋子。他大声地喊道：

“你们这些狼心的东西呀！老子总有一天要你们的命的……老子一定和你们拼！……你们吃人不吐骨了啦……二十块钱啦！……放火啊！……啊啊！老总爷爷救救命啊……”

声音又渐渐地低了下去。

“老伯伯！”

“唔！”

“老伯伯！”

“……”

“他又睡着了呢。你出去吧，暂时不要来惊他。”

一个穿着旧白衣的老人，对着一个临时的看护妇说。

“是的。”那个看护妇答应了一声，“我仍旧到那边去招呼受伤的人去吗？”

“唔！”

这个小禅房中，立刻又清静下来了。王伯伯，他是好好地躺在那儿，没有作声。

远远地，枪声仍旧还很斑密。可是并不曾惊吓着这儿的病人，因为隔离远，不静着心儿还听不出来呢。

一小时之后，穿旧白衣的老人和那临时的看护妇又走进到这小禅房中来了。老人替王伯伯看了一回脉，点了一点头儿，似乎说：

病已经轻松了许多了。

王伯伯再次地苏醒。

“天啊！……”

他微微地叫着。看护妇也细声地呼叫他：

“老伯伯呀！”

“唔！……”

“醒来哟！”

“唔！我，我，我死了吧？……”

“没有呢！这是大佛寺啦。伯伯，你觉得好些吗？”

“唔！你，谁呀？我怎么来的呢？我的房子呀！……”

“我们今早在前线上抬你回来的。老伯伯，安心一些吧！你惊得很啊！”

“唔！……”

看护妇又轻轻地替他覆上一条被单，然后，才走到旁的病人的房间。

一天过去，王伯伯自家渐渐地感到清醒些了。他知道，他还并没有死去，他是被人家营救到这古庙里来的。这老人和那看护妇都能特别细心地替他调治，温和地慰问他，给他滋养。

三天，王伯伯很快地便恢复了原状。但是，他还是不能回想。他那些黄黄的谷子，他那费了几十年精力所造成的一所小小的瓦房，牲畜，家具，二十块钱，火……一想，他就要疯狂。

“……我，我，我几十年来的精力！……”

他真的不能想啊！老人和看护妇也常常关照他：

“老伯伯，你才复原哪！你是什么都不能想的。静心些吧！闲着，到大殿上去玩玩，那儿弟兄们多着哩。”

他虔诚地听信了老人的吩咐，他把心事儿横下来。

拐着，一跛一跛地，两个腿儿都酸软。他挣到了大殿的门边。

里面的弟兄们，大家都知道这庙里有一个从前线上救回来的老头儿。

“老伯伯，到这儿来玩玩吧。”一个快眼的士兵说。接着，又有人：

“到这儿来，老伯伯！”

“老伯伯！”

亲热的呼声，缭乱了王伯伯的视听。他望着：大殿上横横直直地摆着无数只小竹床，床上全是人。有的包着头，有的裹着腿，有的用白布条将手儿吊着。他顺次地看过去，那些人的脸上全没有一点儿痛苦的表情；全是喜欢地亲热地在瞧他，要他进去。

他本能地踏进了殿门。

他想开口说话，可是，他不知道应该说些什么样的话儿。他的嘴巴颤了一下，内心里不觉得迸出了一个热烈的呼声来：

“弟兄们，好哇！”

“好！老伯伯，你好呀！”

“……”

他没有答。他的头本能地点了下来。他的心儿像给无数热情包围了似的，频频地跳着。他实在是塞得说不出话来了。泪珠儿，热烫热烫地滚将下来。

“坐坐，老伯伯！你老人家怎么到这儿来的呀？”

“我，我，唉！妈妈的！……”

“怎么？伯伯，你老人家不要伤心啊！”

“你们，你们，唉！弟兄们，你们不知道啦！……”他尽量地抽噎着，全殿里的空气立时紧张起来。他断断续续地告诉了他们这一次的事件："……我不能走啦！……我的屋子，……我给了他们二十块钱！……鸡，……后来，他妈的，放火啦！……我，……啊！弟兄们啊！我，我真的不能再活哟！……"

听着，全殿的弟兄们都立时变了一个模样儿了。脸子都显得非常可怕，都随着王伯伯的话儿逐步地紧张下来，他们都像要爬起来，都像要再跑到前线去和敌人拼命，替王伯伯复仇。可是，他们一转眼看见王伯伯更加伤心地在抽噎，他们便一齐和缓下来了。他们都用着温和而又激荡的话儿来给王伯伯宽慰：

"你老人家不要再伤心哟！老伯伯，那班东西全不是人呀！比豺狼比虎豹还要贪残呢。你老人家尽管放心，我们正在那儿要他们的命！我们的弟兄们都在那里给你老人家复仇。老伯伯啊！安心些吧！反正，这个世界有了他们就没有我们，我们一天不将他们打下来，我们便一天不想在人间过活。你老人家放心吧！将来的世界一定是我们的啊！……"

"唔！……"

王伯伯深深地感动着。他今朝才明白过来。

他放心了。他知道儿孙们并没有和坏人一伙儿。

王伯伯每天都要到弟兄们这儿来玩，弟兄们也都能将他当作自己的亲爷爷看待。他安心极了。虽然，他还有可能纪念的田园，值得凭吊的被焚烧的屋子，然而，现在他还不能够回去，因为那斑密的枪声还可以听得出来。

啪啪啪！……

咯咯咯！……

他只能耐心地和弟兄们厮混着。

是一个大雨滂沱的夜晚。雨声刚刚停住着，前线的枪声又突然地加急起来。机关枪声，夹着新奇的大炮声，像巨雷一样——

轰！轰！……

咯咯咯……

伤着的弟兄们都爬起来了，关心着前线。他们猜疑着：在雨后，忽然会有这许多连珠似的大炮声音，多少是总有些蹊跷的。电网里面的人们绝没有这么多，这么大的炮弹，自家这边弟兄们更加没有。这一定是……

轰！轰！轰！……

他们没有一个人能猜得着。每个人的心儿都吊起来了。这大炮，这大炮……

猛然地——

有一个骑马的弟兄，从前面敲门进来了。他大声叫道：

“受伤的弟兄们，你们都赶快收拾。英日帝国主义的兵舰都赶着参加进来了！我们今晚怕要退，退……退回浏阳！”

“入你的妈呀！……”

每一个受伤的弟兄都不顾苦痛地爬将起来。咬紧着牙齿，恨恨地都想将帝国主义者的兵舰抓来摔个粉碎！

可是，他妈的！大家都不能动弹。

炮声又继续地轰了千百下。二三百个人伕跑了进来，两个两个地将弟兄们的竹床抬起了。

王伯伯夹在他们中间辘辘地打转。

“老伯伯！现在敌人请了外国人的兵船大炮来打我们了！我们不幸败了下来，我们就要走啦！你老人家同不同我们去呢？”

王伯伯没有回答。他实在是有些舍不下他的那些田园，和那烧焚得不知道成了一个什么样儿的屋子。他站着。他的心儿不能决定下来。

停了一会儿，弟兄们终于开口了：

“那么你老人家不去也得。不过，我们可不能留着久陪你老人家，再会吧！老伯伯哟！再会！再会！……”

外面差不多天亮了。王伯伯望着百十个弟兄们的竹床和那个仁慈的老人的背影，他扑扑地不觉得掉下了两行眼泪来。

他又连忙地赶了几步。可是，地上非常湿滑，走一步几乎要跌一跤，等他用力地站定了脚跟之后，巴巴地已经赶不及了。

他想：“也罢！我反正不能放心我的田园和屋子，不如回家中看看再说吧！”

五

禁锢了三天，经过无数次的盘问和拷打，王伯伯才被认为“并非乱党”，从一个叫作什么部的“行辕”中赶将出来。

他一步一拖地，牙齿儿咬得铁紧。他忍着痛，手里牢牢捻着那张叫作“良民证”的纸头。

路上还遗落着一些不曾埋没的尸首，和无涯的血迹。王伯伯也没有工夫去多看，就急速地奔回来。

屋子呢？

他瞧，全部都塌了，烟黄的只剩了一堆瓦砾。他又连忙跑到田中去一看，谷子也全数倒翻下来，大半都浸在水里，上面还长出着一些些黄绿色的嫩芽。

“什么都完了啦！……”

他叫着。他再用手儿捧上了一些来看，没一颗谷子没有长芽的。他又急得要发疯了。他还有什么办法呢？挨着不和儿子们一道去，又留着不和那班弟兄们一块儿走，都是为的不能丢下这些黄黄的谷子和那所小的瓦房。现在，什么都完了啦！他吃着惊恐和禁锢，他受着拷打，结果他还是什么都落了空，他怎么不该发疯呢？

他蹲着，伤心地瞧着焚余的瓦砾和田中的谷芽。他真的再想放声痛哭一阵，可是，他不能哭呀！仅仅干号了几声，因为他的眼泪已经干了。

再爬起来走着。远远地，新河镇上已经没有了半家人家。他有心地走到撤了的摆渡亭那边去望一望。四个“四百米达”的灰白的字儿仍旧还在那里。

瞧将过去：

是河。是洋鬼子的兵船。

再瞧过去：

天哪！那个横拖着像一条蛇的东西，不就是叫作什么“电网”的吗？王伯伯转着愤怒的眼光瞧着它。他想跑过去用个什么东西将它捣碎！真的呀！假使这回没有这个叫作什么“电网”的劳什子东西，他全家绝不会弄成这个样子。那班弟兄们也会平平安安地进了城，同上一回一样，那多么好啊！现在，他妈的，一切都完了啦。一切都毁在这个鬼东西的身上。他再回头来瞧瞧洋鬼子的兵船，他的心里又记起了那晚上的大炮，他恨得说不出话来了！

他连忙跳下码头来，他想到河中去和这鬼东西拼命。可是，渡船不知道被人家摇到哪里去了。

无意识地，他又折回上来。

“今晚上到哪儿去落脚呢？”

一下子，他想到了这么一个问题，因为天气已经渐渐地黑将下来了。他再回头向新河镇上一望，那儿好像还有人们蠕动似的。

他走过去。那儿的人们也在走将过来。

“哎呀！蔡三爹，你还在这儿吗？”王伯伯喜得怪叫起来。

“王国爹，你也回来了呀？”

蔡师公也很惊喜的。他们立时亲近着。还有张三爹，李五伯伯……

“你躲在哪儿呀？”蔡师公说。

“说不得啊！妈妈的，这回真是……唉！三爹，你呢？”

“也危险啦！一气儿真说不了。我现在还住在张三哥那儿。”

“那么张三爹呢？”

“我们可幸亏天保佑，打仗时还在木排上，还在湘潭。”

“现在呢？你的排停在哪儿？”

“刚刚才流到猴子石口。”

“他们打得厉害吗？”张三爹问。

“那才真正伤心啊！……”

散乱地谈着，每个人都怀抱着一种说不出来的悲哀，渐渐地走，渐渐地谈，他们不知不觉地谈到谷芽子上面去了。

“那怎么办呢？三爹，通通长了芽啦！”

“是呀！我也是为这个来的。张哥排上的客人想要，割下来熬酒。”

“谷芽酒好呀！那么，我的这些也给他买去吧！”

王伯伯听到有人肯出钱买发了芽的谷子，他立时欢喜起来，他和蔡师公恳切地商量着。他决计将自家田中的谷芽统统卖了，只要多少能有几个钱儿好捞。

蔡师公点头答应着。他们一同回来到木排上。又和排客们商量了一回，结果排客们都答应了。一元钱一亩的田，由排客们自家去割。

王伯伯的心中觉得宽松了一些。夜晚他和蔡师公互相交谈着各自逃难的情形。

“多勇啊！那班人。”蔡师公说，“他们简直不要命啦！我躲在那山坡边瞧着。那边没有河，他们便一层一层爬过来对电网冲啦！机关枪咯咯咯的！他们冲死的多啊！都钉在电网上……后来，又用篙子跳，跳，跳……”

蔡师公吞了一口气，接着说：

“后来，我又到银盆山这边来了。那班人请我，是请呀！他们真客气！请我替他们抬伤兵送到红莲寺，我抬了几十个，后来，他们请我吃饭，后来，又给我一些钱……后来打得更厉害！后来又用牛冲！……后来又落雨，响大炮！……后来他们退了。……后来我被抓到一个叫作什么部！……后来要打我的屁股！后来又给我一张什么‘良民证’，后来放了，后来……真是凶啊！后来，狗季子他们几个年轻的还关在那里！……”

“那么你领了‘良民证’回来，就到了他们这木排上吗？”

“还早呢！我还到了姑姑儿庙，那里都是团防局的人。天哪！他们抓得多哩。听说有几百，统统是那班人。而且都是女的，小孩子也有。……他妈的！后来，我才到这木排上。后来，又到镇上来，后来，我见了你了。……你躲在哪儿呀？”

蔡师公说了一大串，有时候还手舞足蹈地做着一些模样儿。王伯伯听得痴了。

“喂！你躲在哪儿呀？”

“我吗？唔！我是……唉！二十块钱啦！……火啦！……关了三天啦！……他妈的！唉！……”

王伯伯也简单地告诉了蔡师公一些大概。他们又互相地叹息了一回，才疲倦地躺在木排上的小棚子旁边睡去了。

第二天的早晨，王伯伯再三地和排客们交涉，水谷芽居然还卖到了十来元钱，他喜极了。他带着排客们到田中来交割。自家又去木排上花六七元钱买来一个现成的小棚子。也是由排客们替他抬着，由小排船送到这新河镇来的。棚子是架在离原来被焚毁的瓦屋地基足有十来丈远。棚子门朝北。因为他想到：那块烧掉了屋子的地基，真是十分不吉利，再将棚子架在原地方一定更加不吉利。棚子门呢？他不能再朝南呀！那儿，那儿……他一开门就会看见那个叫作什么鬼名儿的电，电，电……

他真的不想再记起那个鬼东西的名字啊！

一切都安排好了。锅儿，小火炉儿，小木板床……蔡师公也跑来替他道过贺。

他又重新地安心下来。

他想着：

“假如媳妇儿孙们都还能回来，假如自家还能拼命地干一下子，假如现在还赶忙种些荞麦，假如明年的秋天能够丰收！……

六

大难不死，必有后福。

棚子里的生活又将王伯伯拖回到无涯的幻想中。他自烧自煮地过着。他悬望着儿媳们还能回来，他布置着冬天来如何收荞麦。……他打听到那班弟兄们退得非常远了，今后也再没有什么乱子来扰他了。

他是如何地安心啊！

过着。没事将门儿关起来。一天，两天……

一个阴凉的下午，小棚子外有一点儿“橐橐”的敲门声。

“这一定又是蔡师公。”

王伯伯的心里想。他轻悄地打开小门儿准备吓蔡师公一跳。

“王国爹好呀？”

王伯伯一看：——

刘保甲！

他的心儿便立刻慌张起来。这个家伙一来，王伯伯就明白：必无什么好事情商量。本能地，他也回了一句：

“好呀！”

“你这回真正吃亏不小啦！”

“唉！……”

“现在镇上已经来了一班赈灾的老爷，他们叫你去说给他们听，你一共损失了多大一个数目儿。他们可以给你一些赈灾钱。”

“赈灾钱？”

王伯伯的心儿又是一怔。这个名目儿好像听得非常纯熟似的。他慢些儿记着：有一年天干，又有一年涨大水，好像都曾闹过那么些玩意儿。有一年他还请过那些委员老爷吃过一碗面，他也向那些委员老爷叩过头。结果，名字造上册子了，手印儿也打了，而“赈灾钱”始终没有看见老爷们发下来。现在，又要来叫他去打手印，上册子，他可不甘心了。然而，他还是非常低声地对刘保甲爷说：

“刘爷，请你对老爷们去说一声，我这儿不要赈灾钱。我现在还生毛病，不能够出去。”

“那不行呀！老爷们等着哩！要不然，他们就派兵来抓！”

王伯伯的心里一惊：

“那么我同你去一回吧！不过，‘赈灾钱’我是没有福气消受的。”

刘保甲斜瞅了他一眼：

“那么，走呀！”

王伯伯的脚重了三十三斤，他一步一拖着。

看看，那儿还站了很多很多的人，蔡师公，王定七，杨六老倌……

“你叫什么名字？”

“王国六。”

“几十岁呢？”

“今年五十五。”

“住在哪儿？”

“前面！”

“匪徒们烧了你多少房子？”

“……”

“怎么？说呀！”

“他，他，他们没有烧，烧我的房子呀！”

“那么，你的房子是什么人烧的呢？”

“……”

“说呀！”

王伯伯的嘴巴颤了一下：

“是官，官，官兵呀！”

“混账！”老爷们跳将起来，“你这个老东西胡说八道！你，你，你发疯！”

王伯伯吓得两个腿子打战。老爷们立刻回转头来，向另外一个写字的先生说：

“老李！你记着：王国六，瓦屋三间，全数烧毁。损失约二百元上下……”

随即便回转头来；

“王国六！你自家去写个名儿。”

“我，老爷！不会写字的。”

“打个手印。”

王伯伯很熟习地打了一个手印。

“还有，王国六，你家里被匪徒杀死几多人?”

“人，人，没有。”

老爷们又回转头来：

“老李，你再记：王国六家，杀死三人，一子，一孙，一媳。”

“老爷，没有呀！我的儿子，媳妇，孙儿都没有死呀！”

“混账！不许你说话！”

“老爷啊……”

王伯伯再想分辩，可是，老远地：——

嗒嗒嘀，嗒嗒嘀……

大家都回过头来一看：

一大队团防兵押解着无数妇女和孩子们冲来了。在残砖破瓦边，一群一群地叫他们跪着。

大家都痴了！王伯伯惊心地一看，媳妇和两个孙儿好像都跪在里面似的。他发狂地怪叫起来：

“哎呀！……”

可是，机关枪已经咯咯咯地扫射了！

尸身一群一群地倒将下来。王伯伯不顾性命地冲过去，双手拖住两个血糊的小尸身打滚！

停停。

委员老爷们都从容地站起来，当中的一个眉头一皱，便立刻吩咐那个携着照相机的伙计，赶快将照相机架起。

“拍呀！拍呀！多拍两三张，明儿好呈报出去。”

那个写字的李先生也站将起来了。他像有些不懂似的。他吃吃地问：

“这照拍下来有什么用呀？……”

“傻子！”

委员老爷回头来一笑，嘴巴向李先生努了一下。李先生也就豁然明白过来。

委员老爷便吩咐着刘保甲说：

“你赶快去！叫两个人伕来，将那个昏在死尸中的老头儿抬起，送回他自家的茅棚子里去。”

七

不知道什么时候，王伯伯苏醒过来了，他也不知道怎么会回到这棚子里来的。他记着……他哇的一声叫起来，口里的鲜血直淌。

又昏昏沉沉地过了一些时候，他才真正地清醒了。

“这是一个什么世界呀！……”

他可没有再喊天。他想着：他还有什么希望呢？谷子，房子，畜生，家具，而且还有：——人！

他觉得他已经全没有一点儿希望了，连菩萨也都不肯保他了。尤其痛心的是那被野兽吞噬去的两个孙儿。

一切都完了！

他勉强地爬起了，解下自家床角上的一根麻绳来，挽个圈圈，拴在棚子的顶上。

他把一个小凳子踏住脚，又将自家的头颈骨摸了两摸，他想钻进那个圈子中间去。

“钻呀！”

他已经把头儿伸过去了。可是，突然地，他又连忙将它缩回来。他想：

“这真是不值得啊！他妈的，我今年五十五岁了，还能做枉死鬼吗？我还有两个儿子呀，我不能死！我是不能死的！”

他立刻跳下了小凳子。将心儿定了一定，他完全明白过来了。

“是的，我不能死。我还有两个那样大的孩儿，我还有一群亲热的兄弟！……”

于是，第二天，王伯伯背起一个小小的包袱，离开了他的小茅棚子，放开着大步，朝着有太阳的那边走去了！

1933年9月1日上午11时，脱稿于上海

牛车上

萧　红

金花菜在三月的末梢就开遍了溪边。我们的车子在朝阳里轧着山下的红绿颜色的小草，走出了外祖父的村梢。

车夫是远族上的舅父，他打着鞭子，但那不是打在牛的背上，只是鞭梢在空中绕来绕去。

“想睡了吗？车刚走出村子呢！喝点梅子汤吧！等过了前面的那道溪水再睡。”外祖父家的女用人，是到城里去看她的儿子的。

“什么溪水，刚才不是过的吗？”从外祖父家带回来的黄猫也好像要在我的膝头上睡觉了。

“后塘溪。”她说。

“什么后塘溪？”我并没有注意她，因为外祖父家留在我们的后面什么也看不见了，只有村梢上庙堂前的红旗杆还露着两个金顶。

“喝一碗梅子汤吧，提一提精神。”她已经端了一杯深黄色的梅子汤在手里，一边又去盖着瓶口。

“我不提，提什么精神，你自己提吧！”

他们都笑了起来，车夫立刻把鞭子抽响了一下。

“你这姑娘……顽皮，巧舌头……我……我……”他从车辕转过身来，伸手要抓我的头发。

我缩着肩跑到车尾上去。村里的孩子没有不怕他的，说他当过兵，说他捏人的耳朵也很痛。

五云嫂下车去给我采了这样的花，又采了那样的花，旷野上的风吹得更强些，所以她的头巾好像是在飘着。因为乡村留给我尚没有忘却的记忆，我时时把她的头巾看成乌鸦或是鹊雀。她几乎是跳着，几乎和孩子一样。回到车上，她就唱着各种花朵的名字，我从来没有看到过她像这样放肆一般地欢喜。

车夫也在前面哼着低粗的声音，但那分不清是什么词句。那短小的烟管顺着风时时送着烟氛。我们的路途刚一开始，希望和期待都还离得很远。

我终于睡了，不知是过了后塘溪，是什么地方，我醒过一次，模模糊糊的好像那管鸭子的孩子仍和我打着招呼，也看到了坐在牛背上的小根和我告别的情景……也好像外祖父拉我的手又在说：“回家告诉你爷爷，秋凉的时候让他来乡下走走。……你就说姥爷腌的鹌鹑和顶好的高粱酒等着他来一块喝呢！……你就说我动不了，若不然，这两年，我总也去……”

唤醒我的不是什么人，而是那空空响的车轮。我醒来，第一下看到的是那黄牛自己走在大道上，车夫并不坐在车辕。在我寻找的时候，他被我发现在车尾上。手上的鞭子被他的烟管代替着，左手不住地在擦着下颚，他的眼睛顺着地平线望着辽阔的远方。

我寻找黄猫的时候，黄猫坐到五云嫂的膝头上去了，并且她还抚摸猫的尾巴。我看看她的蓝布头巾已经盖过了眉头，鼻子上显明的皱纹因为挂了尘土，便显明起来。

他们并没有注意到我的醒转。

“到第三年他就不来信啦！你们这当兵的人……”

我就问她：“你丈夫也是当兵的吗？”

赶车的舅舅，抓了我的辫发，把我向后拉了一下。

“那么以后……就总也没有信来？”他问她。

“你听我说呀！八月节刚过……可记不得哪一年啦，吃完了早饭我就在门前喂猪，一边咣咣地敲着槽子，一边嗃唠嗃唠地叫着猪。……哪里听得着呢？南村王家的二姑娘喊着：‘五云嫂，五云嫂……’一边跑着一边喊：‘我娘说，许是五云哥给你捎来的信。’真是，在我眼前的真是一封信，等我把信拿到手哇！看看……我不知为什么就止不住心酸起来。……他还活着吗！他……眼泪就掉在那红笺条上，我就用手去擦，一擦这红白子就印到白的上面去。把猪食就丢在院心……进屋换了件干净衣裳。我就赶紧跑，跑到南村的学房见了学房的先生，我就一面笑着，就一面流着眼泪……我说：‘是外头人来的信，请先生看看……一年来的没来过一个字。’学房先生接到手里一看就说不是我的。那信我就丢在学房里跑回来啦！……猪也没有喂，鸡也没有上架，我就躺在炕上啦！……好几天，我像失了魂似的。”

“从此就没有来信？”

“没有。”她打开了梅子汤的瓶口，喝了一碗，又喝一碗。

“你们这当兵的人，只说三年二载……可是回来……回来个什么呢！回来个魂灵给人看看吧！……”

“什么?”车夫说，“莫不是阵亡在外吗……”

“是，就算吧！音信皆无过了一年多。”

“是阵亡?”车夫从车上跳下去，拿了鞭子，在空中抽了两下，似乎是什么爆裂的声音。

“还问什么……这当兵的人真是凶多吉少。”她揩皱的嘴唇好像撕裂了的绸片似的，显着轻浮和单薄。

车子一过黄村，太阳就开始斜了下去，青青的麦田上飞着鹊雀。

“五云哥阵亡的时候，你哭吗?”我一面捉弄着黄猫的尾巴，一面看着她。但她没有睬我，自己在整理着头巾。

等车夫颠跳着来在了车尾，扶了车栏，他一跳就坐在了车辕，在他没有抽烟之前，他的厚嘴唇好像关紧了的瓶口似的严密。

五云嫂的说话，好像落着小雨似的，我又顺着车栏睡下了。

等我再醒来，车子停在一个小村头的井口边，牛在饮着水，五云嫂也许是哭过，她陷下的眼睛高起了，并且眼角的皱纹也张开来。车夫从井口搅了一桶水提到车子旁边：

“不喝点吗？清凉清凉……”

“不喝。”她说。

“喝点吧，不喝就是用凉水洗洗脸也是好的。”他从腰带上取下手巾来，浸了浸水，“擦一擦！尘土迷了眼睛，……”

当兵的人，怎么也会替人拿手巾？我感到了惊奇。我知道的当兵的人就会打仗，就会打女人，就会捏孩子们的耳朵。

“那年冬天，我去赶年市……我到城里去卖猪鬃，我在年市上喊着：‘好硬的猪鬃来……好长的猪鬃来……’后一年，我好像把他爹忘下啦……心上也不牵挂……想想那没有个好，这些年，人还会活着！到秋天，我也到田上去割高粱，看我这手，也吃过气力……春天就带着孩子去做长工，两个月三个月的就把家拆了。冬天又把家归拢起来。什么牛毛啦……猪毛啦……还有些收拾来的鸟雀的毛。冬天就在家里收拾，收拾干净啦呀！……就选一个暖和的天气进城去卖。若有顺便进城去的车呢！把秃子也就带着……那一次没有带秃子。偏偏天气又不好，天天下清雪，年市上不怎么闹热；没有几捆猪鬃也总卖不完。一早就蹲在市上，一直蹲到太阳偏西。在十字街口一家大买卖的墙头上贴着一张大纸，人们来来往往地在那里看，像是从一早那一张纸就贴出来了！也许是晌午贴的……有的还一边看，一边念出来几句。我不懂得那一套……人们说是：'告示告示'。可是告的什么，我不懂得那一套……'告示'，倒知道是官家的事情，与我们做小民的有什么长短！可不知为什么看的人就那么多……听说么，是捉逃兵的'告示'……又听说嘛……又听说嘛……几天就要送到县城来枪毙……"

"哪一年？民国十年枪毙逃兵二十多个的那回事吗？"车夫把卷起的衣袖在下意识地把它放下来，又用手扶着下颚。

"我不知道那叫什么年……反正枪毙不枪毙与我何干，反正我的猪鬃卖不完就不走运气……"她把手掌互相擦了一会儿，猛然，像是拍着蚊虫似的，凭空打了一下：

"有人念着逃兵的名字……我看着那穿黑马褂的人……我就说：'你再念一遍。'起先猪毛还拿在我的手上……我听到了姜五云姜五云的；好像那名字响了好几遍……我过了一些时候才想要呕吐……喉管里像有什么腥气的东西喷上来，我想咽下去……又咽不下去。……眼睛冒着火苗。……那些看告示的人往上挤着，我就退在了旁边，我再上前去看看，腿就不做主啦！看‘告示’的人越多，我就退下来了！越退越远！……”

她的前额和鼻头都流下汗来。

“跟了车，回到乡里，就快半夜了，一下车的时候，我才想起了猪毛。……哪里还记得起猪毛……耳朵和两张木片似的啦！……包头巾也许是掉在路上，也许是掉在城里……”

她把头巾掀起来，两个耳朵的下梢完全丢失了。

“看看，这是当兵的老婆……”

这回她把头巾束得更紧了一些，所以随着她的讲话那头巾的角部也起着小小的跳动。

“五云倒还活着，我就想看看他，也算夫妇一回……

“……二月里，我就背着秃子，今天进城，明天进城……‘告示’听说又贴了几回，我不去看那玩意儿，我到衙门去问，他们说：‘这里不管这事。’让我到兵营里去……我从小就怕见官……乡下孩子，没有见过。那些带刀挂枪的，我一看到就发颤……去吧！反正他们也不是见人就杀。……后来常常去问，也就不怕了。反正一家三口，已经有一口拿在他们的手心里。……他们告诉我，逃兵还没有送过来。我说什么时候才送过来呢？他们说：‘再过一个月吧！’……等我一回到乡下就听说逃兵已从什么县城，那是什么县城？到今天我也记不住那是什么县城……就是听说送过来啦就是啦……都说若不快点去看可就没有了。我再背着秃子，再进城……去问问兵营的人说：‘好心急，你还要问个百八十回。不知道，也许就不送过来的。’……有一天，我看着一个大官，坐着马车，叮咚叮咚地响着铃子，从营房走出来了。……我把秃子放在地上，我就跑过去，正好马车是向着这边来的，我就跪下了，也不怕马蹄就踏在我的头上。

"'大老爷，我的丈夫……姜五……'我还没有说出来，就觉得肩膀上很沉重……那赶马车的把我往后面推倒了，好像跌了跤似的我爬在道边去，只看到那赶马车的也戴着兵帽子。

"我站起来，把秃子又背在背上……营房的前边，就是一条河，一个下半天都在河边上看着河水。有些钓鱼的，也有些洗衣裳的。远一点，在那河湾上，那水就深了，看着那浪头一排排地从眼前过去。不知道几百条浪头都坐着看过去了。我想把秃子放在河边上，我一跳就下去吧！留他一条小命，他一哭就会有人把他收了去。

"我拍着那小胸脯，我好像说：'秃儿，睡吧。'我还摸摸那圆圆的耳朵，那孩子的耳朵，真是，长得肥满，和他爹的一模一样。一看到那孩子的耳朵，就看到他爹了。"

她为了赞美而笑了笑。

"我又拍着那小胸脯，我又说：'睡吧！秃儿。'我想起了，我还有几吊钱，也放在孩子的胸脯里吧！正在伸，伸手去放……放的时节……孩子睁开眼睛了。……又加上一只风船转过河湾来，船上的孩子喊妈的声音我一听到，我就从沙滩上面……把秃子抱抱在……怀里了……"

她用包头巾像是紧了紧她的喉咙，随着她的手，眼泪就流了下来。

"还是……还是背着他回家吧！哪怕讨饭，也是有个亲娘……亲娘的好……”

那蓝色头巾的角部，也随着她的下颚颤抖了起来。

我们车子的前面正过着一堆羊群，放羊的孩子口里响着用柳条做成的叫子，野地在斜过去的太阳里分不出什么是花，什么是草了！只是混混黄黄的一片。

车夫跟着车子走在旁边，把鞭梢在地上荡起着一条条的烟尘。

“……一直到五月，营房的人才说：‘就要来的，就要来的。’

“……五月的末梢，一只大轮船就停在了营房门前的河沿上。不知怎么这样多的人！比七月十五看河灯的人还多……”

她的两只袖子在招摇着。

“逃兵的家属，站在右边。……我也站过去，走过一个戴兵帽子的人，还每人给挂了一张牌子。……谁知道，我也不认识那字……

“要搭跳板的时候，就来了一群兵队，把我们这些挂牌子的……就圈了起来……‘离开河沿远点，远点……’他们用枪把我们赶到离开那轮船有三四丈远。……站在我旁边的一个白胡子的老头儿，他一只手下提着一个包裹，我问他：‘老伯，为啥还带来这东西？’……‘哼！不！……我有一个儿子和一个侄子……一人一包……回阴曹地府，不穿洁净衣裳是不上高的。’

“跳板搭起来了……一看跳板搭起来就有哭的。……我是不哭，我把脚跟立得稳稳当当的，眼睛往船上看着。……可是，总不见出来。……过了一会儿，一个兵官，挎着洋刀，手扶着栏杆说：‘让家属们再往后退退……就要下船……’听着哗啦一声，那些兵队又用枪把手把我们向后赶了过去，一直赶上了道旁的豆田，我们就站在豆秧上，跳板又呼隆呼隆的又搭起了一块。……走下来了，一个兵官领头……那脚镣子，哗啦哗啦的……我还记得，第一个还是个小矮个……走下来五六个啦……没有一个像秃子他爹宽宽肩膀的，是真的，很难看……两只胳臂直伸伸的。……我看了半天工夫才看出手上都是戴了铐子的。旁边的人越哭，我就格外更安静。我只把眼睛看着那跳板……我要问问他爹'为啥当兵不好好当，要当逃兵。……你看看，你的儿子，对得起吗？'

"二十来个，我不知道哪个是他爹，远看都是那么个样儿。一个青年的媳妇……还穿了件绿衣裳，发疯了似的，穿开了兵队抢过去了。……当兵的哪肯叫她过去……就把她抓回来，她就在地上打滚，她喊：'当了兵还不到三个月呀……还不到……'两个兵队的人，就把她抬回来，那头发都披散开啦。又过了一袋烟的工夫，才把我们这些挂牌子的人带过去。……越走越近了，越近也就越看不清楚哪个是秃子他爹。……眼睛起了白蒙……又加上别人都呜呜啕啕的，哭得我多少也有点心慌……

"还有的嘴上抽着烟卷，还有的骂着……就是笑的也有。当兵的这种人……不怪说，当兵的不惜命……

"我看看，真是没有秃子他爹，哼！这可怪事……我一回身就把一个兵官的皮带抓住：'姜五云呢？''他是你的什么人？''是我的丈夫。'我把秃子可就放在地上啦……放在地上那不作美地就哭起来，我啪的一声，给秃子一个嘴巴……接着我就打了那兵官：'你们把人消灭到什么地方去啦？！'

"'好的……好家伙……够朋友……'那些逃兵就连起声来跺着脚喊。兵官看看这情形，赶快叫当兵的把我拖开啦……他们说：

‘不只姜五云一个人，还有两个没有送过来，明后天，下一班船就送来。……逃兵里他们三个是头目。’

“我背着孩子就离开了河沿，我就挂着牌子走下去了，我一路走，一路两条腿发颤。奔来看热闹的人满街满道啦……我走过了营房的背后，兵营的墙根下坐着那提着两个包裹的老头儿，他的包裹只剩了一个。我说：‘老伯伯，你的儿子也没来吗？’我一问他，他就把背脊弓了起来，用手把胡子放在嘴唇上，咬着胡子就哭啦！

“他还说：‘因为是头目，就当地正法了咧！’当时我还不知道这‘正法’是什么……”

她再说下去，那是完全不相接连的话头。

“又过三年，秃子八岁的那年，把他送进了豆腐坊……就是一这样：一年我来看他两回。二年他回家一趟……回来也就是十天半月的……”

车夫离开车子，在小毛道上走着，两只手放在背后，太阳从横面把他拖成一条长影，他每走一步，那影子就分成了一个叉形。

“我也有家小……”他的话从嘴唇上流了下来似的，好像他对着旷野说的一般。

“哟！”五云嫂把头巾放松了些。

“什么！”她鼻子上的折皱纠动了一些时候，“可是真的？……兵不当啦也不回家？”

“哼！回家！就背着两条腿回家？”车夫把肥大的手揩扭着自己的鼻子笑了。

“这几年，还没多少赚几个？”

“都是想赚几个呀！才当逃兵去啦！”他把腰带更束紧了一些。

我加了一件棉衣，五云嫂披了一张毯子。

“嗯！还有三里路……这若是套的马……嗯！一颠搭就到啦，牛就不行！这牲口性子没紧没慢，上阵打仗，牛就不行……”车夫从草包取出棉袄来，那棉袄顺着风飞着草末，他就穿上了。

黄昏的风，却是和二月里的一样。车夫在车尾上打开了外祖父给祖父带来的酒坛。

“喝吧！半路开酒坛，穷人好赌钱……喝上两杯……”他喝了几杯之后，把胸膛就完全露在外面。他一面吃嚼着肉干，一边嘴上起着泡沫，风从他的嘴边走过时，他唇上的泡沫也宏大了一些。

我们将奔到的那座城，在一种灰色的气候里，只能够辨别那不是旷野，也不是山冈，又不是海边，又不是树林……

车子越往前进，城座看来越退越远。脸孔和手上，都有一种黏黏的感觉。……再往前看，连道路也看不到尽头……

车夫收拾了酒坛，拾起了鞭子……这时候，牛角也模糊了去。

“你从出来就没回过家？家也不来信？”五云嫂的问话，车夫一定没有听到，他打着口哨，招呼着牛。后来他跳下车去，跟着牛在前面走着。

对面走过一辆空车，车辕上挂着红色的灯笼。

“大雾！”

“好大的雾！”车夫彼此招呼着。

“三月里大雾……不是兵灾，就是荒年……”

两个车子又过去了。

1936年8月

旷野的呼喊

萧　红

风撒欢了。

在旷野，在远方，在看也看不见的地方，在听也听不清的地方，人声，狗叫声，嘈嘈杂杂地喧哗了起来，屋顶的草被拔脱，墙围头上的泥土在翻花，狗毛在起着一个一个的圆穴，鸡和鸭子们被刮得要站也站不住。平常喂鸡撒在地上的谷粒，那金黄的，闪亮的，好像黄金的小粒，一个跟着一个被大风扫向墙根去，而后又被扫了回来，又被扫到房檐根下。而后混同着不知从什么地方飘来的从未见过的大树叶，混同着和高粱粒一般大的四方的或多棱的沙土，混同着刚被大风拔落下来的红的、黑的、杂色的鸡毛，还混同着破布片，还混同着唰啦唰啦的高粱叶，还混同着灰倭瓜色的豆秆，豆秆上零乱乱地挂着豆粒已经脱掉了空敞的豆荚。一些红纸片，那是过新年时门前粘贴的红对联——“三阳开泰”“四喜临门”——或是“出门见喜”的红条子，也都被大风撕得一条一条的，一块一块的。这一些干燥的、毫没有水分的拉杂的一堆，唰啦啦、呼哩哩在人间任意地扫着。刷着豆油的平滑得和小鼓似的乡下人家的纸窗，一阵一阵地被沙粒击打着，发出铃铃的铜声来。而后，鸡毛或纸片，飞得离开地面更高。若遇着毛草或树枝，就把它们障碍住了，于是房檐上站着鸡毛，鸡毛随着风东摆一下，西摆一下，又被风从四面裹着，站得完全笔直，好像大森林里边用野草插的标记。而那些零乱的纸片，刮在椽头上时，却呜呜呜地它也赋着生命似的叫喊。

陈公公一推开房门，刚把头探出来，他的帽子就被大风卷跑了，在那光滑的被大风完全扫干净了的门前平场上滚着，滚得像一个小西瓜，像一个小车轮，而最像还是像一个小风车。陈公公追着它的时候，它还扑扑拉拉地不让陈公公追上它。

“这刮的是什么风啊！这还叫风了吗！简直他妈的……”

陈公公的儿子，出去已经两天了，第三天就是这刮大风的天气。

“这小子到底是干什么去了啦？纳闷……这事真纳闷……”于是又带着沉吟和失望的口气，“纳闷！”

陈公公跑到瓜田上才抓住了他的帽子，帽耳朵上滚着不少的草末。他站在垄陌上，顺着风用手拍着那四个耳朵的帽子，而拍也拍不掉的是苠子的小刺球，他必须把它们打掉，这是多么讨厌啊！手触去时，完全把手刺痛。看起来又像小虫子，一个一个地钉在那帽檐上。

“这小子到底是干什么去啦！”帽子已经戴在头上，前边的帽耳，完全探伸在大风里，遮盖了他的眼睛。他向前走时，他的头好像公鸡的头向前探着，那顽强挣扎着的样子，就像他要钻进大风里去似的。

“这小子到底……！他妈的……”这话是从昨天晚上他就不停止地反复着。他抓掉了刚才在腿上摔着帽子时刺在裤子上的苠子，把它们在风里丢了下去。

“他真随了义勇队了吗？纳闷！明年一开春，就是这时候，就要给他娶妇了，若今年收成好，上秋也可以娶过来呀！当了义勇队，打日本……唉唉，总是年轻人哪……”当他看到村头庙堂的大旗杆，仍旧挺直地站在大风里的时候，他就向着旗杆的方向骂了一句：“小鬼子……”而后他把全身的筋肉抖擞一下。他所想的，他觉得都是使他生气，尤其是那旗杆，因为插着一对旗杆的庙堂，驻着新近才开来的日本兵。

“你看这村子还像一个样子了吗？”大风已经遮掩了他嘟嘟着的嘴。他看见左边有一堆柴草，是日本兵征发去的。右边又是一堆柴草。而前村，一直到村子边上，一排一排地堆着柴草。这柴草也都是征发给日本兵的。大风刮着它们，飞起来的草末，就和打谷子扬场的时候一样，每个草堆在大风里边变成了一个一个的土堆似的在冒着烟。陈公公向前冲着时，有一团谷草好像整捆地滚在他的脚前，障碍了他。他用了全身的力量，想要把那谷草踢得远一点，然而实在不能够做到。因为风的方向和那谷草滚来的方向是一致的，而他就正和它们相反。

“这是一块石头吗？真没见过！这是什么年头，……一捆谷草比他妈一块石头还硬！”

他还想要骂一些别的话，就是关于日本子的。他一抬头看见两匹大马和一匹小白马从西边跑来。几乎不能看清那两匹大马是棕色的或是黑色的，只好像那马的周围裹着一团烟跑来，又加上陈公公的眼睛不能够抵抗那紧逼着他而刮来的风。按着帽子，他招呼着：

“站住……嘞……嘞……”他用舌尖，不，用了整个的舌头打着嘟噜。而这种唤马的声音只有他自己能够听到，他把声音完全灌进他自己的袖管里去。于是他放下按着帽子的手来，使那宽大的袖管离开他的嘴，把舌头在嘴里边整理一下，让它完全露在大风里，准备发出响亮的声音。他想这马一定是谁家来了客人骑来的，准是没有拴住。还没等他再发出嘞嘞的唤马声，那马已经跑到他的前边。他想要把它们拦住而抓住它，当他一伸手，他就把手缩回来，他看见马身上盖着的圆的日本军营里的火印：

“这哪是客人的马呀！这明明是他妈……”

陈公公的胡子挂上了几棵谷草叶，他一边掠着它们就打开了房门。

“听不见吧？不见得就是……”

陈姑妈的话就像落在一大锅开水里的微小的冰块，立刻就被消融了。因为一打开房门，大风和海潮似的，立刻喷了进来烟尘和吼叫的一团，陈姑妈像被扑灭了似的。她的话陈公公没有听到。非常危险，陈公公挤进门来，差一点撞在她身上，原来陈姑妈的手上拿着一把切菜刀。

“是不是什么也听不见？风太大啦，前河套听说可有那么一伙，那还是前些日子……西寨子，西水泡子，我看那地方也不能没有，那边都是柳条通……一人多高，刚开春还说不定没有，若到夏天，青纱帐起的时候，那就是好地方啊……”陈姑妈把正在切着的一根胡萝卜放在菜墩上。

“啰啰唆唆地叨叨些个什么！你就切你的菜吧！你的好儿子你就别提啦。”

陈姑妈从昨天晚上就知道陈公公开始不耐烦。关于儿子没有回来这件事，把他们的家都像通通变更了。好像房子忽然透了洞，好像水瓶忽然漏了水，好像太阳也不从东边出来，好像月亮也不从西边落。陈姑妈还勉勉强强地像是照常在过着日子，而陈公公在她看来，那完全是可怕的。儿子走了两夜，第一夜还算安静静地过来了，第二夜忽然就可怕起来。他通夜坐着，抽着烟，拉着衣襟，用笤帚扫着行李，扫着四耳帽子，扫着炕沿。上半夜嘴里任意叨叨着，随便想起什么来就说什么，说到他儿子的左腿上生下来时就有一块青痣：

“你忘了吗？老娘婆（即产婆）不是说过，这孩子要好好看着他，腿上有病，是主走星照命……可就真忍心走下去啦！……他也不想想，留下他爹他娘，又是这年头，出外有个好歹的，干那勾当，若是犯在人家手里，那还……那还说什么呢！就连他爹也逃不出法网……义勇队，义勇队，好汉子是要干的，可是他也得想想爹和娘啊！爹娘就你一个……”

上半夜他一直叨叨着，使陈姑妈也不能睡觉。下半夜他就开始一句话也不说，忽然他像变成了哑子，同时也变成了聋子似的。从清早起来，他就不说一句话。陈姑妈问他早饭煮点高粱粥吃吧，可是连一个字的回答，也没有从他嘴里吐出来。他扎好腰带，拿起帽子就走了。大概是在外边转了一圈又回来了。那工夫，陈姑妈在刷一个锅都没有刷完，她一边淘着刷锅水，一边又问一声：

“早晨就吃高粱米粥好不好呢？”

他没有回答她，两次他都并没听见的样子。第三次，她就不敢问了。

晚饭又吃什么呢？又这么大的风。她想还是先把萝卜丝切出来，烧汤也好，炒着吃也好。一向她做饭，是做三个人吃的，现在要做两个人吃的。只少了一个人，连下米也不知道下多少。那一点米，在盆底上，洗起来简直是拿不上手来。

“那孩子，真能吃，一顿饭三四碗……可不嘛，二十多岁的大小伙子是正能吃的时候……”

她用饭勺子搅了一下那剩在瓦盆里的早晨的高粱米粥。高粱米粥，凝了一个明光光的大锤。饭勺子在上面触破了它，它还发出有弹性的触在猪皮冻上似的响声：“稀饭就是这样，剩下来的扔了又可惜，吃吧，又不好吃，一热，就粥不是粥了，饭也不是饭……”

她想要决定这个问题，勺子就在小瓦盆边上沉吟了两下。她好像思想家似的，很困难地感到她的思维方法全不够用。

陈公公又跑出去了，随着打开的门扇扑进来的风尘，又遮盖了陈姑妈。

他们的儿子前天一出去就没回来，不是当了土匪，就是当了义勇军，也许是就当了义勇军，陈公公记得清清楚楚的，那孩子从去年冬天就说做棉裤要做厚一点，还让他的母亲把四耳帽子换上两块新皮子。他说：

“要干，拍拍屁股就去干，弄得利利索索的。”

陈公公就为着这话问过他：

“你要干什么呢?”

当时，他只反问他父亲一句没有结论的话，可是陈公公听了儿子的话，只答应两声：“唉！唉!”也是同样的没有结论。

“爹！你想想要干什么去!”儿子说的只是这一句。

陈公公在房檐下扑着一根打在他脸上的鸡毛，他顺手就把它扔在风里边。看起来那鸡毛简直是被风夺走的，并不像他把它丢开的。因它一离开手边，要想抓也抓不住，要想看也看不见，好像它早已决定了方向就等着奔去的样子。陈公公正在想着儿子那句话，他的鼻子上又打来了第二根鸡毛，说不定是一团狗毛，他只觉得毛茸茸的，他就用手把它扑掉了。他又接着想，同时望着西方，他把脚跟抬起来，把全身的力量都站在他的脚尖上。假若有太阳，他就像孩子似的看着太阳是怎样落山的。假若有晚霞，他就像孩子似的踮起脚来，要看到晚霞后面究竟还有什么。而现在西方和东方一样，南方和北方也都一样，混混溶溶的，黄的色素遮迷过眼睛所能看到的旷野，除非有山或者有海会把这大风遮住，不然它就永远要没有止境地刮过去似的。无论清早，无论晌午和黄昏，无论有天河横在天上的夜，无论过年或过节，无论春夏和秋冬。

现在大风像在洗刷着什么似的，房顶没有麻雀飞在上面，大田上看不见一个人影，大道上也断绝了车马和行人。而人家的烟囱里更没有一家冒着烟的，一切都被大风吹干了。这活的村庄变成了刚刚被掘出土地的化石村庄了。一切活动着的都停止了，一切响叫着的都哑默了，一切歌唱着的都在叹息了，一切发光的都变成混浊的了，一切颜色都变成没有颜色了。

陈姑妈抵抗着大风的威胁，抵抗着儿子跑了的恐怖，又抵抗着陈公公为着儿子跑走的焦烦。

她坐在条凳上，手里折着经过一个冬天还未十分干的柳条枝，折起四五节来。她就放在她面前临时生起的火堆里，火堆为着刚刚丢进去的树枝随时起着爆炸，黑烟充满着全屋，好像暴雨快要来临时天空的黑云似的。这黑烟和黑云不一样，它十分会刺激人的鼻子、眼睛和喉咙……

“加小心哪！离灶火腔远一点啊……大风会从灶火门把柴火抽进去的……”

陈公公一边说着，一边拿起树枝来也折几棵。

“我看晚上就吃点面片汤吧……连汤带饭的，省事。”

这话在陈姑妈，就好像小孩子刚一学说话时，先把每个字在心里想了好几遍，而说时又把每个字用心考虑着。她怕又像早饭时一样，问他，他不回答，吃高粱米粥时，他又吃不下去。

“什么都行，你快做吧，吃了好让我也出去走一趟。”

陈姑妈一听说让她快做，拿起瓦盆来就放在炕沿上，小面口袋里只剩一碗多面，通通搅和在瓦盆底上。

“这不太少了吗？……反正多少就这些，不够吃，我就不吃。”她想。

陈公公一会儿跑进来，一会儿跑出去，只要他的眼睛看了她一下，她总觉得就要问她：

“还没做好吗？还没做好吗？”

她越怕他在她身边走来走去，他就越在她身边走来走去。燃烧着的柳条哗啦哗啦地发出水声来，她赶快放下手里在撕着的面片，抓起扫地笤帚来扇着火，锅里的汤连响边都不响边，汤水丝毫没有滚动声，她非常着急。

“好啦吧？好啦就快端来吃……天不早啦……吃完啦我也许出去绕一圈……”

“好啦，好啦！用不了一袋烟的工夫就好啦……”

她打开锅盖吹着气看看，那面片和死的小白鱼似的，一动也不动地漂在水皮上。

“好啦就端来呀！吃啊！”

“好啦……好啦……”

陈姑妈答应着，又开开锅盖，虽然汤还不翻花，她又勉强地丢进几条面片去。并且尝一尝汤或咸或淡，铁勺子的边刚一贴到嘴唇……

“哟哟！”汤里还忘记了放油。

陈姑妈有两个油罐，一个装豆油，一个装棉花籽油，两个油罐永远并排地摆在碗橱最下的一层，怎么会弄错呢！一年一年的这样摆着，没有弄错过一次。但现在这错误不能挽回了，已经把点灯的棉花籽油洒在汤锅里了，虽然还没有散开，用勺子是淘不起来的。勺子一触上就把油圈触破了，立刻就成无数的小油圈。假若用手去抓，也不见得会抓起来。

“好啦就吃啊！”

“好啦，好啦！”她非常害怕，自己也不知道她回答的声音特别响亮。

她一边吃着，一边留心陈公公的眼睛。

“要加点汤吗？还是要加点面……”

她只怕陈公公亲手去盛面，而盛了满碗的棉花籽油来。要她盛时，她可以用嘴吹跑了浮在水皮上的棉花籽油，尽量去盛底上的。

一放下饭碗，陈公公就往外跑。开房门，他想起来他还没戴帽子：

“我的帽子呢？”

“这儿呢，这儿呢。”

其实她真的没有看见他的帽子，过于担心了的缘故，顺口答应了他。

陈公公吃完了棉花籽油的面片汤，出来一见到风，感到非常凉爽。他用脚尖站着，他望着西方，并不是他知道他的儿子在西方或是要从西方来，而是西方有一条大路可以通到城里。

旷野，远方，大平原上，看也看不见的地方，听也听不清的地方，狗叫声、人声、风声、土地声、山林声，一切喧哗，一切好像落在火焰里的那种暴乱，在黄昏的晚霞之后，完全停息了。

西方平静得连地面都有被什么割据去了的感觉，而东方也是一样。好像刚刚被大旋风扫过的柴栏，又好像被暴雨洗刷过的庭院，狂乱的和暴躁的完全停息了。停息得那么断然，像是在远方并没有发生过什么事情。今天的夜，和昨天的夜完全一样，仍旧能够焕发着黄昏以前的记忆的，一点也没有留存。地平线远处或近处完全和昨夜一样平坦地展放着，天河的繁星仍旧和小银片似的成群地从东北方到西南方去。地面和昨夜一样地哑默，而天河和昨夜一样地繁华。一切完全和昨夜一样。

豆油灯照例是先从前村点起，而后是中间的那个村子，而再后是最末的那个村子。前村最大，中间的村子不太大，而最末的一个最不大。这三个村子好像祖父、父亲和儿子，他们一个牵着一个地站在平原上。冬天落雪的天气，这三个村子就一齐变白了。而后用笤帚打扫出一条小道来，前村的人经过后村的时候，必须说一声：

“好大的雪呀！”

后村的人走过中村时，也必须对于这大雪问候一声，这雪是烟雪或棉花雪，或清雪。

春天雁来的晌午，他们这三个村子就一齐听着雁鸣。秋天乌鸦经过天空的早晨，这三个村子也一齐看着遮天的黑色的大群。

陈姑妈住在最后的村子边上，她的门前一棵树也没有。一头牛，一匹马，一条狗或是几只猪，这些地都没有养，只有一对红公鸡在鸡架上蹲着，或是在房前寻食小虫或米粒，那火红的鸡冠子迎着太阳向左摆一下，向右荡一下，而后闭着眼睛用一只腿站在房前或柴堆上，那实在是一对小红鹤。而现在它们早就钻进鸡架去，和昨夜一样也早就睡着了。

陈姑妈的灯碗子也不是最末一个点起，也不是最先一个点起。陈姑妈记得，在一年之中，她没有点几次灯，灯碗完全被蛛丝蒙盖着，灯芯落到灯碗里了，尚未用完的一点灯油混了尘土都粘在灯碗了。

陈姑妈站在锅台上，把摆在灶王爷板上的灯碗取下来，用剪刀的尖端搅着灯碗底，那一点点棉花籽油虽然变得糨糊一样，但是仍旧发着一点油光，又加上一点新从罐子倒出来的棉花籽油，小灯于是噼噼啦啦地站在炕沿上了。

陈姑妈在烧香之前，先洗了手。平日很少用过的家制的肥皂，今天她存心多擦一些，冬天因为风吹而麻皮了的手，一开春就横横竖竖地裂着满手的小口，相同冬天里被冻裂的大地。虽然春风昼夜地吹击，想要弥补了这缺隙，不但没有弥补上，反而更把它们吹得深隐而裸露了。陈姑妈又用原来那块过年时写对联剩下的红纸把肥皂包好。肥皂因为被空气的销蚀，还落了白花花的碱末儿在陈姑妈的大襟上，她用笤帚扫掉了那些。又从梳头匣子摸出黑乎乎的一面玻璃砖镜子来，她一照那镜子，她的脸就在镜子里被切成横横竖竖的许多方格子。那块镜子在十多年前被打碎了以后，就缠上四五尺长的红头绳，现在仍旧是那块镜子。她想要照一照碎头发丝是否还垂在额前，结果什么也没有看见，只恍恍惚惚地她还认识镜子里边的确是她自己的脸。她记得近几年来镜子就不常用，只有在过新年的时候，四月十八上庙会的时候，再就是前村娶媳妇或是丧事，她才把镜子拿出来照照，所以那红头绳若不是她自己还记得，谁看了敢说原先那红头绳是红的？因为发霉和油腻得使手触上去时感到了是触到胶上似的。陈姑妈连更远一点的集会也没有参加过，所以她养成了习惯，怕过河，怕下坡路，怕经过树林，更怕的还有坟场，尤其是坟场里枭鸟的叫声，无论白天或夜里，什么时候听，她就什么时候害怕。

陈姑妈洗完了手，扣好了小铜盒在柜底下。她在灶王爷板上的香炉里，插了三炷香。接着她就跪下去，向着那三个并排的小红火点叩了三个头。她想要念一段“上香头”，因为那经文并没有全记住，她想若不念了成套的，那更是对神的不敬，更是没有诚心。于是胸扣着紧紧的一双掌心，她虔诚地跪着。

灶王爷不晓得知不知道陈姑妈的儿子到底哪里去了，只在香火后边静静地坐着。蛛丝混着油烟，从新年他和灶王奶奶并排地被糨糊贴在一张木板上那一天起，就无间断地蒙在他的脸上。大概什么也看不着了，虽然陈姑妈的眼睛为着儿子就要挂下眼泪来。

外边的风一停下来，空气宁静得连针尖都不敢触上去。充满着人们的感觉的都是极脆弱而又极完整的东西。村庄又恢复了它原来的生命。脱落了草的房脊静静地在那里躺着。几乎被拔走了的小树垂着头在休息。鸭子呱呱地在叫，相同喜欢大笑的人遇到了一起。白狗、黄狗、黑花狗……也许两条平日一见到非咬架不可的狗，风一静下来，它们都前村后村地跑在一起。完全是一个平静的夜晚，远处传来的人声，清澈得使人疑心是从山涧里发出来的。

陈公公在窗外来回地踱走，他的思想系在他儿子的身上，仿佛让他把思想系在一颗陨星上一样。陨星将要沉落到哪里去，谁知道呢？

陈姑妈因为过度的虔诚而感动了她自己，她觉得自己的眼睛是湿了。让孩子从自己手里长到二十岁，是多么不容易！而最酸心的，不知是什么无缘无故地把孩子夺了去。她跪在灶王爷前边回想着她的一生，过去的她觉得就是那样了。人一过了五十，只等着往六十上数。还未到的岁数，她一想，还不是就要来了吗？这不是眼前就开头了吗？她想要问一问灶王爷，她的儿子还能回来不能！因为这烧香的仪式过于感动了她，她只觉得背上有点寒冷，眼睛有点发花。她一连用手背揩了三次眼睛，可是仍旧不能看见香炉碗里的三炷香火。

她站起来，到柜盖上去取火柴盒时，她才想起来，那香是隔年的，因为潮湿而灭了。

“这是多么不敬呵！”

陈姑妈又站上锅台去，打算把香重新点起。因为她不常站在高处，多少还有点害怕。正这时候，房门忽然打开了。

陈姑妈受着惊，几乎从锅台上跌下来。回头一看，她说：

“哟哟！”

陈公公的儿子回来了，身上背着一对野鸡。

一对野鸡，当他往炕上一捧的时候，他的大笑和翻滚的开水咔啦咔啦似的开始了，又加上水缸和窗纸都被震动着，所以他的声音还带着回声似的，和冬天从雪地上传来的打猎人的笑声一样，但这并不是他今天特别出奇的笑，他笑的习惯就是这样。从小孩子时候起，在蚕豆花和豌豆花之间，他和会叫的大鸟似的叫着。他从会走路的那天起，就跟陈公公跑在瓜田上，他的眼睛真的明亮得和瓜田里的黄花似的，他的腿因为刚学着走路，常常担不起那丝丝拉拉的瓜身的缠绕，跌倒是他每天的功课。而他不哭也不呻吟，假若擦破了膝盖的皮肤而流了血，那血简直不是他的一样。他只是跑着，笑着，同时嚷嚷着。若全身不穿衣裳，只戴一个蓝麻花布的兜肚，那就像野鸭子跑在瓜田上了，东颠西摇的，同时嚷着和笑着。并且这孩子一生下来陈姑妈就说：

“好大嗓门！长大了还不是个吹鼓手的角色！”

对于这初来的生命，不知道怎样去喜欢他才好，往往用被人蔑视的行业或形容词来形容。这孩子的哭声实在大，老娘婆想说：

“真是一张好锣鼓！”

可是他又不是女孩，男孩是不准骂他锣鼓的，被骂了破锣之类，传说上不会起家……

今天他一进门就照着他的习惯大笑起来，若让邻居听了，一定不会奇怪。若让他的舅母或姑母听了，也一定不会奇怪。她们都要说：

“这孩子就是这样长大的呀！”

但是做父亲和做母亲的反而奇怪起来。他笑得在陈公公的眼里简直和黄昏之前大风似的，不能够控制，无法控制，简直是一种多余，是一种浪费。

“这不是疯子吗……这……这……”

这是第一次陈姑妈对儿子起的坏的联想。本来她想说：

“我的孩子啊！你可跑到哪儿去了呢！你……你可把你爹……”

她对她的儿子起了反感。他那么坦荡荡的笑声，就像他并没有离开过家一样。但是母亲心里想：

“他是偷着跑的呀！”

父亲站到红躺箱的旁边，离开儿子五六步远，脊背靠在红躺箱上。那红躺箱还是随着陈姑妈陪嫁来的，现在不能分清是红的还是黑的了。正像现在不能分清陈姑妈的头发是白的还是黑的一样。

陈公公和生客似的站在那里。陈姑妈也和生客一样。只有儿子才像这家的主人，他活跃的、夸张的、漠视了别的一切。他用嘴吹着野鸡身上的花毛，用手指尖扫着野鸡尾巴上的漂亮的长翎。

“这东西最容易打，钻头不顾腚……若一开枪，它就插猛子……这俩都是这么打住的。爹！你不记得吗！我还是小的时候，你领我一块去拜年去……那不是，那不是……”他又笑起来，“那不是吗！就用砖头打住一个——趁它把头插进雪堆去。”

陈公公的反感一直没有减消，所以他对于那一对野鸡就像没看见一样，虽然他平常是那么喜欢吃野鸡。鸡丁炒芥菜缨，鸡块炖土豆。但是他并不向前一步，去触触那花的毛翎。

“这小子到底是去干的什么?”

在那棉花籽油还是燃着的时候，陈公公只是向着自己在反复：

“你到底跑出去干什么去了呢?”

陈公公第一句问了他的儿子，是在小油灯噼噼啦啦地灭了之后。他静静地把腰伸开，使整个的背脊接近了火炕的温热的感觉。他充满着庄严而胆小的情绪等待儿子的回答。他最怕的是儿子说出他加入了义勇队，而又怕他儿子不向他说老实话。所以已经来到喉咙的咳嗽也被他压下去了，他抑制着可能抑制的从他自己发出的任何声音。三天以来的苦闷的急躁，陈公公觉得一辈子只有过这一次。也许还有过，不过那都提起来远了，忘记了。就是这三天，他觉得比活了半辈子还长。平常他就怕他早死，因为早死，使他不得兴家立业，不得看见他的儿孙的繁荣。而这三天，他想还是算了吧！活着大概是没啥指望。

关于儿子加入义勇队没有，对于陈公公是一种新的生命，比儿子加入了义勇队的新的生命的价格更高。

儿子回答他的，偏偏是欺骗了他。

“爹，我不是打回一对野鸡来吗！跟前村的栾二小子一块……跑出去一百多里……”

“打猎哪有这样打的呢！一跑就是一百多里……”陈公公的眼睛注视着纸窗微黑的窗棂。脱离他嘴唇的声音并不是这句话，而是轻微的和将要熄灭的灯火那样无力叹息。

春天的夜里，静穆得带着温暖的气息，尤其是当柔软的月光照在窗子上，使人的感觉像是看见了鹅毛在空中游着似的，又像刚刚睡醒，由于温暖而眼睛所起的惰懒的金花在腾起。

陈公公想要证明儿子非加入了义勇队不可的，一想到“义勇队”这三个字，他就想到“小日本”那三个字。

“××××××××××××××××，××××。”一想到这个，他就怕再想下去，再想下去，就是小日本枪毙义勇队。所以赶快把思想集中在纸窗上，他无用处地计算着纸窗被窗棂所隔开的方块到底有多少。两次他都数到第七块上就被“义勇队”这三个字撞进脑子来而搅浑了。

睡在他旁边的儿子，和他完全是隔离的灵魂。陈公公转了一个身，在转身时他看到儿子在微光里边所反映的蜡黄的脸面和他长拖拖的身子。只有儿子那瘦高的身子和挺直的鼻梁还和自己一样。其余的，陈公公觉得完全都变了。只有三天的工夫，儿子和他完全两样了。两样得就像儿子根本没有和他一块生活过，根本他就不认识他，还不如一个刚来的生客。因为对一个刚来的生客最多也不过生疏，而绝没有忌妒。对儿子，他却忽然存在了忌妒的感情。秘密一对谁隐藏了，谁就忌妒；而秘密又是最自私的，非隐藏不可。

陈公公的儿子没有去打猎，没有加入义勇队。那一对野鸡是用了三天的工钱在松花江的北沿铁道旁买的。他给日本人修了三天铁道。对于工钱，还是他省下来第一次拿过。他没有做过佣工，没有做过零散的铲地的工人，没有做过帮忙的工人。他的父亲差不多半生都是给人家看守瓜田。他随着父亲从夏天就开始住在三角形的瓜窝堡里。瓜窝堡夏天是在绿色的瓜花里边，秋天则和西瓜或香瓜在一块了。夏天一开始，所有的西瓜和香瓜的花完全开了，这些花并不完全每个都结果子，有些个是谎花。这谎花只有谎骗人，一两天就蔫落了。这谎花要随时摘掉的。他问父亲说：

“这谎花为什么要摘掉呢？”

父亲只说：

“摘掉吧！它没有用处。”

长大了他才知道，谎花若不摘掉，后来越开越多。那时候他不知道。但也同父亲一样把谎花一朵一朵地摘落在垄沟里。小时候他就在父亲给人家管理的那块瓜田上，长大了仍旧是在父亲给人家管理的瓜田上。他从来没有直接给人家佣工，工钱从没有落过他的手上，这修铁道是第一次。况且他又不是专为着修铁道拿工钱而来的，所以三天的工钱就买了一对野鸡。第一，可以使父亲喜欢；第二，可以借着野鸡撒一套谎。

现在他安安然然地睡着了，他以为父亲对他的谎话完全信任了。他给日本人修铁道，预备偷着拔出铁道钉子来，弄翻了火车这个企图，他仍是秘密的。在梦中他也像看见了日本兵的子弹车和食品车。

“这虽然不是当的义勇军，可是干的事情不也是对着小日本吗？洋酒、盒子肉（罐头），我是没看见，只有听说，说上次让他们弄翻了车，就是义勇军派人弄的。东西不是通通被义勇军得去了吗……他妈的……就不说吃，用脚踢着玩吧，也开心。”

他翻了一个身，他擦一擦手掌。白天他是这样想的，夜里他也就这样想着就睡了。他擦着手掌的时候，可觉得手掌与平常有点不一样，有点僵硬和发热。两只胳膊仍旧抬着铁轨似的有点发酸。

陈公公张着嘴，他怕呼吸从鼻孔进出，他怕一切声音，他怕听到他自己的呼吸。偏偏他的鼻子有点窒塞。每当他吸进一口气来，就像有风的天气，纸窗破了一个洞似的，呜呜地在叫。虽然那声音很小，只有留心才能听到。但到底是讨厌的，所以陈公公张着嘴预备着睡觉。他的右边是陈姑妈，左边是不知从哪里弄来一对野鸡的莫名其妙的儿子。

棉花籽油灯熄灭后，灯芯继续发散出煳香的气味。陈公公偶尔从鼻子吸了一口气时，他就嗅到那灯芯的气味。因为他讨厌那气味，并不觉得是煳香的，而觉得是辣酥酥的引他咳嗽的气味。所以他不能不张着嘴呼吸。好像他讨厌那油烟，反而大口地吞着那油烟一样。

第二天，他的儿子照着前回的例子，又是没有声响地就走了。这次他去了五天，比第一次多了两天。

陈公公应付着他自己的痛苦，是非常沉着的。他向陈姑妈说：

“这也是命啊……命里当然……”

春天的黄昏，照常存在着那种静穆得就像浮腾起来的感觉。陈姑妈的一对红公鸡，又像一对小红鹤似的用一条腿在房前站住了。

“这不是命是什么！算命打卦的，说这孩子不能得他的继……你看，不信是不行呵，我就一次没有信过。可是不信又怎样，要落到头上的事情，就非落上不可。”

黄昏的时候，陈姑妈在檐下整理着豆秆，凡是豆荚里还存在一粒或两粒豆子的，她就一粒不能跑过地把那豆粒留下。她右手拿着豆秆，左手摘下豆粒来，摘下来的豆粒被她丢进身旁的小瓦盆去，每颗豆子都在小瓦盆里跳了几下。陈姑妈左手里的豆秆也就丢在一边了。越堆越高起来的豆秆堆，超过了陈姑妈坐在地上的高度，必须到黄昏之后，那豆粒滚在地上找不着的时候，陈姑妈才把豆秆抱进屋去。明天早晨，这豆秆就在灶门口里边变成红乎乎的火。陈姑妈围绕着火，好像六月里的太阳围绕着菜园。谁最热烈呢？陈姑妈呢！还是火呢！这个分不清了。火是红的，可是陈姑妈的脸也是红的。正像六月太阳是金黄的，六月的菜花也是金黄的一样。

春天的黄昏是短的，并不因为人们喜欢而拉长，和其余三个季节的黄昏一般长。养猪的人家喂一喂猪，放马的人家饮一饮马……若是什么也不做，只是抽一袋烟的工夫呵，陈公公就是什么也没有做，拿着他的烟袋站在房檐底下。黄昏一过去，陈公公变成一个长拖拖的影子，好像一个黑色的长柱支持着房檐。他的身子的高度，超出了这一连排三个村子所有的男人。只有他的儿子，说不定在这一两年中要超过他的。现在儿子和他完全一般高，走进门的时候，儿子担心着父亲，怕父亲碰了头顶。父亲担心着儿子，怕是儿子无止境地高起来，进门时，就要顶在门梁上。其实不会的。因为父亲心里特别喜欢儿子也长了那么高的身子而常常说相反的话。

陈公公一进房门，帽子撞在上门梁上，上门梁把帽子擦歪了。这是从来也没有过的事情。一辈子就这么高，一辈子也总戴着帽子。因此立刻又想起来儿子那么高的身子，而现在完全无用了。高有什么用呢？现在是他自己任意出去瞎跑，陈公公的悲哀，他自己觉得完全是因为儿子长大了的缘故。

“人小，胆子也小；人大，胆子也大……”

所以当他看到陈姑妈的小瓦盆里泡了水的黄豆粒，一夜就裂嘴了，两夜芽子就长过豆粒子，他心里就恨那豆芽，他说：

“新的长过老的了，老的就完蛋了。”

陈姑妈并不知道这话什么意思，她一边梳着头一边答应着：

“可不是嘛……人也是这样……个人家的孩子，撒手就跟老子一般高了。”

第七天上，儿子又回来了，这回并不带着野鸡，而带着一条号码：381号。

陈公公从这一天起可再不说什么“老的完蛋了”这一类话。

有几次儿子刚一放下饭碗，他就说：

“擦擦汗就去吧！”

更可笑的他有的时候还说：

“扒拉扒拉饭粒就去吧！”

这本是对三岁五岁的小孩子说的，因为不大会用筷子，弄了满嘴的饭粒的缘故。

别人若问他：

“你儿子呢？”

他就说：

“人家修铁道去啦……”

他的儿子修了铁道，他自己就像在修着铁道一样。是凡来到他家的，卖豆腐的，卖馒头的，收买猪毛的，收买碎铜烂铁的，就连走在前村子边上的不知道哪个村子的小猪倌有一天问他：

“大叔，你儿子听说修了铁道吗？”

陈公公一听，立刻向小猪倌摆着手。

“你站住……你停一下……你等一等，你别忙，你好好听着！人家修了铁道啦……是真的。连号单都有：381。”

他本来打算还要说，有许多事情必得见人就说，而且要说就说得详细。关于儿子修铁道这件事情，是属于见人就说而要说得详细这一种的。他想要说给小猪倌的，正像他要说给早晨担着担子来到他门口收买碎铜烂铁那个一只眼的一样多。可是小猪倌走过去了，手里打着个小破鞭子。陈公公心里不大愉快。他顺口说了一句：

“你看你那鞭子吧，没有了鞭梢，你还打呢！”

走了好远了，陈公公才听明白，放猪的那孩子唱的正是他在修着铁道的儿子的号码“381”。

陈公公是一个和善的人，对于一个孩子他不会多生气。不过他觉得孩子终归是孩子。不长成大人，能懂得什么呢？他说给那收买碎铜烂铁的，说给卖豆腐的，他们都好好听着，而且问来问去。他们真是关于铁道的一点常识也没有。陈公公和那卖豆腐的差不多，等他一问到连陈公公也不大晓得的地方，陈公公就笑起来，用手拔下一棵前些日子被大风吹散下来的房檐的草梢：

“哪知道呢！当修铁道的回来讲给咱们听吧！”

比方那卖豆腐的问：

“我说那火车就在铁道上，一天走了千八百里也不停下来喘一口气！真是了不得呀……陈大叔，你说，也就不喘一口气？”

陈公公就大笑着说：

“等修铁道的回来再说吧！”

这问得多么详细呀！多么难以回答呀！因为陈公公也是连火车见也没见过。但是越问得详细，陈公公就越喜欢，他的道理是：“人非长成人不可，不成人……小孩子有什么用……小孩子一切没有计算！”于是陈公公觉得自己的儿子幸好已经二十多岁；不然，就好比这修铁道的事情吧，若不是他自己主意，若不是他自己偷着跑去的，这样的事情，一天五角多钱，怎么能有他的份呢？

陈公公也不一定怎样爱钱，只要儿子没有加入义勇军，他就放心了。不但没有加入义勇军反而拿钱回来，几次他一见到儿子放在他手里的崭新的纸票，他立刻想到381号。再一想，又一定想到那天大风停了的晚上，儿子背回来的那一对野鸡。再一想，就是儿子会偷着跑出去，这是多么有主意的事啊。这孩子从小没有离开过他的爹妈。可是这下子他跑了，虽然说是跑得把人吓一跳，可到底跑得对。没有出过门的孩子，就像没有出过飞的麻雀，没有出过洞的小耗子。等一出来啦，飞得比大雀还快。

到四月十八，陈姑妈在庙会上所烧的香比哪一年烧的都多。娘娘庙烧了三大子线香，老爷庙也是三大子线香。同时买了些毫无用处的只是看着玩的一些东西。她竟买起假脸来，这是多少年没有买过的啦！她屈着手指一算，已经是十八九年了。儿子四岁那年她给他买过一次。以后再没买过。

陈姑妈从儿子修了铁道以后，表面上没有什么改变，她并不和陈公公一样，好像这小房已经装不下他似的，见人就告诉儿子修了铁道。她刚刚相反，一句话也不说，只是围绕着她的又多了些东西。在柴栏子旁边除了鸡架，又多了个猪栏子，里面养着一对小黑猪。陈姑妈什么都喜欢一对，就因为现在养的小花狗只有一个而没有一对的那件事，使她一休息下来，小狗一在她的腿上擦着时，她就说：

“可惜这小花狗就不能再要到一个。一对也有个伴啊！单个总是孤单单的。”

陈姑妈已经买了一个透明的化学品的肥皂盒。买了一把新剪刀，她每次用那剪刀，都忘不了用手摸摸剪刀。她想：这孩子什么都出息，买东西也会买，是真钢的。六角钱，价钱也好。陈姑妈的东西已经增添了许多，但是那还要不断地增添下去。因为儿子修铁道每天五角多钱。陈姑妈新添的东西，不是儿子给她买的，就是儿子给她钱她自己买的。从心说她是喜欢儿子买给她东西，可是有时当着东西从儿子的手上接过来时，她却说：

“别再买给你妈这个那个的啦……会赚钱可别学着会花钱……”

陈姑妈的梳子镜子也换了。并不是说那个旧的已经扔掉，而是说新的锃亮的已经站在红躺箱上了。陈姑妈一擦箱盖，擦到镜子旁边，她就发现了一个新的小天地一样。那镜子实在比旧的明亮到不可计算那些倍。

陈公公也说过。

“这镜子简直像个小天河。”

儿子为什么刚一跑出去修铁道，要说谎呢？为什么要说是去打猎呢？关于这个，儿子解释了几回。他说修铁道这事，怕父亲不愿意，他也没有打算久干这事，三天两日的，干干试试。长了，怎么能不告诉父亲呢。可是陈公公放下饭碗说：

“这都不要紧，这都不要紧……到时候了吧？咱们家也没有钟，擦擦汗去吧！”到后来，他对儿子竟催促了起来。

陈公公讨厌的大风又来了，从房顶上，从枯树上来的，从瓜田上来的，从西南大道上来的，而这些都不对，说不定是从哪儿来。浩浩荡荡地，滚滚旋旋地，使一切都吼叫起来，而那些吼叫又淹灭在大风里。大风包括着种种声音，好像大海包括着海星、海草一样。谁能够先看到海星、海草而还没看到大海？谁能够先听到因大风而起的这个那个的吼叫而还没有听到大风？天空好像一张土黄色的大牛皮，被大风鼓着、荡着、撕着、扯着，来回地拉着。从大地卷起来的一切干燥的、拉杂的、零乱的，都向天空扑去，而后再落下来，落到安静的地方，落到可以避风的墙根，落到坑坑凹凹的不平的地方，而填满了那些不平。所以大地在大风里边被洗得干干净净的，平平坦坦的。而天空则完全相反，混沌了，冒烟了，刮黄天了，天地刚好吹倒转了个儿。人站在那里就要把人吹跑，狗跑着就要把狗吹得站住，使向前的不能向前，使向后的不能退后。小猪在栏子里边不愿意哽叫。而它必须哽叫；孩子唤母亲的声音，母亲应该听到，而她必不能听到。

陈姑妈一推开房门，就被房门带跑出去了。她把门扇只推一个小缝，就不能控制那房门了。

陈公公说：

“那又算什么呢！不冒烟就不冒烟。拢火就用铁大勺下面片汤，连汤带菜的，吃着又热乎。”

陈姑妈又说：

“柴火也没抱进来，我只以为这风不会越刮越大……抱一抱柴火不等进屋，从怀里都被吹跑啦……”

陈公公说：

“我来抱。”

陈姑妈又说：

“水缸的水也没有了呀……”

陈公公说：

“我去挑，我去挑。”

讨厌的大风要拉去陈公公的帽子，要拔去陈公公的胡子。他从井沿挑到家里的水，被大风吹去了一半。两只水桶，每只剩了半桶水。

陈公公讨厌的大风，并不像那次儿子跑了没有回来的那次的那样讨厌。而今天最讨厌大风的像是陈姑妈。所以当陈姑妈发现了大风把屋脊抬起来了的时候，陈公公说：

“那算什么……你看我的……”

他说着就蹬着房檐下酱缸的边沿上了房。陈公公对大风十分有把握的样子，他从房檐走到房脊去是直着腰走。虽然中间被风压迫着弯过几次腰。

陈姑妈把砖头或石块传给陈公公。他用石头或砖头压着房脊上已经飞起来的草。他一边压着一边骂着。乡下人自言自语的习惯，陈公公也有：

“你早晚还不得走这条道嘛！你和我过不去，你偏要飞，飞吧！看你这几根草我就制服不了你……你看着，你他妈的，我若让你能够从我手里飞走一棵草刺也算你能耐。”

陈公公一直吵叫着，好像风越大，他的吵叫也越大。

住在前村卖豆腐的老李来了，因为是顶着风，老李跑了满身是汗。他喊着陈公公：

“你下来一会儿，我有点事，我告……告诉你。”

陈公公说：

“有什么要紧的事，你等一等吧，你看我这房子的房脊，都给大风吹靡啦！若不是我手脚勤俭，这房子住不得，刮风也怕，下雨也怕。”

陈公公得意地在房顶上故意地迟延了一会儿。他还说着：

“你先进屋去抽一袋烟……我就来，就来……”

卖豆腐的老李把嘴塞在袖口里，大风大得连呼吸都困难了。他在袖口里边招呼着：

“这是要紧的事，陈大叔……陈大叔你快下来吧……”

“什么要紧的事？还有房盖被大风抬走了的事要紧……”

“陈大叔，你下来，我有一句话说……”

“你要说就在那儿说吧！你总是火烧屁股似的……”

老李和陈姑妈走进屋去了。老李仍旧用袖口堵着嘴像在院子里说话一样。陈姑妈靠着炕沿听着。

“李二小子被日本人抓去啦……”

“什么！什么！是么！是么！”陈姑妈的黑眼球向上翻着，要翻到眉毛里去似的。

“我就是来告诉这事……修铁道的抓了三百多……你们那孩子……”

“为着啥事抓的？”

“弄翻了日本人的火车罢了！”

陈公公一听说儿子被抓去了，当天的夜里就非向着西南大道上跑不可。那天的风是连夜刮着，前边是黑滚滚的，后边是黑滚滚的；远处是黑滚滚的，近处是黑滚滚的。分不出头上是天，脚下是地；分不出东南西北。陈公公打开了小钱柜，带了所有儿子修铁道赚来的钱。

就是这样黑滚滚的夜，陈公公离开了他的家，离开了他管理的瓜田，离开了他的小草房，离开了陈姑妈。他向着西南大道向着儿子的方向，他向着连他自己也辨不清的远方跑去，他好像发疯了，他的胡子，他的小袄，他的四耳帽子的耳朵，他都用手扯着它们。他好像一只野兽，大风要撕裂了他，他也要撕裂了大风。陈公公在前边跑着，陈姑妈在后面喊着：

“你回来吧！你回来吧！你没有了儿子，你不能活。你也跑了，剩下我一个人，我可怎么活……”

大风浩浩荡荡的，把陈姑妈的话卷走了，好像卷着一根茅草一样，不知卷向什么地方去了。

陈公公倒下来了。

第一次他倒下来，是倒在一棵大树的旁边。他第二次倒下来，是倒在什么也没有存在的空空敞敞、平平坦坦的地方。

现在是第三次，人实在不能再走了，他倒下了，倒在大道上。

他的膝盖流着血，有几处都擦破了肉，四耳帽子跑丢了。眼睛的周遭全是在翻花。全身都在痉挛、抖擞，血液停止了。鼻子流着清冷的鼻涕，眼睛流着眼泪，两腿转着筋，他的小袄被树枝撕破，裤子扯了半尺长一条大口子，尘土和风就都从这里向里灌，全身马上僵冷了。他狠命地一喘气，心窝一热，便倒下去了。

等他再重新爬起来，他仍旧向旷野里跑去。他凶狂地呼喊着。连他自己都不知道叫的是什么。风在四周捆绑着他，风在大道上毫无倦意地吹啸，树在摇摆，连根拔起来，摔在路旁。地平线在混沌里完全消融，风便做了一切的主宰。

1939年1月30日

上海的狐步舞

穆时英

上海，造在地狱上面的天堂！？

沪西，大月亮爬在天边，照着大原野。浅灰的原野，铺上银灰的月光，再嵌着深灰的树影和村庄的一大堆一大堆的影子。原野上，铁轨画着弧线，沿着天空直伸到那边儿的水平线下去。

林肯路（在这儿，道德给践在脚下，罪恶给高高地捧在脑袋上面。）。

拎着饭篮，独自个儿在那儿走着，一只手放在裤袋里，看着自家儿嘴里出来的热气慢慢儿地飘到蔚蓝的夜色里去。

三个穿黑绸长褂，外面罩着黑大褂的人影一闪。三张在呢帽底下只瞧得见鼻子和下巴的脸遮在他前面。

“慢着走，朋友！”

“有话尽说，朋友！”

“咱们冤有头，债有主，今儿不是咱们有什么跟你过不去，各为各的主子，咱们也要吃口饭，回头您老别怨咱们不够朋友。明年今儿是你的周年，记着！”

“笑话了！咱也不是那么不够朋友的——”一扔饭篮，一手抓住那人的枪，就是一拳过去。

碰！手放了，人倒下去，按着肚子。碰！又是一枪。

“好小子！有种！”

“咱们这辈子再会了，朋友！”

“黑绸长裙”把呢帽一推，叫搁在脑勺上，穿过铁路，不见了。

“救命！”爬了几步。

“救命！”又爬了几步。

嘟地吼了一声儿，一道弧灯的光从水平线底下伸了出来。铁轨隆隆地响着，铁轨上的枕木像蜈蚣似的在光线里向前爬去，电杆木显了出来，马上又隐没在黑暗里边，一列“上海特别快”突着肚子，达达达，用着狐步舞的拍，含着颗夜明珠，龙似的跑了过去，绕着那条弧线。又张着嘴吼了一声儿，一道黑烟直拖到尾巴那儿，弧灯的光线钻到地平线下，一会儿便不见了。

又静了下来。

铁道交通门前，交错着汽车的弧灯的光线，管交通门的倒拿着红绿旗，拉开了那白脸红嘴唇，带了红宝石耳坠子的交通门。马上，汽车就跟着门飞了过去，一长串。

上了白漆的街树的腿，电杆木的腿，一切静物的腿……revue似的，把擦满了粉的大腿交叉地伸出来的姑娘们……白漆的腿的行列。沿着那条静悄的大路，从住宅的窗里，都会的眼珠子似的，透过了窗纱，偷溜了出来淡红的，紫的，绿的，处处的灯光。

汽车在一座别墅式的小洋房前停下，叭叭地拉着喇叭。刘有德先生的西瓜皮帽上的珊瑚结子从车门里探了出来，黑毛葛背心上两只小口袋里挂着的金表链上面的几个小金镑叮当地笑着，把他送出车外，送到这屋子里。他把半段雪茄扔在门外，走到客室里，刚坐下，楼梯的地毯上响着轻捷的鞋跟，嗒嗒地。

"回来了吗？"活泼的笑声，一位在年龄上是他的媳妇，在法律上是他的妻子的夫人跑了进来，扯着他的鼻子道。"快！给我签张三千块钱的支票。"

"上礼拜那些钱又用完了吗？"

不说话，把手里的一叠账交给他，便拉他的蓝缎袍的大袖子往书房里跑，把笔送到他手里。

"我说……"

"你说什么？"堵着小红嘴。

瞧了她一眼便签了。她就低下脑袋把小嘴凑到他的大嘴上。"晚饭你独自个儿吃吧，我和小德要出去。"便笑着跑了出去，砰的合上门。他掏出手帕来往嘴上一擦，麻纱手帕上印着tangee。倒像我的女儿呢，成天地缠着要钱。

"爹！"

一抬脑袋，小德不知多咱溜了进来，站在他旁边，见了猫的耗子似的。

"你怎么又回来啦？"

"姨娘打电话叫我回来的。"

"干吗？"

"拿钱。"

刘有德先生心里好笑，这娘儿俩真有他们的。

“她怎么会叫你回来问我要钱？她不会要不成？”

“是我要钱。姨娘叫我伴她去玩。”

忽然门开了，“你有现钱没有？”刘颜蓉珠又跑了进来。

“只有……”

一只刚用过蔻丹的小手早就伸到他口袋里把皮夹拿了出来！红润的指甲数着钞票：一五，一十，二十……三百。“五十留给你，多的我拿去了。多给你晚上又得不回来。”做了个媚眼，拉了他法律上的儿子就走。

儿子是衣架子，成天地读着给gigolo看的时装杂志，把烫得有粗大明朗的折纹的裤子穿到身上，领带打得在中间留了个涡，拉着母亲的胳膊坐到车上。

上了白漆的街树的腿，电杆木的腿，一切静物的腿……revue似的，把擦满了粉的大腿交叉地伸出来的姑娘们……白漆腿的行列。沿着那条静悄的大路，从住宅区的窗里，都会的眼珠子似的，透过了窗纱，偷溜了出来淡红的，紫的，绿的，处女的灯光。

开着1932的新别克，却一个心儿想1980年的恋爱方式。深秋的晚风吹来，吹动了儿子的领子，母亲的头发，全有点儿觉得凉。法律上的母亲偎在儿子的怀里道：“可惜你是我的儿子。”嘻嘻地笑着。

儿子在父亲吻过的母亲的小嘴上吻了一下，差点儿把车开到人行道上去啦。

Neon light伸着颜色的手指在蓝墨水似的夜空里写着大字。一个英国绅士站在前面，穿了红的燕尾服，挟着手杖，那么精神抖擞地在散步。脚下写着：Johnny Walker：Still GoingStrong。路旁一小块草地上展开了地产公司的乌托邦，上面一个抽吉士牌的美国人看着，像在说：“可惜这是小人国的乌托邦，那片大草原里还放不下我的一只脚呢。”

汽车前显出个人的影子，喇叭吼了一声儿，那人回过脑袋来一瞧，就从车轮前溜到行人道上去了。

“蓉珠，我们上哪去？”

“随便那个Cabaret里去闹个新鲜吧，礼查、大华我全玩腻了。”

跑马厅屋顶上，风针上的金马向着红月亮撒开了四蹄。在那片大草地的四周泛滥着光的海，罪恶的海浪，慕尔堂浸在黑暗里，跪着，在替这些下地狱的男女祈祷，大世界的塔尖拒绝了忏悔，骄傲地瞧着这位迂牧师，放射着一圈圈的灯光。

蔚蓝的黄昏笼罩着全场，一只Saxophone正伸长了脖子，张着大嘴，呜呜地冲着他们嚷。当中那片光滑的地板上，飘动的裙子，飘动的袍角，精致的鞋跟，鞋跟，鞋跟，鞋跟，鞋跟。蓬松的头发和男子的脸。男子的衬衫的白领和女子的笑脸。伸着的胳膊，翡翠坠子拖到肩上。整齐的圆桌子的队伍，椅子却是零乱的。暗角上站着白衣侍者。酒味，香水味，英腿蛋的气味，烟味……独身者坐在角隅里拿黑咖啡刺激着自家儿的神经。

舞着，华尔兹的旋律绕着他们的腿，他们的脚站在华尔兹旋律上飘飘地，飘飘地。

儿子凑在母亲的耳朵旁说：“有许多话是一定要跳着华尔兹才能说的，你是顶好的华尔兹的舞侣——可是，蓉珠，我爱你呢！”

觉得在轻轻地吻着鬓脚，母亲躲在儿子的怀里，低低地笑。

一个冒充法国绅士的比利时珠宝掮客，凑在电影明星殷芙蓉的耳朵旁说："你嘴上的笑是会使天下的女子妒忌的——可是，我爱你呢！"

觉得轻轻地在吻着鬓脚，便躲在怀里低低地笑，忽然看见手指上多了一只钻戒。

珠宝掮客看见了刘颜蓉珠，在殷芙蓉的肩上跟她点了点脑袋，笑了一笑。小德回过身来瞧见了殷芙蓉也 Gigolo 地把眉毛扬了一下。

舞着，华尔兹的旋律绕着他们的腿，他们的脚践在华尔兹上面，飘飘地，飘飘地。

珠宝掮客凑在刘颜蓉珠的耳朵旁，悄悄地说："你嘴上的笑是会使天下的女子妒忌的——可是，我爱你呢！"

觉得轻轻地在吻着鬓脚，便躲在怀里低低地笑，把唇上的胭脂印到白衬衫上面。

小德凑在殷芙蓉的耳朵旁，悄悄地说："有许多话是一定要跳着华尔兹才能说的，你是顶好的华尔兹舞侣——可是，芙蓉，我爱你呢！"

觉得在轻轻地吻着鬓脚，便躲在怀里，低低地笑。

独身者坐在角隅里拿黑咖啡刺激着自家儿的神经。酒味，香水味，英腿蛋的气味，烟味……暗角上站着白衣侍者。椅子是零乱的，可是整齐的圆桌子的队伍。翡翠坠子拖到肩上，伸着的胳膊。女子的笑脸和男子衬衫的白领。男子的脸和蓬松的头发。精致的鞋跟，鞋跟，鞋跟，鞋跟，鞋跟。飘荡的袍角，飘荡的裙子，当中是一片光滑的地板。呜呜地冲着人家嚷，那只 Saxophone 抻长了脖子，张着大嘴。蔚蓝的黄昏笼罩着全场。

推开了玻璃门，这纤弱的幻景就打破了。跑下扶梯，两溜黄包车停在街旁，拉车的分班站着，中间留了一道门灯光照着的路，争着“Ricksha?”奥斯汀孩车，爱山克水，福特，别克跑车，别克小九，八汽缸，六汽缸……大月亮红着脸蹒跚地走上跑马厅的大草原上来了。街角卖《大美晚报》的用卖大饼油条的嗓子嚷：

“Evening Post!”

电车当当地驶进布满了大减价的广告旗和招牌的危险地带去。脚踏车挤在电车的旁边瞧着也可怜。坐在黄包车上的水兵挤箍着醉眼，瞧准了拉车的屁股踹了一脚便哈哈地笑了。红的交通灯，绿的交通灯，交通灯的柱子和印度巡捕一同地垂直在地上。交通灯一闪，便涌着人的潮，车的潮。这许多人，全像没了脑袋的苍蝇似的！一个Fashion model穿了她铺子里的衣服来冒充贵妇人。电梯用十五秒钟一次的速度，把人货物似的抛到屋顶花园去。女秘书站在绸缎铺的橱窗外面瞧着全丝面的法国crepe，想起了经理的刮得刀痕苍然的嘴上的笑劲儿。主义者和党人挟了一大包传单踱过去，心里想，如果给抓住了便在这里演说一番。蓝眼珠的姑娘穿了窄裙，黑眼珠的姑娘穿了长旗袍儿，腿股间有相同的媚态。

街旁，一片空地里，竖起了金字塔似的高木架，粗壮的木腿插在泥里，顶上装了盏弧灯，倒照下来，照到底下每一条横木板上的人。这些人吆喝着：“哎哎呀！”几百丈高的木架顶上的木桩直坠下来，碰！把三抱粗的大木柱撞到泥里去，四角上全装着弧灯，强烈的光探照着这片空地。空地里：横一道，竖一道的沟，钢骨，瓦砾堆。人扛着大木柱在沟里走，拖着悠长的影子。在前面的脚一滑，摔倒了，木柱压到脊梁上。脊梁断了，嘴里哇的一口血……弧灯……碰！木桩顺着木架又溜了上去……光着身子在煤屑路滚铜子的孩子……大木架顶上的弧灯在夜空里像月亮……捡煤渣的媳妇……月亮有两个……月亮叫天狗吞了——月亮没有了。

死尸给搬了开去。空地里：横一道竖一道的沟，钢骨，瓦砾，还有一堆他的血。在血上，铺上了士敏土，造起了钢骨，新的饭店造起来了！新的舞场造起来了！新的旅馆造起来了！把他的力气，把他的血，把他的生命压在底下，正和别的饭店一样地，和刘有德先生刚在跨进去的华东饭店一样地。

华东饭店里——

二楼：白漆房间，古铜色的鸦片香味，麻雀牌，《四郎探母》，《长三骂淌白小娼妇》，古龙香水和淫欲味，白衣侍者，娼妓掮客，绑票匪，阴谋和诡计，白俄浪人……

三楼：白漆房间，古铜色的雅片香味，麻雀牌，《四郎探母》，《长三骂淌白小娼妇》，古龙香水和淫欲味，白衣侍者，娼妓掮客，绑票匪，阴谋和诡计，白俄浪人……

四楼：白漆房间，古铜色的雅片香味，麻雀牌，《四郎探母》，《长三骂淌白小娼妇》，古龙香水和淫欲味，自衣侍者，娼妓掮客，绑票匪，阴谋和诡计，白俄浪人……

电梯把他吐在四楼，刘有德先生哼着《四郎探母》踏进了一间响着骨牌声的房间，点上了茄立克，写了张局票，不一会，他也坐到桌旁，把一张中风，用熟练的手法，怕碰伤了它似的抓了进来，一面却："怎么一张好的也抓不进来。"一副老抹牌的脸，一面却细心地听着因为不束胸而被人家叫作沙利文面包的宝月老八的话："对不起，刘大爷，还得出条子，等回来抹完了牌请过来坐。"

“到我们家坐坐去哪！”站在街角，只瞧得见黑眼珠子的石灰脸，躲在建筑物的阴影里，向来往的人喊着，拍卖行的伙计似的；老鸨尾巴似的拖在后边儿。

“到我们家坐坐去哪！”那张瘪嘴说着，故意去碰在一个扁脸身上。扁脸笑，瞧了一瞧，指着自家儿的鼻子，探着脑袋：“好寡老，碰大爷？”

“年纪轻轻，朋友要紧！”瘪嘴也笑。

“想不到我这印度小白脸儿今儿倒也给人家瞧上咧。”手往她脸上一抹，又走了。

旁边一个长头发不刮胡须的作家正在瞧着好笑，心里想到了一个题目：第二回巡礼——都市黑暗面检阅Sonata；忽然瞧见那瘪嘴的眼光扫到自家儿脸上来了，马上就慌慌张张地往前跑。

石灰脸躲在阴影里，老鸨尾巴似的拖在后边儿——躲在阴影里的石灰脸，石灰脸，石灰脸……

（作家心里想：）

第一回巡礼赌场第二回巡礼街头娼妓第三回巡礼舞场第四回巡礼再说《东方杂志》《小说月报》《文艺月刊》第一句就写大马路北京路野鸡交易所……不行——

有人拉了拉他的袖子：“先生！”一看是个老婆儿装着苦脸，抬起脑袋望着他。

“干吗？”

“请您给我看封信。”

“信在哪儿？”

“请您跟我到家里去拿，就在这胡同里边。”

便跟着走。

中国的悲剧这里边一定有小说资料1931年是我的年代了《东方小说》《北斗》每月一篇单行本日译本俄译本各国译本都出版诺贝尔奖金又伟大又发财……

拐进了一条小胡同，暗得什么都看不见。

“你家在哪儿?”

“就在这儿，不远儿，先生。请您看封信。”

胡同的那边儿有一支黄路灯，灯下是个女人低着脑袋站在那儿。老婆儿忽然又装着苦脸，扯着他的袖子道：“先生，这是我的媳妇。信在她那儿。”走到女人那地方儿，女人还不抬起脑袋来。老婆儿说：“先生，这是我的媳妇。我的儿子是机器匠，偷了人家东西，给抓进去了，可怜咱们娘儿们四天没吃东西啦。”

（可不是吗那么好的题材技术不成问题她讲出来的话意思一定正确的不怕人家再说我人道主义咧……）

“先生，可怜儿的，你给几个钱，我叫媳妇陪你一晚上，救救咱们两条命!”

作家愣住了。那女人抬起脑袋来，两条影子拖在瘦腮帮儿上，嘴角浮出笑劲儿来。

嘴角浮出笑劲儿来。冒充法国绅士的比利时珠宝掮客凑在刘颜蓉珠的耳朵旁，悄悄地说：“你嘴上的笑是会使天下的女子妒忌的——喝一杯吧。”

在高脚玻璃杯上，刘颜蓉珠的两只眼珠子笑着。

在别克里，那两只浸透了Cocktail的眼珠子，从外套的皮领上笑着。

在华懋饭店的走廊里，那两只浸透了Cocktail的眼珠子，从披散的头发边上笑着。

在电梯上，那两只眼珠子在紫眼皮下笑着。

在华懋饭店七层楼上一间房间里，那两只眼珠子，在焦红的腮帮儿上笑着。

珠宝掮客在自家儿的鼻子底下发现了那对笑着的眼珠子。

笑着的眼珠子！

白的床巾！

喘着气……

喘着气动也不动地躺在床上。

床巾，融了的雪。

“组织一个国际俱乐部吧！”猛地得了这么个好主意，一面淌着细汗。

淌着汗，在静寂的街上，拉着醉水手往酒排间跑。街上，巡捕也没有了，那么静，像个死了的城市。水手的皮鞋搁到拉车的脊梁盖儿上面，哑嗓子在大建筑物的墙上响着：

啦得儿……啦得——

啦得儿……

啦得……

拉车的脸上，汗冒着；拉车的心里，金洋钱滚着，飞滚着。醉水手猛地跳了下来，跌到两扇玻璃门后边儿去啦。

“Hullo，Master！Master！”

那么嚷着追到门边。印度巡捕把手里的棒冲着他一扬，笑声从门缝里挤出来，酒香从门缝里挤出来，Jazz从门缝里挤出来……拉车的拉了车杠，摆在他前面的是十二月的江风，一个冷月，一条大建筑物中间的深巷。给扔在欢乐外面，他也不想到自杀，只“妈妈的”骂了一声儿，又往生活里走去了。

空去了这辆黄包车，街上只有月光啦。月光照着半边街，还有半边街浸在黑暗里边，这黑暗里边蹲着那家酒排，酒排的脑门上一盏灯是青的，青光底下站着个化石似的印度巡捕。开着门又关着门，鹦鹉似的说着：

“Good-bye，Sir.”

从玻璃门里走出个年轻人来，胳膊肘上挂着条手杖。他从灯光下走到黑暗里，又从黑暗里走到月光下面，叹息了一下，悉悉地向前走去，想到了睡在别人床上的恋人，他走到江边，站在栏杆旁边发怔。

东方的天上，太阳光，金色的眼珠子似的在乌云里睁开了。

在浦东，一声男子的最高音：

“哎……呀……哎……”

直飞上半天，和第一线的太阳光碰在一起。接着便来了雄伟的合唱。睡熟了的建筑物站了起来，抬着脑袋，卸了灰色的睡衣，江水又哗啦哗啦地往东流，工厂的汽笛也吼着。

歌唱着新的生命，夜总会里的人们的命运！

醒回来了，上海！

上海，造在地狱上的天堂。

浑河的急流

端木蕻良

在浑河左岸，白鹿林子…

苏雀来的时候，苏子已经熟透了。苎麻高而干地伫立着不动，大片的叶子都挂着秋天的金黄，闪着耀眼的光亮。苦蓬发散着愁苦的气味，不愿任风吹散了去，它们是有着飘散的命运的。而枝杈像流蜡似的指甲草的“古都儿”，那顽皮的子苞，却毫无计算地随处弹开去，棕红色的颗粒撒了满地。

太阳柔和而光亮，天高了，空气干燥，白草沙沙作响，四处没有一丝的阴影儿，草原上呦呦地听着鹿鸣。

而这时蹿天的白杨，在透明的空气里，显露出一切高原的豪爽的美质，通体是亮的，微风过后，发出男性的吭吟——而没有风的时候，又不动的，带着温柔的静穆，显出寂寞的样子。

纺织娘是没有了，土蛤蟆也不叫，甜水井沿有“辘轳把”的绕旋声，柳罐绳的渍水轻溅，家雀子唧唧喳喳地到处飞着，一会儿偷青地走进谷地里，听见看青的呼啸声，又躲进了白杨密叶的顶梢向下窥视。

林荫处人家的大马哈鱼透出海盐的腥味，在草绳上成串地穿着……房檐底下挂着鲜红的大柿子椒，好事的姑娘们摘下的癞瓜，透出比金橼还畅快的亮黄，和红的都络配置在一起，随风流荡出一阵雄辩的明快和漂亮……林里从富于弹性的土壤里渗出酒糟香，因为没被收拾的酸果子落地了，而且蚂蚁也分泌着蚁蜜……

这时丛老爷儿的小木板房是静静的，只有一两个青蝇，在懒懒地嘈嘈……狗儿按照气节的邀请，会情人去了。

丛老爷儿家的看看已近薄暮，水芹子还不回来帮娘做饭，便顺从着习惯轻声地叨咕了一句："这疯丫头……"实际上说是埋怨，还不如说是爱惜，想起亭亭玉立的女儿，常常噘着鲜红的小嘴，反对母亲这顺口溜的说法，自己不由得也笑了。

把饭菜都料理得十成有八成了，用围裙擦了擦手，摸摸微温的绿豆水饭，怕丈夫回来还嫌热，就又加了一瓢冷水。

伊这才站在门口，手遮在腮边上，转成一个半圆弧形，向远方叫着。

"水芹子咽，回家波……吃饭咧来……嗳……"

反复着这草原地带的风情柔媚的呼人方法。

水芹子一手挟着一个大倭瓜，兜里还兜着一大兜山落红。小燕飞儿似的跑来了。

一个大倭瓜从臂弯里滑落下去，回头去捡，兜里的山落红又撒了满地……她心里一急便生气了。……

"你看叫得人家这样急，山落红撒了一满地……"

妈妈健步跑来，一边问长问短地问是谁给她的，一边用畚箕将草子和山落红一齐收拾起来。……

"快起来，我给你煮了两个咸鸭蛋啦……你要饿……不用等爹回来，先吃去。……”

女儿还想放赖，一听见咸鸭蛋，便整理整理双辫子，向屋里飞跑去了。

“妈妈……金声哥哥的刀抛得真好……妈妈，他能在一棵大榆树上，抛成这样的，妈，是这样的……”她蘸着饭汤在桌子上写了“小口木”的字样。

妈妈眯缝着眼，怀着好奇心移近来看，看不出到底是些什么怪样子。

“然后……妈妈……他飕的，用左手，飕的，一齐又抛出了三把刀，在四框里加一点，在木字上加一杠……妈，你不信，真的……”

刚刚被她的青春的喜悦所照耀，引起好奇的注视。现在听了女儿哇啦哇啦讲了半天还离不开抛刀子放火枪那回事，便引不起兴致了。

“妈妈，真的，他说，要是我敢把头靠在树上，他能在我的脸四边钉上三七二十一把刀，我脸上不会受伤……”

“胡说，这小子不知死活的！”母亲叫起来了，“这还了得，你就真的让他钉了？”

“没有！妈。”女儿平静地说，“不过，要真的让他钉了，我相信也不会受伤的。”

“胡说，这小子不知死活的。这小子就会钻心磨眼来欺负你，我不会饶了他的！”

女儿跳着去喂鸟去了，驯良的小鸟跳出笼来，在她的手尖上啄着谷粒吃，然后又歪着小头，来端详主人的脸，她觉出小鸟子的顽皮的看法的不对，不由得不好意思起来……

“干吗你也这样看我！”

她甜蜜地笑了，她在回忆着。

“妈妈，来吃山落红哼！”

“你吃饱了吗？……我等你爹回来一道儿吃。……”

“我吃了八分饱，也等爹回来不会再吃一顿吗？”

“唉！还是这样的任性，女怕十八，过这个年你就十八岁了，还是……唉！”母亲叹息着，挤着山落红了。

“妈，你看这白子白瓤……他上树去摇，我在地上捡的……”

“胡说，摘山落红还有上树摇的！”（山落红是灌木。）

“真的，妈，南山那棵大的……”

“你以后不许和金声在一道了。”妈妈当真沉吟了一会儿，又重复地说，“记住，听妈妈的话，不许和他在一道了，从今天起！”

女儿圆瞪了两只眼睛……

妈妈选择了一颗大的光亮的山落红，用手挤出子儿来，吃着。

“妈，为什么？”

“你记着就是，没有什么的……”

“不，妈，告诉我！”

“……”

“妈妈……”

“不要哝唧啦，我要料理饭去喽，爹就要回来，该生气啦。”

是黄昏了，秋天的太阳，有着赤红的热情，半个天都扯满了红布。反照的光影，射入深深的林荫里，不但没把树影拉长，却将阴儿都巧妙地给取消了。树林在这一霎时像摇晃在水玻璃里一样，暗淡的，幽远的，又透亮的……可是不到一会儿，林里便全暗了。高山上涌出一颗孤独的星星，草墟里有萤火虫一闪一闪的明耀。……

白日的影子渐渐地变成淡墨了。

山空里透来人语的声响，是猎人回家的时候呢。

“妈妈……告诉我!”

女儿凝着眸呆坐了一会儿，哀然地向母亲恳求着。

“你看越长越回来了，大爽（十分的）成为小孩了。”母亲软软地责备女儿要“赖皮缠”。

“妈妈呀——我必得知道。”

女儿宣布了她的固执，眼睛是湿润的，显然她已经经过一番努力的思索。

妈妈似乎冥想了很远，又像是整理了一下头绪。

女儿眼巴巴地等待着。

“你是知道的……”

女儿哀怨地说：“我从来不知道过……”她是受了委屈。

“我们姓什么?”

“……”我们姓丛。女儿在心里答复着。

“《百家姓》上是没有的……”妈妈做了一个虔诚的姿势，“我们是偷生苟活的！……”

女儿贞洁地仰起了轻愁的脸，细心地听着。

妈妈把声音放低：“我们的祖先姓金，是大明的子孙，祖宗是个有大学问的，明亡了，清朝就让他降清，给他大官做，好得民心……他不做，皇上赏他红缨帽、雕尾、花翎、马蹄袖、朝靴、袍褂朝珠，他说这些都和牲口用的一般一样，他带着脖串（指朝珠），上朝爬着走。皇上赐他平身，他还爬着走，皇上问他为何不敢抬起身来，他说：‘身穿禽兽之服，朝见禽兽之王，自然得爬着走才对。'……龙颜一听大怒，因此就降旨灭他九族，偏偏有一个远房的奶奶，早就算明他不会降清的，可是要不降一定是横祸飞来满门遭斩，……所以就预先逃了，清兵小队子在后追，我们这一支就都藏在树丛子里才得了救……从那起，就改姓丛了。……你知道吗，我们的祖宗都是有志气的，他要降了……也是当朝一品，何必你爹打一辈子的猎嘞，到老年了还不得消闲，还得早出晚归的呢。……"

"妈，我听张家婶婶偷着告诉过我，我不信，妈，这样好的故事你怎早不告诉我……妈，情愿让爹打一辈子猎吧，这样也是好的……"

"咄，站着说话不腰疼（东北隐语：风凉话），爹也不比往年了……唉……"母亲慈爱地嗔怪着。

"妈，是的，我们的祖宗是有志气的……清朝时我们祖宗不降……现在清朝不是又来了吗？我们还是不降……妈，您说对不对！"

母亲的脸被悲哀掩住着。

"可是，妈……"女儿刚想说，又咽住了。

妈妈转过脸儿来。

女儿踌躇了一会儿，就偷偷地指问：

"可是，这和金声哥哥有啥……关系……呢？"

母亲粗鲁的一扭身："他不也姓金吗！"

女儿领悟了。惨然地苦笑了一下，自言自语地说："……怪不得他说他也姓丛呢……"可是一会儿她脸庞上的光辉又恢复了希望"……妈妈，都出'五服'了，有啥关系……况且姓金的还多着呢，高丽人和蒙古人姓金的都顶多，不见得……"

"靡——志——气！"当母亲的把全身一耸抖，背过脸去做活去了。

水芹子的脸倏然失去了血色。这三个字每个字都有一千斤重打在她的脸庞，打在她的耳骨，打在她的心上，打在她的灵魂深处，使她片片地碎落。……屋子里每件事物却对她失去了力量，金丝鸟已经打盹了，猎具沉重地向她张起了陷网，火枪发亮地排着，墙上一颗大角的鹿头，对她深深地凝视着，她突地一恐怖，全屋子都化作了灰埃，轻轻向下沉去，向下沉去……她的脸孔，渐渐地隐藏在豹皮的草色里，黑暗已是悄悄地走近了。……

爹回来了，远远地就透来“巴斤克”（俄国皮靴）的咯嗒咯嗒的声音。

她对于轻微的一点声音都有点心悸，初夜来时照例飘送来各种的兽嚎。

妈妈笨拙地接出，一边责备着：“你恁这时才回来……把我饿死了。……”一边替老当家的扛进了背夹子。

今天没有什么收获，只有一条小鹿，她把它掼在墙角，就像没有看见它似的，忙着去盛饭。

“横竖饿了……哎哎，这早晚才回来。……”

从老爷儿打着火镰，向盛好了的水饭碗看了一下，并不去吃，却沉思地吸烟。

妈妈端起了饭吃了一口，看他不吃，便搁下了。

“这有串鸡炸瓜子…”老太太夸奖的一笑，鼓励丈夫去吃。

“唔……”他向屋角巡视了一周，非常黑，什么也看不清楚。

气粗地脱下了“巴斤克”，影绰绰地看定了墙角的那张横卧的豹皮，便狠狠地打去，他在找到一个倒霉的对象出气。

每只都沉重地打在水芹子的身上，若是在平时她一定痛呼起来，而且索性就投在爸爸的怀里流出来几滴娇惯的眼泪，但她不，她在忍隐着，她在忍隐着与这不可比拟的痛苦。……

母亲忙着又去拿倭瓜粥，说这次做得又面又甜。

可是刚好端进一小绿盆时，丈夫已经大口地吃炸瓜子，稀拉胡噜喝水饭了。

她并不失望，她也奋勇地吃起来了。

她向黑暗里寻找一下。

“水芹子，不来和爹一道吃一点……这儿还有一个咸鸭蛋……”

没有回声，她毕竟老了，看不见自己女儿躺在何处。山里人吃饭，照例是不点灯的。

爸爸也随着母亲的目光向黑暗里扫寻了一会儿，问着：

“孩子没有吃饭？”

母亲摇摇头：“她发娇呢……”

爸爸笑了。

水芹子的眼泪落下来。

她怕一会儿，严厉的父亲发现她的所在，便在暗影里偷偷地爬起，虚虚地掩出门去。拔起腿来便跑。

不知道经过多少时候，也不知是向哪个方向，她才觉出疲乏了，寻着一块白石坐下，四周围透布出蘑菇的暖香来。

没有了解，没有同情，她完全陷入了绝望的孤独里。

前边有“水溜”，哗哗地流去，水花溅在石上，生出澎湃的洞响，有着铜质的韵味。

前边就是浑河了。

远远的鹿鸣着，林中传来枭叫，她鼓起了勇气，跑到河岸上去。

月光上来了，银色的大水花透出新鲜的感觉，河上没有雾气，天上没有云，是一个甜味的夜，凉风浮来湿润的芬芳，松鼠在枝杈上跳着，天河已经掉角……

浑河的水是浑的，唱着忧郁的歌子。可是在月光下，它也被诱惑了。红砂石的河岸，黄土河床，白茫茫一片水花，微绿的雾露，笼罩着北国的高爽空旷，长空里流泻出一片霜华……何等的迷人呵，何等的夜呵。……但是水芹子是这样的哀怆！

远远又听见母亲登高的呼声。

她赌气不去理会，直到声音一点都没有了，她才凄凄凉凉地走回。

爸爸已经升好了篝火，在一旁吸烟，母亲正把一条青柳木在火上烤着，看样子是把它烤弯了，好作“粪箕子”上的腰梁，柳木发出吃吃的声音来。

“我们摊了三十张吗？”母亲沉着脸问着，“这又不是冬天，没‘雪滃’[①]恁能打得着呢？要是一旦交不上呢？”

“……”爸爸啪啪地磕去烟袋灰，又装了一袋。

“一定处死？”母亲担心地问着。

“那自然，听说这个皇妃，是东洋人进贡来的，‘十月一’‘过门’，限了二十五天的限，让我们交出五百张狐皮来，分五色，红狐的一百张，黄狐一百张，白狐一百张，黑狐一百张，蓝的用紫貂仁去充……我们这儿只出火狐、草狐，所以只摊了红黄两色二百张，有貂就算着，没有‘拉倒’（听其如此）……咱家摊三十张要在冬天倒不算多，可是这三十张上哪儿打去，这青黄不接的时候……真造孽，他妈的全是为了‘装排场’，也不知哪个亡国奴出的主意，什么

① 雪滃：大堆的积雪，使野兽无法觅食。

符合国旗的祥瑞，放狗臭屁……在早先年‘开围’都得有一定时间，春搜，夏苗，秋狝，冬狩，都是应节气，算作国家的大典，哪有这时候打狐狸的呢……损阴丧德，毛头恁能会好……”

“三十张，真的三十张，二十五天的限……三十张，一天一张还多呢，上哪儿打去……这几年山也光了。……”母亲充满了忧心，手无主张地在围裙上擦着。

女儿从阴影里走来，默默地坐在篝火旁边，眼睛痴滞地望着不定的火苗。

母亲看见女儿的憔悴面庞，不由得难受起来，可是心里又想：都是我惯的你，一星半点子的话也受不了，将来要有些风呀浪儿的，恁能支撑呢……又加心境不顺，所以声调里充满了责难的神气。

“你啥时候跑到哪里去了呢……我喊了半天，你也没有听见，害得你爹只顾骂我！

“……”

爸爸端详着女儿的小脸，亲爱地坐在她的身畔。

“水芹子要开通……不要心眼儿窄，明天帮爸爸下‘压拍子’（打狐狸之一种方法），‘和炸药’（将特制的炸药放在地上，狐狸走过，炸而死之）……今天十八，下月十三号，我自己就得打着三十张狐皮，大家伙共总得打着二百张狐皮……大概这白鹿林子里的狐狸从此就得绝种了……不过绝种也没有什么，只是要交不出这些，采办专员就认为你有反满的嫌疑，故意不加紧打，偏给在皇妃——”老人说到这两个字像肮脏了舌头似的向地上大大地吐了一口吐沫——“‘出阁’的大喜日子找个不吉利……你爸爸的这条老命就该交代了，那时，你想和爸爸生气，也没有时候了。”

女儿听着爸爸说得如此可怕，不由得扑在父亲的怀里，又流起泪来。

她哭乏了便在爸爸的怀里睡着了。

“唉，哪里来的这么多的伤心……你妈就会拿你‘扎伐子’（出气）……”爸爸看着女儿在梦中还冤屈的抽噎，不由得对老伴（即老婆）大发雷霆，“你到底和她乱说些什么稀奇古怪的？越老越没正经！”

说着怜惜地把女儿抱到屋里去了。

第二天，一早起，这小茅屋里的生命，便充满了迫切和紧张。

父亲扎压拍子，女儿和炸药，母亲唠叨。

水芹子巧妙地打碎着绿豆碗，使那崭新的“碗礤儿”都有“抹邪”，有“偏礤”见棱见角……足足地可以摧折狐狸的精致的小腿。

女儿细心地搅和着粉红色的红磷，放在阴干处保存着，又着手去预备硫黄。

到晚上了父亲已经扎好了十五架压拍子。

老妈妈用火钳子在篝火上烤着半生不熟的鸡肉，递给父亲，父亲便把它按个地拴在“饵食”上。

在幽暗的火光中，爸爸轻声呼着。

“水芹子，来！”

她小鸟似的跳过来，分背了五只压拍子，和爸爸悄手悄脚地拐进森林里去。

他们想在入定时分偷偷地将它们都安放好在狐狸出没的地方，免得被别人晓得，把压拍子起去。

在坟圈子周围下了五只。父亲又把“地楔子”按个儿地钉了一锤，才满意地领着女儿到南山山麓去。

当女儿的，捡了机会，就向老爸爸进言。

“金声哥哥，不可以……帮着爸爸的忙吗？他抛刀子抛得挺好呢。”

“刀子能斩下狐狸尾巴一根毛吗？”父亲指问了闺女儿的愚昧。

“他也会摔‘拐拉棒子’（一种蒙古人猎狐的方法，在马驰的当儿，将手中的一个微弯的带疙瘩狼头的木棒顺手投去，百发百中）！”

“哼……”爸爸脸上粗横的皱纹痉挛着，粗鲁地掀动着胡须，“他有工夫还吹笛子呢！”

女儿没有脸红，还更坚定地说：

“我去跟他说去！”

第二天朦胧亮，父女两人便去起压拍子。

有九只“犯药”了，其中一只被人起去。八只都打住了，可惜只有五只狐狸，其余的三只是倒霉的“黄皮子”（鼬鼠）。

爸爸非常喜欢，责任已去了六分之一。

今天炸药干了，他们下完了压拍子，就在林中“狐狸道”上摆磷磺弹，又做了记号，要别人不要在那里走过。

“三十只算不了什么的！”女儿想起了昨天的成绩，又看了今天的布置，对着父亲忧伤的老脸嘻嘻地憨笑。

五更天女儿正徘徊在离奇的梦境里，被父亲唤醒……

这夜他们居然又得了五只，都是火狐。

“爸，我没说错吧！三十只算不了什么的！”

“看吧——”爸爸长出了一口气，“也难说，我们明天到东山洞子用烟熏熏去，你和妈收拾收拾网！”爸还担心地说。

妈妈也有点笑逐颜开，和女儿一面织网，一面讲仙话。

可是第三天头上，五只压拍子便给人家起去了，他们这夜除了炸碎的两只山狸子之外，竟空无所得。

父亲对于这些老猎友的不顾信义非常生气，但一想起交不上的要处死，对于他们的苦恼……也只有摇摇头，微微地叹息一下，便决心多打几只了……至少也得超过三十只才行。……

在白天，烟熏，网罗，用枪打，摔拐拉棒子……黄昏里，下压拍子，布炸药，张陷网……夜晚——又新添了一件职务——还得看守压拍子，免得被他人起去……

父亲看着劳碌的女儿也瘦了，狐皮却渐渐地加多。

但是情形却一天不如一天，日子长了，好像狐狸都约定了，任着饿瘪肚子也不出来寻食。

从老爷儿家的为了鼓励它们出来的勇气起见，到夜晚将小鸡不住地吓打，使之拼命地呼叫起来。并且将煮鸡的腥水到处地倾倒着，想用这有力的诱惑刺激起狐狸的贪欲来。

到了各家都继起来模仿的时候，夜晚里山林里就充满了一片母鸡的呼救声音，唧唧咯咯的闹得风声鹤唳不可开交。

“先让你们尽量地叫吧……末了就该轮着我们了。”

从老爷儿听了声音哀伤地说。

打到第二十二天成绩是二十二只！老爷儿便拉着水芹子的手，哈哈大笑起来。

“水芹子，爸爸要看不见你了……还有三天，一天就得打三只，可是三只，哼，一根狐毛也碰不到……还要三只。……”

水芹子心里怨恨金声，她昨天到他家跑了三次，也不得要领，他只做芦笛子顺嘴吹。“看爸爸死了，他后悔不！……”她心碎了。

她想起：“爸爸，我们不好买几只，凑足了吗？……去年的那十只要不卖出多好，现在……”她心里十分急躁。

“买?”爸爸没有言语，他知道现在狐皮居奇的价钱。

爸爸抚着她的头，慈爱地开着玩笑：

“除非把你卖掉了，去换狐皮!”

妈妈在那边也吐露出日常的调侃：“她就是一只小活狐狸呢。……”但又咽住。

外面一阵狂风，吹下了纷然的落叶，西北风起来了，一切都葬落在愁容的惨淡里，浑河的水还镇日镇夜地流去。

水芹子站起来，决定去找金声去，她是愤恨着他。

父亲在屋里小心地计算狐皮，想在原来的数目里，再多数出一两张来……二十二张，还是二十二张……

父亲背起了枪去找李炮去了，看看他们打得怎样，他是这山里最大的猎户，他被派的是五十只狐皮。

迎面来了张得。

“叔，你打狐狸去吗?”张得手里提着五张草狐。

“……我去看看李炮……不成，我眼看着交不上了，你的十张皮子怎样?”

“大叔，我已打着整整十张了……刚够数!”

从老爷儿心里一冷：“有余富吗?”

“没有呢，我看这三天要有‘落项’(获得物)，我送给大叔好了，我不要你钱的!”

老头不知道为何兜起了一股心酸，连忙说着：“我去了，我去了!”昏乱地走下山岗去。

李炮家里人正乱作一团。看见从老爷儿来了，都团团把他围住。

“怎样，听说你打得不错！”

“不错！”老头儿把帽子往炕上一扔，“二十二只！”

李炮摇摇头，由他的经验里，知道那八只无论如何也打不出来了。

“你们的都齐全了吧！”从老爷儿一看他檐前梁上都挂着精美的狐皮，不由得滋出一片强烈的嫉妒。

“你们的都齐全了吧！”他几乎是怒吼！他看着李炮的迟重的态度，就断定他们的都齐全了。

李炮摩着山羊胡子的下巴，露出狡猾，问着他：“我家摊了多少只？”然后向他大儿子李森笑着看了一眼。

“五十只。”从老爷儿老实地回答。

“哈哈哈哈……五十只，好！……五十只，总管老爷，我要交十五只行吗？老爷，我费劲拔力才打了这十五只，实在交不出了，因为山上已经打光……放你妈的屁，山上的狐狸能打光吗？你故意抗违，说上边不应派你狐皮，砸了你们的饭碗子！难道皇妃不配穿你们狗攮的打的狐皮吗？这是皇家的喜事，你们竟敢故意捣乱，显然有反满抗×的行为，左右，将这小子捉起来……哈哈哈哈，老哥，你以为我打齐全了吗？唉，这是李大头的四只，这是杨三枪的二十五只，这是赵永禄的十三只……这是我的十五只……我们爷三个打的，三个神枪手打的！哈哈哈哈……”李炮仰着天大笑起来，用手拍着从老爷儿的肩头：

“你打了多少只？”

从老爷儿勉强地抬起头来：“不是二十二只吗！”说完眯缝着眼睛对他忧愁地望着。

“行！有你说的，我们爷三个儿是‘熊蛋包’（废物），你一个打了二十二只！”

“这有啥好说的，差十只跟差一只是一个样！……都免不了一个，嘿！”

“唉！”李炮也痛心地应了一声。强烈地吸着旱烟，不再笑了。

“还有三天的限，大家多卖点劲儿。看看还能打出多少只……现在齐对齐对大概总有一百四五十只的光景了吧。……”坐在炕头上的伍老头慢声拉语地说出他的稳健。

“不成喽，要再打出一只来是你‘下’出来的！”杨三枪斩钉截铁随着呸了一口。

“到那时再求求老爷们，也许……”

“你老糊涂了，他能饶了你，可不能饶了你的脑袋！”

“那么，怎办呢？……”

“……是的，怎么办呢？”

大家一直讨论到天黑，也没有一个好的结果，只把舌头说得冒出火来……

终于，从老爷儿怀着一颗沉重的心踏着荒草回来了，一点办法没有。

一切全完了……他的步伐有些零乱，“巴斤克”像个鬼似的在地上向后拖，他不知走哪一条道回到家的。

刚到房前，水芹子就蝴蝶似的飞到爸爸跟前，两手围住爸爸的脖颈，欢喜得流出泪来……“爸爸，九只，爸爸，是九只呢……”

爸爸不懂她说些什么，便轻轻地解开她的手，颓丧地走到屋里。

"爸爸，金声哥哥在这里，金声哥替我们打了九只……"老太太用手干擦着眼睛，每个皱纹，都舒展开了。

"九只，二十二只，还多一只呢！"

一块石头落在地上。

金声哥哥像梨木雕的人像似的，鼻梁细而高耸，黑发微微卷曲，嘴角常常露出一点不信任的微笑。

他立在微暗的屋子里正忙着顺理狐皮。

从老爷儿看着他强壮的样子，不由得激出喜悦……急速地走到他的跟前，可是倏然地又转为冷冷淡淡的样子。

"是九只狐皮吗？"

"九只，爸爸，是九只，都是火狐，绒和毛一般儿长！"女儿衷心地答复着，眼睛夸奖地看了爸爸又看了妈妈。

"大爷，我昨天到乌烟岗去，他们那里也交不出三百只，青貂才打了三十来只，紫貂连个毫毛也没得！"

从老爷儿就点着了烟，坐在那里默然不语。

金声又接着说："他们那里打算不交了，正在开会，商量对付办法，反正采办那群肥猪也不能轻饶了我们的，所以大家正想给他个'好瞧'看看！"

"鳖羔子王八蛋，交，交他娘拉个屁……不交喽，我一个人交足了数，算什么呢？还不是大家一齐去死！……"一阵风从窗子里刮来许多树叶来……屋里陷入了死的旋涡。

女儿本来似乎有千言万语想说，现在完全被扰乱了。

"不过，爸爸，不过……"

爸爸看样子不要去听她的话。

“金声，你去找各家猎户去到李炮家开会去！”

妈妈从外面跑来，两手在围裙上幸福地揩着：“我给你们炖了鹿肉来，你爷两个喝两盅吧……唉唉，难为了金声九只狐皮！九只，真是乖孩子！不是还富余一只吗？赶快给老王送去，可怜他摊了三只，如今一只也没打着，哪像你们这样运气，一打就是三十只二十只的。……”

“大爷，我去了！”金声说着走出门去。

“我们一道去！”爸爸止住了他。

水芹子哀怨地向金声看了一眼，便由着他们走了。

“妈妈。……”

妈妈刚端来的一碗鹿肉都完全地倾在桌上。

方才一切幸福的预感，现在都化作扰乱的惊慌。

三十只狐皮也救不了性命，大家都凑不出来，仅仅一家凑齐了也完全没有用。……

等老太太完全明白了这问题的严重时，两个男人早已不见了，屋里留下的只是一片的空虚。

黑夜的树林是玄妙的。有拔高的脾气的苗条的白杨，跃跃欲试地舞动着，“玻璃叶”（即柞树）有着爱美的孤独，遇风吹过时，也保持着有教养的矜持，微微地摆摇着，如同起伏的浪儿。

狼在嗥，狸子咄咄喳喳地互相告警。叶儿凋落了，在静寂中辞别了自己的生命，鸟儿在梦见被猎人瞄准时，也会发出喧嚷的惊呼。……

这时初十的月亮，不算饱满，可是在森林顶梢也扯了一道纱雾……有着神秘的轻快……尤其月华如霰似的散在浑河水面上，又静，又香，又有清凉。鹳鸟长啸一声，没入芦苇里，信天翁便衔起鱼儿呀呀飞去了……水溜荡出音响，鱼儿迎着轻光跳跃，树影在波影里，成了绿色的丝绸子。一会儿远远有猎狗大吠着，一会儿又有枪声，可是月亮永远维持了平静的夜幕，浑河看不出有一丝儿混玄的迹儿。……

森林里，有两个人默默地走着，只有重大的步武压偃了干草，透出萧萧的声音。

离开李炮家不远，便听见人声“一涡涡”的喧嚷。

从老爷儿回过脸来向后边的金声看了一眼，两个人就都不约而同地加紧了脚步……

“……他们是为了淫乐。我们是为了吃饭哪……他们因为娶一个小鬼的婊子，就要我们五百张狐皮，还得分五色，哪有那样凑巧的……我们是欠他的该他的，他们一声令下，我们就得脑袋搬家，狐狸是在我们裤裆里藏着吗？他们说献出来就献出来！……他今天娶个东洋婆娘，要狐皮五百张，明天又弄一个高丽娘们，再来五百，后天高丽的玩厌了，又弄个俄国的，我×他祖宗，又是五百……他们淫乐，干我们屁事……交不出的就处死！我们的脑袋怎就那样下贱呢，诸位父老兄弟们，我们乌烟岗一带一百二十家猎户，今天全体议决：一、对于缴纳狐皮一律拒绝。二、对于采办专员，加以自卫抵抗。三、全体猎户一致到第五路人民革命军去……诸位父老，咱们的命运是相同的，咱们的痛苦也是相同的，咱们的敌人也是相同的……咱们的敌人要我们一起死的时候，我们却要求一起生，诸位父老们，在这一点上，我们也是相同的，让我们一起干起来，让那些王八蛋看看我们穷山梗子们的力量！白鹿林子的男人不是夹馅饼吃的！”

“慢着慢着！”又是另一个沙哑的声音，“……大家要沉住气，我看，他说处死，也许是吓唬我们一句，也不见得都把我们个个砍死……我们到那时再哀求一下，说说实在情形，他们大概……”

“同志们，我们现在要的是自主我们自个儿的命运！不是人家退一步，我们进一步，人家进一步，我们退一步，向人家磕头等着来踐下巴……我们得自个儿救活自个儿，自个儿管理自个儿的命运……我们不要什么‘也许’‘不见得’‘大概’，我们要的是我们必定要活，必定得自个做自个的主人!”

“大家千万不可轻举妄动，要一动了，大兵一来，他们比我们厉害，那时我们讨饶也来不及了。……”

金声闯上去一看，是伍老头儿颤颤巍巍地在那儿说着。于是抢上去，把老头儿一把推下木墩儿去，便扯开了喉咙大声地嚷道：“我们为什么要讨饶呢，我们白鹿林子的男人就没向人讨过饶……现在事到如今，不管是那满肘子瘦骨架子是不是真娶了东洋婊子，或是那大肥猪（总管）‘假传圣旨’（一句东北俗语）从中渔利，我们都不要管，狐狸打光是实情，我们这浑河两岸，只有狐狸是大宗出产，也是实情。今年冬底，你要再看见一根狐毛，你是休想。我们靠着什么生活呢……狐皮今年是顶值钱，可是一概打光了我们的身家性命就都跟着去了……我想就是总管那肥猪从中骗我们的狐皮，什么皇妃不皇妃，全是胡诌八咧!”

“是呵，是他骗我们，一定是的，城里人也不知道娶皇妃，报上也没报的。”

“他真的娶不娶的，我们哪里知道，他欺负我们山里人不知世故，说什么信什么，杂种×的!”群众汹涌起来。

“不给！我们不给！狐皮是我们的家当，我们送了，冬天就只好吃雪块过日子，有狐皮到哪儿我们都卖出钱来了，活活便宜他，杂种×的。”是杨三枪的声音。

李炮看见从老爷儿走过来，便过来扯他：“你说得怎样？”

“你打啥主意？”从老爷儿回问他。

李炮摩着山羊胡子，畅快地笑着。“没说的，‘拉出去’（土匪隐语：民变）！”两只后脚跟向上提着，提着，他有着东北人典型的爽快。

从老爷儿皱着眉头思索着，立在一棵巍峨的大树底下。

“五路军的司令是谁？”他苦闷地问着。

“杨靖宇！”

从老爷儿继续地深思着。

“我想大家的意思已经说得很多了。现在为了集中起见，愿意到第五军那边去的请举手，就是说愿意自己求生的请举手！”

手如白桦林似的林立起来。

当从老爷儿兴奋地把手放下来的时候，仿佛听见一个软弱的声音在他耳边：“爸爸，你走了，鬼子兵要来，我可怎么办呢……”

老人剧烈地摇动手臂：“不要去管，不要去管！”

他带着热涨的脑袋……向回家路上走去了，他怕看见自己的女儿……

可是母女正依着门守望着他回来。

老伴儿健步迎上来。

“是要拉出去了吗？”她殷切地问，脑部剧烈地晕痛着。

“是的吗，爸爸？”女儿无力地把头栽在父亲的胸前。

爸爸用着老胡子擦着她的嫩脸。

三个笨拙地挨到房门前时，水芹子看着爸爸的气色，神经质地狂叫一声，向林际跑去。

老婆子不以为然地追着她的逝影望去，口中喃喃地说：

“要走的，要走的！……你还是拉出去吧，我们也苦够了，我们就苦这一回吧。……”然后眼里流下泪来。

“你的套裤脱下来我给你缝一缝。……‘皮手闷子’我今天晚上就缝完。……”她又想起了多割几副“靰鞡绕子”，巴斤克里的“毡袜”也得补一补了。

这时两个青年的恋人，在浑河沿上，正在为着生、死、爱、憎……交流而挣扎而战栗……

“你必须‘走’的，你留在这里没有用处，我自己会保护我自己……我会用‘画眉炭子’把脸涂上。……”水芹子口急地说话。……

青年不言语。

…………

未圆的月是容易落的，水面上的阴凉扩大了，雾色慢慢地加浓，两人忘掉了应有的温柔，大声地继续喧嚷着，金声还是不肯“走”。

青年把手里握着的一块石头投在水里，站起来就跑了：“我不能‘走’！”几个不清楚的声音遗落在他的身后。

水芹子竖起了眉毛，手指绞扭着，快捷地踏在黏滑的青苔上。……

第二天一清早起，她便去找金声去，她不管别人计划怎样出发，怎样布防，怎样安置家人，怎样将狐皮运到长春……她不管这些，她到处地找着金声……

到日暮，她拖着疲倦的身子回来，遇见了杨三枪才知道他被派作代表到乌烟岗去了。

……她躺在炕上一面伤心，一面高兴，但还把不定他是否有决心随大队走……她又想他决心去了，固然是好的，但扔下自己一个人怎么办呢……她横着心不去想它了，不去想它……她现在在幻想自己是一个可以自卫的将军……我们的祖宗是有志气的，我所爱的人也一定得有志气……浑河的水年年流去，浑河的水就是一个很好的证人……她几乎对着河水发誓……我们会用血把浑河的水澄清了的……她觉着昏而疲弱……假装着睡眠好避去母亲说不尽的安慰……她的眼因泪水的模糊在暗中亮着。

爸爸在擦枪，母亲在缝皮手闷子。

枪上的大栓、顶针、钩死鬼、大抓、小抓、发条、车、保险机……父亲都一一地检查着，用油擦着，脸上没有表情，也不和母亲说话。

母亲有几次都张开嘴想说话。但都用力地压抑下去，似乎不愿用问题来烦难自己的丈夫。

水芹子想着金声一定明天一早回来，也许现在就回来了，她决定听见头遍鸡叫……就赶去看他，做最后的诀别……

昏沉，疲乏，悲痛……瞌睡来了，整个的世界被黑暗悄悄地封锁。

清早起，全山林里埋伏着不祥的平静，在平时，这儿应该有炊烟四起了，但是没有，除了早烟就是朝霭。

草原上蓑衣草白得只剩一棵孤孤的草茎，深密、高丛的，透出浓厚的湿气。湿气凝聚着，带着不爽快的调子，并不摇动，然而向上飘浮。

这时晨光也从山坳里透出来了，苞米和荞麦的香混在空气里，一棵大橡树上巢里的斑鸠，试探着飞出一圈又回来打盹。

起伏的山地，半圆形的土丘，隐在烟幛里。山上斜坡处被开垦的野田，植物都被露珠压垂了头颈，现在软软地弹起来。水珠落在土壤上，惊醒借宿在叶子底下的“扁担钩”，惺忪地伸展着小腿儿。

浑河急急地流去，看样子是想在太阳没冒嘴之前就统统流完……每个心房都为白鹿林子未来的命运跳跃着，每个言语都为最正确的生路辩白着……等候肥猪的到临，告诉他用血来回答他的锋刃是何等的锋利！水芹子在等着和金声最后的一面。

但是浑河的芦苇里都散满了步哨，大队的人马都集合到南山……

隐藏在屋子里的是敢死队。……金声没有消息。

太阳升了一竿子来高了。

草原上一匹白马拨云而来，有人从乌烟岗来送信来了。

说让此地人戒备，一刻就有大队来剿。

肥猪已经到了乌烟岗，那里人恭敬欢迎，点香案，放爆竹……向大总管叩头……做得毕恭毕敬。

然后领总管到一间小屋里去看狐皮。……

屋里预埋了炸药，四周都埋伏了敢死队。……

轰然一声。……

“现在总管大老爷一定上天参拜乾隆爷诉苦去了。”报告的人诙谐地下了结论，“乡亲们，要有吃的喝的给咱家拿来点吧……一会儿还得烙肚子（即卧倒放枪的意思）去呢。……”

复仇的风吹满了山峦、远树、草原、林荫……大家都期待着一个更大的胜利，水芹子期待着金声的转来。

“回去，回去！”从老爷儿一面撵逐着从茅屋里探出来的询问的妇孺，挟着枪向河岸走去。

“有什么消息？”迎面来了杨三枪，老头儿问着。

“前边探子没来报，不知是不是捉去了，又派人去了……乌烟岗、野雉林子一带都在开火，前边山头里听得见。”

“唔。……”老头儿应着，隐在芦苇里不见了。

全个林子都静了。

大约在晌午前儿，南林子里轰隆来了一声巨响，透出一只狗受伤的汪汪一两声，一切就都不响了，鸟儿喳喳嘁嘁地飞了一阵子，也都恐惧地躲起来。

不一会儿浑河边一派喊杀声，静静地透来一两声枪响。

水芹子今天特别的软弱，她，从昨天早晨起就到处地找金声，也没有下落。她想他至少应该和她一见再死拼去……但是他竟不来会她，她从此也许永远不能和他会面了吧。……这喊杀声里就有他的声音在内吧……她竭力削尖听觉想听出她心爱的人的声音来……

忽然窗外腾起一片马蹄的乱响。

母亲本来在将耳朵贴在地上向远方去听。现在一骨碌爬起，操起猎枪，在窗口守住，同时向女儿拱嘴，让女儿向“大坦箱”后边去藏躲。

马拢得更近了。母亲砰地发了一枪。

“啪，啪！”敲门。

“水芹子，水芹子！”是急乱的喊声。

母亲摔下了枪，慌忙地边跑去开门，边惊叹着：

“唉唉，我当是谁，可吓死我了……”

女儿知道是谁就跳出来了。她听枪响声，知道前边分明已经接触，而他还为了一个女人向回跑，她忘了两天一夜伊在将血熬干了……她在盼他回来，她在渴望等他相会一面……现在他回来了，她脸上做出愠怒的表情，当着母亲面前好像受了一种难堪的羞辱！老年的爸爸在前边正打得“昂沛儿”（极峰点）吧……“我不能走！”……她又记起那夜金声狂乱地跑走之后，所掷下来的不是白鹿林子的男人所应有的一句誓言……她的泪落下来了，她用苍白的脸色，祈求地引导着他……你就去吧……她含泪的眸子虔洁地垂下去，但愿他平安地再回来啊！……

金声脸红了，吃吃地说：“我被派到乌烟岗去了，因为两方面编了混合军队，免得两边人隔气，不能取得联络……所以，所以……我就走了！”

“那很好！”女的冷然地答复。

“这是我带给你的那把暖木柄的刀子。……”

他从怀里取出一把他掷了十年的刀子……有一次投一只白狐被带到洞里去了，过了两年他又从洞口把它拾回……他的刀子本来很多，但都被崽子（子弹）给替代了，带在身上的只有这一把。

他跳上马，向后瞥了一眼，就不见了。

母亲把耳朵贴在地上，在听着马蹄声，想侦察出金声是否走出，枪声是否推进……枪在连珠地响着，喊声时起……她竭力地用不十分得力的听觉，去辨别着这她寄托过全个森林的生命的一切。

她贴在地上，忽然地惊叫一声。

“水芹子，水芹子，画眉炭子，画眉炭子！”

水芹子似乎并未想到什么画眉炭子，只狠狠地握住了暖木刀柄。眼前仿佛看见浑河的水翻腾地流去……

“不，妈妈，给我枪！给我枪！”

她将刀子热切地塞在怀里……

北望园的春天

骆宾基

一

离开桂林的前一礼拜，我是搬到丽君路的北望园去住的。

我们所租的建干路上的楼房，全部退了租，所有的朋友，都到重庆去了。那时候，我还有些琐碎事情要办，譬如等昆明的汇款，等广告社的开幕，那是朋友临走留下的一个事业，临时交付给我协助的。还有，我必须找关系弄车子……就这样我计算计算，至少在桂林还有一个礼拜的居留。若是继续住下去，我得继续缴满一个月的全部洋楼的房租，我一个人得看守着这一座有二十八个房间的空楼。只要在桂林住过两三个礼拜的人，都能知道，一个没有邻居的房子，是多么容易失盗的。你想，一个人白天夜晚老是守着二十八个空房间，那是怎样可怕的寂寞呀！没有人谈天，没有笑声，没有叹息，没有走动的影子，没有光辉的面色，一个无声无色的小世界呀！你想，若是这个大世界有那么一天也没有声音，没有闪动的色彩了，那么你也没有喜悦，没有痛苦，没有可悲哀的，也没有可憎恶的，那你一个人孤孤单单地享受这寂寞，还有生活下去的意义吗？

就这样我搬到北望园那所茅草房子里来了。屋子潮湿又有什么关系呢？阴暗又有什么关系呢！我是借住的，我的床头、床尾、床对面，共有四个门，这里作为进进出出的走道，作为餐厅，然而这又有什么关系呢！住一个礼拜我就离开这里了。

实在说，北望园是丽君路上一所比较讲究的建筑，不过我们这所茅草房子是不足谈的。这简直是下人房、车房，若是在乡下无疑的是马厩、牛棚。因为里进一座西式的洋房是太标致了。北望园实际上是属于这所西式洋房所有的，谁进来，也不会注意这所茅草房子，虽然它靠近竹篱笆门口，而且茅草房的墙壁和红瓦屋顶的墙壁之间，只有三尺宽一条走道的距离，可是只这三尺宽的距离，人们说起北望园来，就不把这所茅草房子包括在内。都是说："北望园的建筑图样可真好。""北望园的院落可真讲究。"也有人提到那所茅草房，就是说："怎么不把它拆掉了！"

北望园的院落确乎讲究的，有砖砌的宽走道，走道两旁有流水沟。

那所红瓦屋顶的洋房的正门朝南，那所茅草房子的正门也朝南。只是房基前后错落开，茅草房子距离那条走道有五尺远，那条走道从竹篱笆院门，直通到红瓦洋房的走廊。廊口还有几级士敏土的台阶。

红瓦洋房的墙壁是涂成云灰色的，四面都有玻璃窗，整洁，闪光。

茅草房子的墙壁是泥土的，四面也有窗，不过是纸糊的。白天仿佛是瞎子的眼睛，晚上有灯，仿佛是醉汉的眼睛。

红瓦洋房的走廊每天扫两次，终日保持着纤尘不染的洁净，而茅草房子的门口，日常有三五块石头排着，而且窗下拉着绳子晒尿布，地下还有鸡粪。

那些鸡雏是林美娜养的，尿布也是林美娜晒的。

林美娜是梅溪的太太，天天忙着家务，不是下厨房，就是抱孩子，洗尿布，可是还有给那些小鸡雏沿着篱笆掘蚯蚓的闲情逸趣。梅溪是一个有名的画家，最近忙着筹备展览会，只要天晴就到城里去。这所茅草房子，就只有孩子的声音，和小鸡雏来往奔跑的啾鸣声。再就是林美娜用鼻子低吟的歌声，那时多半她在低着头，剪孩子的春衣。茅草房子另外还有两个住客，一个是在电影院画广告的，经常不在家，他的名字叫叶蘋，取秋枫的意思。除了画广告，他还给制烟厂设计牌子的图案什么的。

另外一个名叫赵人杰，年龄比叶蘋大，面貌又比梅溪苍老、枯槁。二十七岁的人，看来倒有三十四五。整月不刮胡子，身着一件冬大衣，又旧又破，五年也没洗过一次似的。脸色永远是阴沉的，我没有见到他有一次微笑，我想他的微笑一定很珍贵的。从前我到北望园来的时候，常在路口碰到他，手里提着一块鸡蛋大的牛肉，仿佛去喂雀的，拴牛肉的草梗又细又长。我常想：为什么那么小的一块肉，用那么长的绳吊着呢！他也是画家，主要的收入，是美术学院的月薪。自然白天是去上课的。

天晴日暖的时候，北望园就确乎属于红瓦屋的住客们的了。他们都在走廊的高台上晒太阳、吃茶、谈天。搬出漆木沙发，有座毡的靠椅，孩子坐的四轮车。我的朋友杨村农夫妇也就在这个时候出现。他是国内有名的政论家，担任着某大报的星期论文的撰述，人却又不像你所想象的政论家，倒像一个俄国风的好心肠的地主，在杜斯退以夫斯基笔下所写的：身体粗胖，常叹息回到国内没有啤酒吃。脸色发红，血力很旺，脸上经常露着由于消化和营养良好的笑容；但说起话来又常常气喘。

太太婚前是个当地极获人望的教育家，严肃而又有礼貌。北望园的邻居们对她总是十分恭敬里带着八分畏惧的。她叫胡玲君。日常穿着一身蓝布的长袖旗袍，和邻居碰面，总是用一个中学校长对待教员的姿态打招呼，就是说眼睛望着你做出并不讨厌你的笑容。但一走过来，你就会想，怎么杨村农会爱上这样一个女人呀！

胡玲君也养着几个小鸡，喂食的时候就站在门口大声唤着：“鸡！鸡！鸡！鸡！”不是喂食的时候就大声驱赶着：“嗤——嗤——”把鸡雏全赶到走廊台下那一小块空地上去。

有时候，两三个女用人坐在走廊上缝衣服，那多半是红瓦洋屋的住客全都进城了。这所北望园也就顿然寂寞了。那么除去她们低声的交谈，就只有小鸡的啾鸣声了，也只有在这时你才注意到它们在春天是怎样的欢悦，怎样的在日光下展着翅子连飞带跑地追逐它们的姊妹。

林美娜所养的小鸡雏是幸福的，林美娜一走出门口，它们就啾鸣着奔跑过来，围着她的脚跟跑，她停下，它们也就停下来。它们是很想林美娜给它们掘蚯蚓吃的。

胡玲君所养的小鸡雏，也是很幸福的。北望园的住客，都躲避着它们走路，房主人有时在走廊的高台下边踌躇，喂它们食米，可是发现林美娜的鸡雏跑来，总驱赶开去。因为林美娜的鸡雏，额上没有染红点，是极易辨识的。

那房主人是个歇手的商人，很少说话，特别对茅草房子的住客。尤其是林美娜窗下所晒的尿布，他是看不过眼的；至于胡玲君的孩子尿布，都是晒在西壁厨房侧面的，在正院里望不见。

若是落雨天呢，红瓦洋房的走廊的檐底下，水滴就淋漓作响，汇合着流入接雨槽里去，再顺着接雨槽的斜度，流入输雨筒。从那里流到地上，流到水沟里；再在茅草房子门口洋溢开来。那时候，茅草房子的门口前的几块石头，就显出它们的存在价值了。到茅草房子的人，都得踏着那些石头，一步一步的，最后跳进门里去。

二

我有些事情，每天必定进城，早餐是在杨村农家吃的。他们有共用的餐所，临近走廊门口就摆着餐桌。饭后，铺着白台布，作为会客喝茶的地方。贴壁的小茶几摆着白瓷的花瓶，那花瓶上有朵红的牡丹花，花瓶是细长的，插着美人蕉——还没有开花的几片卷成筒形的叶子。两天换一遍，日常保持着绿的新鲜的生命。两壁又有油画，嵌着黑边的玻璃框，悬在上面。

在餐桌上，我是必定和胡玲君碰一次面的。她有礼貌地向我笑笑，我也表示了对她诚心的尊敬。用餐时我们是彼此没有声息的，只是杨村农喝汤的时候，嘴唇做出吸气的响声，而且羹匙常碰着碗，叮当地响。他们夫妻彼此也很少交谈的。

餐后，胡玲君忙着晒衣服。那时候，她向杨村农说了一句话：“高一点嘛！没听见怎么的，什么事也不会做。”这是指着晒衣绳说的。那时杨村农站在走廊檐下，老远向我笑着说：“你看，我怎么知道是吊得高一点，还是吊得低一点呢！”笑得很天真，你一看，就知道他的脾气是这样好，而且知道这样笑的中年人，一次至少是能吃五瓶啤酒的。

三

晚上北望园里的气息是沉寂的。我回来，就觉得没处落脚。杨村农夫妇睡得挺早，梅溪又回来得挺晚。只有到赵人杰房间里去坐会子。我的书桌子是摆在他的房间里的，他也欢迎我和他共用一盏植物油灯。

赵人杰是一个过度谦虚的人。当我和他商量的时候，他的嘴唇第一次露出笑。那笑容是出自他的善良的诚意的。可是闪在苍白的脸上，显得可怕，尤其是他那牙齿上的光泽，使人有点恐怖，仿佛笑的是死人，实际上死人的牙齿又是没有光泽的。

当我向里搬桌子的时候，他是那么匆忙地收拾锅子和碗盏，我也不知道他是不是吃完了晚饭。就那么匆匆地收藏起来。仿佛怕我望见他吃的是些什么。收拾碗盏的时候，他用背挡着我的视线，同时嘴里说：“你一个人搬不进来吧！”我听见筷子落地的声音，我望见他弯腰去拾，拾起一支，第二支又从桌上掉下来。我想：他一定吃得很坏。

起初的几天，他是常常这样掩护他的餐具的，那天晚上扫地时，他也一样地用背遮着我的眼。床底下是那么多可怕的肮脏的东西，一团儿一团儿撕零碎的报纸，都是吐痰用的，手卷的纸烟头，饭粒，还有菜梗鼠粪，若是六月天，这屋子的苍蝇一定会成群地嗡鸣。他扫地时，还背着我说："秦先生，你抽烟自己卷。"他那局促的声音，说明他是怎样地困惑，仿佛感觉到我在背后观望他的眼光。他那挪移我注意的匠心，是多么可怜呀！

他的身体，不健康，像一个有胃病的人。我们的谈话一沾到他的生活，他就叹息一声，不说什么了。譬如我说："这里太潮湿，不能长住人的，尤其是你的身体……"他就不说什么了。只低着头，叹息一声。譬如我说："艺术学院的月薪怎么这样少，一百二十块钱，怎么生活呀！"他就不说什么了。脸色也阴沉下来，只低着头叹息。再不就抚弄他的手指。

然而一谈到绘画，赵人杰的气色也活跃了，苍白的脸上也新鲜了。

我们谈到罗丹的雕塑，洛基朗盖弥的艺术生活，赵人杰的脸色也就越来越是光辉，他的生命在这些谈话里复活了。眉眼间也闪出青春的闪光。他对绘画有许多意见。他说："我有个画稿，在脑子里酝酿很久了，可是总没有心情来画。"他说："整天忙着烧饭，上课，哪有时间呢！"他说："我是不像中国一般画家那种作风的！"他说："中国画家不是没有天才的，全给在形式上追求的倾向损害了！"又说："一个真正的艺术家哪有不在内容的发掘上追求的呢！"他不满意中国所流行的木刻字的作品，在这上他说："秦先生读过克兰兑斯的《十九世纪文艺主潮》吗！我觉得克兰兑斯有一句话说得很对。他说：‘什么是浪漫主义呢？一句话，譬如他们听到别人说话，他们不注重那语言的意义；而注意语言的声音是不是优美。’现在的中国画家呢！不注意作品里的人物，而注意整个画面的背景和情调。现在中国的诗人呢！不注意诗的内容，诗的语言，而注意卖弄小智慧的美句子。现在中国的小说家呢！不注意人物的思想，人物的灵魂，而注意语句的简练，有的注意语句的俏皮，故事的曲折。”

接下去他就说他的画稿，在这之前，他卷了一支烟点着，又问过我：“秦先生说不是吗？”我说：“赵先生的话很对！”

“那是从前在我们这条街口见到的。”他说，“现在可惜你看不见她了，她去年就死掉了。我在这条街上住了三年，搬过五六次家，可是每回经过这条街口就看见那个摆糖果摊的老婆子，坐在矮脚凳子上，看守着她的糖果摊。这记得再清楚不过了。她的脸上全是一条条深的皱纹，线条挺细致，若是她的两颊丰满，就是个慈祥的面型了，可是削瘦，又发黄，我想她是有什么病的，可是她的表情上，又一点不带病容，我觉得她的心地很善良。从她的面部也看不出她忧郁、痛苦，因为她是那么穷呀！一方木盘上只平排着二十多块糖，即使有时在她那方木盘上发现一两个橘子，那也是过时的，变色的，发霉的了。照理，她的脸部表情该含有生活的忧苦，然而她给人的印象反而是那么出奇地平静，仿佛她的脑子里什么感触都没有，不管是一个漂亮的香港派的少妇从她眼前经过，还是一个褴褛的儿童在她的糖果摊前发呆，这些都仿佛不在她的感觉世界里存在似的。从她的眼睛所含蓄的意义上看，全世界仿佛是死寂的，全世界只有她一个人，只有她那方盘上的二十几块糖果。若是夏天，那么她的世界扩展了，那就是说在她的世界里出现了苍蝇，她用纸扎的驱蝇具时时赶着它们，可是也并不过分注意它们。因为整日蹲在夏天的树阴凉底下，极容易打瞌睡的，她也不例外。只有在她瞌睡时，我才从她的面部看出来，她是幸福的。我每天必定从她那糖果摊前走几趟，没有一次看见她有交易。有时，看见几个穷苦人家的孩子，蹲在她眼前，环成一圈，望着她，也许是观望方盘上的糖果，可是总没有碰见他们买块糖的时候。那老婆子呢，可是天天在她那营业地方出现，这又仿佛是她每天确也有些交易。有时只她独自一个人，把左角上的红色糖移到右首去，把右角落的两块绿色糖，挪到左首去。改变一下排列是煞费她的匠心的。只是二十几块呀！她在排列上消耗着脑力，而且极有兴趣。这就是她的全部的生活意义了。”他结尾说，“秦先生！你说这不是一幅很好的油画吗？”

“是很好的一幅油画呀！”我说。

他叹息了一口气，在这叹息里又表示出他放弃了他所说的全部话的价值：“可是谁知道哪一天，才能实现呀！也许我等不到成功那一天的。”

“为什么说这样的话呢！”我说。

他低头，抚弄着自己的手指，若有深思似的沉默着，也许他没有听见我说的是什么。他的脸色是怕人的苍白，我想说：——首先你该注意，建立起自己的生活来。譬如春末了还穿着冬大衣，实在该换换了；譬如胡须吧，也该刮一刮，就是没有钱吧，也该借把刮脸刀用用。生活得不好，营养又不好，就是有任何伟大的抱负，不能实现不也是空的！还有许许多多的话，可是我没有说出口来。因为我们终究是初交的谈话，虽然他是那么谦虚。

那天晚上，我们谈得很久。我被他带入他自己所有的精神世界里去，久久不能入睡。我的眼前似乎现出那个摆糖果摊的孤寂的老妪。可是在这幅画像的出现当中又常常闪出赵人杰的冬大衣，我想：春末了……

茅草屋子所有的住客都熄灯睡了，穿堂幽黑，只有从赵人杰门口流入的一块长方形灯光，映着我床头的竹栏发亮。

那天晚上，赵人杰的房门开到天亮，我说过几次，他无论如何不肯关，因为我这个客人睡在他的门外呀！

临睡前，他问过我两遍："秦先生你觉得那幅画稿的印象还深刻吗？""秦先生你不觉得她的生活是多么寂寞吗？"这两句问话，相隔有十五分钟。

"寂寞。"最后这一次的说话，我的字音就含糊了。我不知道是不是呓语。仿佛神志还清醒，似乎还听见门外的划火点灯声，以及继之而来的剧烈的咳嗽。

四

在北望园住的时候，早晨我都是醒两三次的。第一次往往在天明不久，纸窗还发白。那时候，梅溪的孩子熊星就咿呀自语地在我床头上追逐小鸡了。及至我望他，他就现出乖相，讨好地静静望着我。小手指含在嘴唇里，两个乌黑的眼睛有点畏怯，怕我申斥他似的；怕我怪他惊扰我睡眠似的。那时候，我的神志还不清楚，可是嘴角露着微笑，仿佛他也向我微笑，仿佛我还望得见他的笑容，就又睡了。

第二次，我一定是给杨村农大声说话吵醒的。那时候，窗子多半是闪着阳光，檐荫发白，阳光发黄。若是落雨天，自然窗户是埋在雾气里的，屋子也格外幽暗。

有一次是例外的，我觉得有人在我身上盖毯子，我的肩都给埋在毯子里了。当时我合着眼睛，就知道是林美娜的举止。听见转背时的衣履声，我就悄悄睁开眼睛，果然林美娜站在地当中，背向我，蹲在那里向熊星小声说："伯伯睡觉呢！"

杨村农每次进来，总是大声说："老兄，还不起来呀！海燕叫你秦伯伯起来，说他懒，说他，说他不害羞！"他是那么钟爱他的女孩子。那女孩子刚过周岁，可是见了人两只小脚就跳跃，两只眼睛就瞅着你，要你抱。

有时杨村农也到赵人杰房子里来看我。仿佛这屋子里只有我，仿佛赵人杰并不存在。赵人杰可是不同，完全对待一个贵宾那样对待他，殷勤得像个老仆人。问他："杨先生起来很早呀！"招呼他坐。杨村农就用鼻音回答他："吆！"若是没听清楚，让他再说一遍，也是用鼻音的："嗯！"这声音就比前一种高一点。

我们谈话，就是不可笑，赵人杰也望着他微笑，那笑容，确是像一个良善的老仆，笑得是毫无意义呀！那时，该做饭了他也不离开，他是主人呀！主人是不该离开客人的。

每天早餐后，我约杨村农进城的时候，当着胡玲君他的态度就严谨了，同时他说话的声音也喃喃不清了。他不说去，也不说不去。他总是向我申述他进城有某些事情要办，他说着"老孔"或是"老李"，这些人我又都不认识。他每次说完，就向胡玲君暗窥一眼，暗窥她的气色似的，暗窥她的反应似的。

我们一走出北望园的竹篱笆院门，杨村农的神气就活跃了，微笑得也就可爱了。仿佛一个被囚十二小时的赌犯，离开警察局，世界上的一切，都在他眼睛里闪光了，话也多了。说他学生时代在这样天气，怎样偷偷溜出课室去钓鱼，说他在这样天气，怎样在课室里打盹。说也说不完，至于“老孔”什么的，就完全不提了。

我们常常到HE厅去吃茶。一坐就坐到天黑。也不知谈了些什么，而且谈得很兴奋。印象最深的，是杨村农注意妇女穿戴、举止的兴趣。这多半是坐了很久，找不到话谈的时候。不管进来一个什么样的妇女，他总品评几句。不是说：“这个少妇的胳臂的肌肉多润啊！”就是说：“那个少女的皮肤很白呀！可惜衣裳不入时。”不是说：“你看，那个香港风度的太太，微笑的多么高贵，只是嘴唇在笑，不露齿。”就是说：“你看那个穿白披肩的太太，衣服是多么讲究，全体的轮廓都表现出来了，可惜不会配颜色，白披肩哪能配花旗袍呢？你看，这个举动把她的美全给损害了，一个贵妇人哪能用手在脸上抓痒呢！”

有时我们也在这上热烈地辩论，有时我只唔唔地应付。

可是我们一走出门，就没有话谈了。我们都沉默着，北望园的距离在这时就显得又长又远。

也只有在这时候，我想起了在重庆的太太，三年没见的孩子。在桂林这几天的日子使我厌倦了。我想：必须赶快离开桂林，这是些什么日子呀！

杨村农一直是沉默着，等离北望园几步路的工夫，他就喃喃地说：“回来得太晚了，回来得太晚了。”

五

夜间我回来不管怎样迟，林美娜总是没睡，总是林美娜给我开门。她睡得是那么迟，等候着她的丈夫？不是在灯下缝衣服，就是给熊星织帽子。她是一天忙到晚。

赵人杰呢，就在他的房间里看书，我一进去，他总不安地让开位子，说是自己要睡觉了。我说我不用灯的，他就笑着说："秦先生客气。"我说真的要睡觉了，他说："秦先生太客气了。"我说我从来不会客气的，他说："哪里！哪里！"赵人杰就是这样过度谦虚的人，这又是怎样的固执呀！

林美娜对我的招待就又不同。我在那时候走进她的房间，她向我微笑，从那微笑里，我知道熊星是睡熟了。而我的举止也就谨慎小心，轻轻地，怕惊醒孩子。她是常常这样微笑的，那微笑轻柔得仿佛早晨原野边陲的一片有阳光的云影，它的出现完全和你的存在是没有关系的，然而你觉得亲切、柔和、美。她的说话声调也充满了温柔，她的眼睛望你时也充满了温柔，然而你会觉得这种温柔，不是属于她自己的，不是属于一个普通的少妇的，而是属于你朋友的太太的。

她很爱她的丈夫，然而若是在她丈夫面前，即使她沉默着编织什么，你也会觉得她是体贴你的，注意你的茶杯是不是空了，注意你是不是在找火点烟。在这时候，你就会感觉到她的微笑，体贴不是对着你，对着一个有身份的客人，而是对待她丈夫的朋友的。

林美娜对她的丈夫，反而没有这种温柔的微笑的，然而你却觉出她对他是怎样的深爱。尽管她的口吻平淡，你从那平淡中会觉得她是怎样地顺从，顺从得完全失去了她自己的特质。你从那顺从中，就觉得对你的微笑就没有一点价值了。你会羡慕梅溪：——他是多么幸福呀！

白天梅溪在家的时候，林美娜的生活是有意义的，她笑得是那么幸福。这笑是在他从熊星身旁经过的那瞬间出现的。梅溪就站在穿堂中央，弯着腰，双手扶膝注视着熊星，两眼放出金色的火焰。熊星就在门口，遥远地望着他。他刚从爸爸的臂膀里逃开，现在想：是不是在向他爸爸的那边跑去呢？是不是有把握能一下子抱住爸爸的两条腿呢？

梅溪的神气也表示着他是怎样注意熊星的意思，在想：是不是他就要朝他扑来呢？他若是躲得快，孩子是不是跌倒呢？在那时梅溪忘记了自身以外的世界，望见我在身旁，就笑笑，又正面去注视熊星。他笑得是那么匆促，不及看清楚我，怕放松了对熊星一刻的注意而使孩子跌倒。熊星扑到他跟前，他就畅快地叫着："呵哟！呵哟！又给宝宝捉到了，再来一遍，去，再来一遍！"说话时，他还可能望我一笑，那时他的笑就有声了，笑得很天真、幸福。在这时候，林美娜不是在厨房里烧饭，就是在窗底下洗衣服。

梅溪进城去了，林美娜的生活还是有意义的，她陪着熊星谈天。熊星指着那只小鸡欺侮它的姊妹，咿呀作语，林美娜就说："那只小鸡是坏蛋——呵——"熊星若是用手背擦眼睛，林美娜就说："我们睡觉去——呵——"熊星真睡了觉，而衣裳又没得洗的了，做饭还不是时候，林美娜的眼睛就寂寞了。她要做点什么呢！总该有点事呀！没有一点事在手边，在眼前，她是一刻也过不了的。就提着铲子，沿着竹篱去给小鸡雏们掘蚯蚓了。她又找到了生活的意义，她的眼睛又充满了光辉。那么些小鸡雏全围集在她脚旁边。

北望园的整个院落都是阳光的世界了，女用人在走廊底下打盹，房主人睡午觉。娇媚的春天呀！就只有那个对人温柔体贴的少妇，蹲在壁荫凉下边，掘蚯蚓。

有时我就走过去："很多吗？"

"不多。"她向我微笑，这微笑比较在她丈夫面前就减色了，距离远了，而且是属于一个少妇的了。

此外，她穿的衣服，总是三两天掉换一件。掉换了，你也不觉得。她那衣料是上等的，但穿在她身上你也觉不出特别显眼。虽然那衣料的色彩鲜明，样式也合适，但全不像一般少妇的穿着，使你一看就知道是刚从服装店拿回来的那种整洁性。只在她蹲着的时候，你从她背后找不出一道皱纹，你才觉得她的衣服式样，优美、鲜明、标致。

六

在我接到昆明汇款的那两天，赵人杰的气色格外阴沉了。烧饭的时间也早晚不定，碰到我只苦笑一下，就匆匆走过去了。有时候，黄昏才回来，腋下挟着两三块木柴，点着油灯下厨房。林美娜望他的眼光，就具有怜悯性，抱着熊星到厨房里去说："木柴不够，用这边的好了。"赵人杰总是谦虚地笑笑，说是："够了，够了。"林美娜回来就叹息着。我知道，赵人杰这两天是连买盐钱都得借的。在都市里生活，还有三五块木柴三五块木柴零买的穷人吗？

我说："你别烧饭了，我们到GB吃酒去。"他笑着辞谢。

我无论如何让他陪我。我说："我快走了，来吧！一块儿去吃一杯吧！"到底他坚持不下去了，离开厨房还说："我还是不去吧！"他是这样的谦虚，谦虚得使人不愉快。

我就挪开话题："我们找杨村农一块儿去。"

赵人杰还是在原来的话题上犹疑，说是："太晚了，我还是不去吧！"

我就说："杨村农若是换了睡衣，那么就不会出门了。"就敲起窗来。

他还是喃喃着："真是……秦先生太客气……"

杨村农本来是个谈笑自若的好心肠的绅士，可是一见赵人杰，神气立刻就不同了。又高贵又尊严，仿佛我们身旁带着一个从仆，若是一个体面的绅士在从仆面前不矜持，那像是什么话呢！若是绅士们当前从仆又谈又笑，毫无顾忌，那像是什么世界呢？杨村农的眉目间，时时戒备着，时时怕赵人杰说出可怕的侵犯他的尊严的话来。杨村农越是提防，赵人杰越是萎缩地窥睨他。在路上从旁窥睨他，在GB餐室，从碗边上窥睨他。他的眼光是不安的、困惑的，一个穷人和绅士同餐是多么刻薄的刑罚呀！他就像一个在众目灼视之下的刺猬那样萎缩，那样可怜。

我说："赵先生，我们吃酒，你不要吃，就尽管吃饭好了。"

"好。"他说；可是一个米粒一个米粒地向嘴里送。五分钟就停停筷子，十分钟就夹一口菜，而且只夹一小片白菜。明明他是饿了，可是他还陪着我们吃酒。他的命运就似乎决定是为了别人而生活的。

我说："赵先生。有肝尖，有肥肠，有鱼片，你是吃嘛！"

他说："我是吃呀！"

我说："你不要客气，这些菜我们是吃不完的，你尽管吃呀！"

他说："我是吃嘛！秦先生太客气了。"

他依然是夹着白菜叶，或是小块的笋片，他尽力避讳着鱼肉，只一片小块笋，他就满足了。

杨村农在他低着眼睛的时候，就望着他皱眉，嘴唇的一点滴不易见的笑容，对他是怎样蔑视呀！实在赵人杰的那件破旧的冬大衣，在我们之间是太不调合了，太褴褛了。他那十分钟夹一小块竹笋的吃法，太不体面了。他自己也觉到他是怎样褴褛可怜，微笑得也就更困惑，眼光更畏怯。尤其是餐室的灯光那么亮，把他那冬季大衣的破绽全给暴露出来了，他的手臂就越发不向直里伸，可是腋下那块破口的布片依然遮掩不住，依然清楚地动荡着，像屋檐底下晒的尿布，又使人联想到他腋下是挟着一块木柴。他在GB餐室里是一直无声无息的。

杨村农却大声打着饱嗝儿。用牙签剔牙齿，还做出嗤嗤的声音。完全是个良善绅士的气派，完全是个胃口消化健旺的人的姿态。满面闪着红光，除了胃口加重三十斤的感觉，他对身外任何什么也没有感受的兴趣了。虽然剔牙齿时，他还左右环顾着。恐怕这瞬间就是他的生活中最幸福的时候了。完全不像在北望园的走廊下的政论家了，完全不像在胡玲君身旁向我喃喃说着进城理由那时候的政论家了。

这天晚上又是林美娜给我们开的门。在门外杨村农又喃喃地自责："回来得太晚了，回来得太晚了。"

红瓦屋顶的洋房的玻璃窗，全是黑的。在那屋子里的住客是幸福地早早睡觉了。

茅草房子的纸窗闪着灯辉。街头上很寂静。若是有一辆人力车走过，我床侧的纸窗就闪过一片红光，篱笆影子的骨骼就清楚地在纸窗上出现。人力车多半是空座的，走出街口，还清楚地听见铃铛声，那声音使人感到寂寞。是夜深了。

那天晚上，我听见北望园夜深时候第一次的声音：“玲君，玲君！”“开开门，玲君！”声音是低微的，足有三十分钟，北望园的院子才沉寂。

那天晚上，赵人杰屋里充满了纸烟的烟雾，门口正面的墙壁上映着一个硕大的黑影子。赵人杰在那里坐着冥想什么呢？他是坐在床上望着前方吧，望着他眼睛前面的空气吧，望着辽远的什么吧？是走入他自己所独有的绘画世界里去了呢？是在灰白的气息里望见那个摆糖果摊的老妪的寂寞的面影了呢？

“赵先生！”我说，“你还不睡吗？”

“唔！”他受惊地说，“没有！”

“别想了，睡吧！”我说，“这样下去，你的身体要坏了。”

“唔！我睡不着……”他走出来。站在我的床侧。

“别想了，睡吧！”我说。我握住他的手。

“唔！”他不知所云地依然站在那里。

“你想什么呢？”

“没有想什么。”他说。

他依然站在那里。

“睡去吧！”我放开他的手。

“唔！”

他反而坐在我的床边上了。一句话也不说。背向我，面对着门口的灯光。

“你想什么呀，说说不好吗？”

“唔，没想什么！”他说。沉默了一会儿又说：“若是我那腹稿没有画出来以前就死了，我的生活不是全部没有意义了吗？”他仿佛是自语。

“为什么你老是想这些呢？你该想怎么把生活布置一下，你看你春天还穿着这件大衣……”

“是的。”他那声音表示他是在苦笑，“是该换换了。”

“广告社给了我四百块钱，让我找人塑个半身模特儿，你拿去好吗？当作材料费。”

“不用。”他站起来说，“我这两天就发薪水了。”

“发薪水又有什么关系呢！有笔额外收入不更好吗？”

“这太不好意思了，我可以用黄泥塑的，也不用什么材料！”

“为什么不好意思呢！”我说，“找别人做不是一样要钱吗？”

“我有钱，就要发薪水了……”

“这也没有关系呀！为什么拘于一些小节呢？”

他笑着说：“我并没有拘于小节呀！”就站起来说，“很晚了，你睡吧！”在这上他又是有着异样的过度的自尊的。

七

从那天以后，杨村农日常穿着居家的便服了。中国式的宽阔的裤筒，给风吹得像船帆一样。西装坎肩也不结扣。抱着海燕在走廊上望小鸡。我约他进城，他那眼光也不拘谨了，就是在胡玲君面前，他也是现着好心肠的绅士的笑容。说是："你去吧！"有时我走出篱笆门，回头还望见杨村农从胡玲君背后，目送我的眼光，那眼光充满了无限的羡慕，仿佛囚犯望着铁窗外的春燕，呢喃地飞入云霄一样。我当时想：可怜的丈夫！胡玲君尽自在那儿大声唤鸡，她却没有注意小鸡群以外的什么。

赵人杰的早饭延迟到午间才动手烧。这天他在我床前来往经过了七次，这是从前没曾有过的现象。等我走到街口了，赵人杰终于从我身后追赶上来，他的脸色又阴沉，又苍白。急促地说："秦先生！借给我五块钱……我今天晚上就还。"说话的眼光是那么严重，一个到乡长面前请求缓役的中签壮丁，是会有这种神态的。你知道，如今的五块钱还当什么用呢！五年前可以包一个月的月膳，三年以前还能买二三十个鸡蛋，可是现在呢？现在只可以吃杯红茶。然而赵人杰是坚持着，只借五块就够了，说他买点盐，最后他又说一遍："晚上五点钟，我一定还给你。"这一点点钱，可见在他是怎样严重，在他是认为有关自己的威信的。

我说："那又何必还呢！我不会等着这五块法币买烟抽的。若是不够，你再来拿……"

晚上是怎样的情形呢？晚上，我回到北望园来了。差不多有六点钟。广告社开幕的晚筵，是有五瓶茅台酒飨客的。同时我接到金城江发来的电报，催我即日动身，那里有辆与我们剧团有关系的车子等我。我决定一两天就起程。我回来时，很愉快。

北望园的两所房子都有灯光，只是杨村农的玻璃窗是乌黑的。

林美娜在灯下削着梅溪的画笔。梅溪还是没回来，她也就照例做出熊星睡熟了的微笑。我就小声说："梅溪的展览会筹备得怎样了？”

“他整天是那么忙，也没有说过。”

“可惜我看不到了，我一两天就离开桂林了。”

“是吗？”她说。她的嘴唇微笑。仿佛受到我那愉快面容的感染。

“是的。”我说。

“我们在这儿住了一年了。从香港回来，再就没有动。”她又微笑着说。

“将来有机会，到重庆去吧！”

她无声无息地微笑一下。她是那么容易微笑，又那么不容易说句话。我坐了一会儿，就到赵人杰这边来。

赵人杰和我说什么呢？第一句话就和我说：“等会子，我出去一趟。美术学院还没送钱来。”

我说：“我不想问你要那五块钱呀！”

他笑着说：“等会子我一定给你。”

我说：“你知道我一两天就离开桂林了。”

“真的吗？”

“真的。”

“真是……我们刚认识就又分手了，哪年才能见呢？”

“有机会，到重庆去吧！”

“我想回北方去呢！”他笑着说。

“回北方去做什么？”

“在桂林又做什么呢？”

我笑笑。

他也笑笑。

“好吧！”最后他说，“我出去一趟。”

赵人杰深夜才回来，他的脸色阴沉、苍白。他在我床侧站着。我说：“坐一会儿吧！”

他说：“秦先生没睡吗？”他说，“我没有弄到钱，不过明天晚上一定还你。你不觉得……”

我说：“为什么你把五块钱看得这样严重呀！你若要用，我还有哇！”

他不说什么，沉默着坐了许久。我不管说什么，他最多唔唔一声，他是一点也没注意我的话。坐在那儿给我的感觉，仿佛他的身体有两万吨那么重。

我说：“去睡吧！”

“唔！”他那黑影子离开床的时候，一声叹息回荡在寂静的屋子里。

八

北望园也有愉快的日子，那就是杨村农陪着胡玲君进城去看电影的日子，那就是赵人杰收到薪水的日子。

那时候，就有愉快的光辉闪耀在胡玲君的嘴唇上，那时候，她的头发上就会出现一条蓝色的丝带子。她的年龄也就显得小几岁了，而且她对客人的姿态也就稍微亲切一点。

这天晚上，就是正当她愉快的时候。她在没有听清楚我的话的工夫，她会用眼睛望着我问：“什么？”做出那种少女的天真，做出不懂事的孩子问：“家雀怎么会飞呢？”那种稚气的神气。只有在这时候，才显出她的年龄是过时了。若是一朵花，那么这朵花已经是开过一礼拜了，有一场风，花瓣就会片片坠落，而且那些花瓣是没有水分的了，只是还没有枯萎。她是完全不适合用这种口吻了，也许退回十年，她那种稚气的眼光会诱人微笑。

赵人杰在我们谈天的时候来了。他是使人吃惊的年轻了。他刚走出理发馆来。他微笑得是那么幸福，几乎是一个陌生人了。他有礼貌地向我们点头，他是第一次到杨村农的房间里来的。他说："找你没有找到。"那瞬间，杨村农是用一种惊讶的眼望着他的，不过只一会儿工夫，杨村农就恢复了原有的兴趣，向空中抛着海燕，嘴里发出憨厚长者的笑声。仿佛他知道赵人杰没有别的意外发展，猜到他是领到一点可怜的薪水。胡玲君同样，在惊疑之后露出那种眼光，似乎说："又领到一百二十块钱的月薪了。"赵人杰坐在我旁边，依然微笑着，可是我感觉到他带来的是怎样的空气，那种空气使我们一时找不到谈话的资料了。绅士们坐在一起，找不到话可谈，那该是怎样不好受的心情呀！正像在热烈攀谈的绅士们，发现旁边站着个乞求者，不管怎样装作看不见，然而心里还是有一种负担。

赵人杰没有一句话要说，只是望着人微笑。我就说："我们回去吧！你还有什么事吗？"

"没有。"他说。

我们就走出来。他立刻急切地向我说："我拿到这个月的薪水了，这里……还给你那五块。真对不住你。"

实在说，我之所以到杨村农那里谈天，是有意躲避赵人杰的，我怕他今晚上拿不到钱，那么我在他面前是会使他精神上感觉得很大的负担。我怕接触他的眼光，若是他拿不到钱回来，他该怎样不安呀！他对我说过两遍："今晚一定还你。"总之这一切算是过去了。

院子里的空气有点潮湿，四月的夜空乌黑的，一点点星光也没有，老远有一两声蛙鸣。我想：蛙声这样叫，一定要有场风雨。

赵人杰这天买了三块钱的花生米，仿佛招待一顿盛餐那样几次地让我："吃呀！吃呀！"

他这晚上是过分地愉快。他说："你就要到重庆去了，我们还能见面吗？你看，我们才认识一礼拜，可是我觉得我们是认识很久了似的。"他说，"我是要把我的作品拿出来，拿到世界上来。可是我的生活牵制我，你不知道，我前两天是怎么过的，我卖了两本珍贵的意大利版的油画集子。"

"为什么不向我借呢？"

"不好意思的。"他说，"现在是没有问题了，月中我可以接到一个朋友的汇款。我打算下半年回北方去，我还有个叔父，在乡下住。他有三十多亩田，过得挺舒服。我想回去，就住在他那儿，前几年他来信催我回去，我没答应。若不，我是没有画出画来的那一年的，我的身体又不好，我想回去过一年再出来。而且对都市生活，我也厌倦了。"

"你叔父还健在吗？"

"我想还健在。他是没有娶过老婆的，晚年，吃酒吃得很凶，一天醉到晚。不过他挺喜欢我。我从小是孤儿，完全是我叔父带大的。"

一个人愉快的时候，话总没有完。从他所向往的家乡，又谈到北方的麦季，谈到夜晚挟着凉席子，躺在打麦场歇凉的风味。

"你们那里几月割麦子？"他问。

“七八月。”

“那么你们那里晚。”他说，“我们那里是六月，一过端午节麦子就秀齐穗了。你到了晚上听吧，望坡的人在月亮底下常常高声地呼啸，那是他发觉有偷麦子的动静了。我们那儿的习惯，没出嫁的闺女都是在这时候去找私积蓄的，她们每年都能弄一两斗。这不算是丢脸的事情。她们的娘就给她们放出去，两斗麦子，到年底本利就有两斗半了，就这样从八九岁到出嫁的年龄，一个闺女至少有了一套说得过去的嫁妆了。好手，一个麦季，就能偷个三四斗，不管有钱财主的闺女，还是穷得讨饭户家的，都是一黑天就三五结队地到村外的麦子地去了。男孩子们可不作兴，捉住了，打得头破血流，还得罚钱。所以不大离儿，看坡的听见老远有脚步声，就高声地呼啸，也不去追赶。只要不是饥荒年月，是没有男孩子偷麦子的事情发生的。看坡的也就不去追逐，不过呼啸声是可怕的。那呼啸声在夜晚从野外传到村子里来，说不出的一种灾害感呀！我小时候，听见这种声音就害怕，就像是感到土匪要攻村子而村子的人大声疾呼着，召集人抵抗一样。现在我又觉着，这声音是富有诗性的，可惜我不懂音乐，若是音乐家或许有更美的感受吧！”

“我们那里不兴这个，不过你说的那种声音，我可以想象到的。我们那里也有看地的，叫作望青的人，他们都带着枪，他们听到什么动静，只是朝空打一下空枪，可是偷庄稼的人听见就要跑了，一跑嘛，望青的人就循声追去了，他们放枪原来就是试探偷庄稼人的方向的。他们都是猎手，那本是打猎的法子，可是他们用到对付人上了，又一样地灵验。人在某时是聪明的，在又一个时候又愚蠢得和野鸡差不多了。”

我们谈得又投机又兴奋。在我们之间，没有一丝的距离。

我们彼此感觉到忘情的愉快。话一中止，我们就听见院子里的草叶飘舞的声音，竹篱摇晃着，天气是变了。足证我听见那一两声蛙鸣的断定不虚。我想若是明天落场雨，又得延搁一天。

我们分手的时候，屋子里的气息也骤然阴冷了。远处传来树木的摇撼声，显出风势来得大。不久，我们的房子里也旋起风来，从窗户和墙壁之间，从屋檐墙缝之间，风声呜呜作响。地中央的风，也就回旋起来，越来越大。赵人杰房间的纸窗颤动呜叫。壁画击打着土壁，噼噼剥剥。

“赵先生，”我说，“关上你的房门吧！”

“不用关……”

“外边起风了。”

“恐怕你明天走不成了。”

“关上门好。整夜开着做什么。”

“早晨你进出方便呀！”

“还是关上好，若是下雨，早晨我不一定比你起来得早。”我说。

“不用关吧！你真客气。”

“赵先生！”我说，“不关门，一定要受凉。关上门，风就不会来往在我们这两间屋子里转了。若是我们的身体一有病，什么也糟了。”

“你真客气。”

“赵先生！”我平心静气地说，“我并不是客气呀！你知道你是招待客人呀！我是客人，你要招待得使我舒服，你就要听我的话呀！就是有成见，你还得牺牲呢！不是吗！”

“太客气了，太客气了。”他笑着。意思是：我不是小孩子呀！

你别绕着弯骗我了。

“你关上门吧！”

“客气。”他说。

“怎么这是客气呢！我们还要客气吗？我是说真话呀！”

“嘿嘿。”他笑着。我们现在的距离又是这么远。

就这样我伤风了。又在北望园住了两天。整天躺在床上，头晕，发烧又咳嗽。感谢上帝，林美娜待我很好，就是在她忙着给小鸡雏在竹篱下掘蚯蚓的时候，就是在她忙着洗衣裳的时候，她也没忽视了我，哪次醒来她都及时地赶到我床前，问我要不要喝水。

今天是七月一日了。桂林北望园的夏天该是怎样的呢！林美娜还是在掘蚯蚓吗？若是那些鸡雏壮大了，那么她在熊星睡着的下半天做些什么呢？她是从来不读书的，也不翻杂志，那么她的生活不是会有一段空白吗？她会在这段空白的时间感到空虚吧！正如杨村农，他若不是每天有着进城去一趟的小欲望，他若不是每天回北望园有着自谴太晚的忧虑，那么他的生活就会空虚的，一个人连点小的忧虑都没有，那是怎样可怕的虚无啊！至于赵人杰是有独自的世界的，祝福他现在已脱去冬大衣。

实在说北望园的男女住客在无忧无虑的时候也不会寂寞，还会坐在走廊下打盹呀。红瓦屋子的客厅里，由于花瓶里那株美人蕉的花朵，给他们幸福的点缀也一定不小。也许还有株秋海棠呢！我怀念北望园，怀念北望园的深夜……赵人杰一定还是冥坐在他那阴暗的屋子里遐想……现在北望园的深夜应该有一片蛙鸣了……

1943年，松竹屋。